EL PRÍNCIPE ROTO

EL PRÍNCIPE ROTO

LOS ROYAL
LIBRO 2

erin watt

Traducción de
TAMARA ARTEAGA PÉREZ Y YULISS M. PRIEGO

Primera edición en este formato: julio de 2024
Título original: *Broken Prince*

© Erin Watt, 2016
© de la traducción, Tamara Arteaga Pérez y Yuliss M. Priego, 2017
© de esta edición, Futurbox Project, S. L., 2024
Se declara el derecho moral de Erin Watt a ser reconocida como la autora de esta obra.
Todos los derechos reservados, incluido el derecho de reproducción total o parcial de la obra.

Diseño de cubierta: Meljean Brook

Publicado por Wonderbooks
C/ Roger de Flor n.° 49, escalera B, entresuelo, despacho 10
08013, Barcelona
info@wonderbooks.es
www.wonderbooks.es

ISBN: 978-84-18509-88-9
THEMA: YFM
Depósito Legal: B 11580-2024
Preimpresión: Taller de los Libros
Impresión y encuadernación: Liberdúplex
Impreso en España – *Printed in Spain*

*Para los fans a los que les encanta esta saga
tanto como a nosotras.*

Capítulo 1

Reed

La casa está a oscuras y en silencio cuando me adentro en el vestíbulo que hay junto a la cocina. Casi un kilómetro cuadrado de casa y está desierta. De repente, una sonrisa aparece en mis labios. Mis hermanos están desperdigados por algún lugar, la señora de la limpieza no está y no tengo ni idea de dónde puede estar mi padre, así que mi chica y yo tenemos la mansión Royal para nosotros solos.

De puta madre.

Cruzo la cocina trotando y subo las escaleras traseras. Espero que Ella me esté esperando arriba, en su cama, ataviada con una de mis viejas camisetas que se ha agenciado para dormir. Está tan guapa y tan *sexy* con ellas... Lo cierto es que preferiría que *solo* llevara puesta una de esas camisetas... Acelero el paso y dejo atrás mi habitación, la de Easton y el antiguo dormitorio de Gid hasta llegar a la puerta del cuarto de Ella. Para mi gran decepción, está cerrada. Llamo, pero no obtengo respuesta. Con el ceño fruncido, saco el móvil del bolsillo trasero de mis pantalones y le mando un mensaje.

«Dnd stas, nena?»

No contesta. Me doy golpecitos en la pierna con el teléfono. Probablemente esté fuera con Valerie esta noche. Lo cierto es que me alegro en parte, porque me vendría bien darme una ducha antes de verla. Los chicos han estado fumando mucha hierba en casa de Wade y no quiero que su habitación apeste a maría.

Nuevo plan. Me ducharé, me afeitaré y saldré de casa en busca de mi chica. Me quito la camiseta, la arrugo en la mano y abro la puerta de mi habitación, sin ni siquiera molestarme en encender la luz. Me quito los zapatos y camino por encima de la moqueta en dirección al baño que hay dentro de mi dormitorio.

La huelo antes de verla.

¿Qué co...?

Un pestilente aroma a rosas penetra en mis fosas nasales y me acerco a la cama.

—¿Es coña? —pregunto cuando vislumbro la oscura figura que hay sobre el colchón.

Irritado, me dirijo a la puerta y enciendo la luz. Me arrepiento al instante, porque el tenue resplandor amarillo que inunda mi habitación revela las curvas desnudas de una mujer con la que no quiero tener nada que ver.

—¿Qué cojones haces aquí? —espeto a la exnovia de mi padre.

Brooke Davidson me ofrece una sonrisa coqueta.

—Te he echado de menos.

Abro la boca, sorprendido. ¿Va en serio? Me asomo al pasillo para asegurarme de que Ella todavía no ha llegado. Luego, me dirijo directamente a la cama.

—Fuera de aquí —gruño a la vez que le agarro por la muñeca y tiro de ella con fuerza para sacarla de la cama. Mierda, ahora tendré que cambiar las sábanas, porque si hay algo que apeste más que la cerveza barata y la hierba, es Brooke Davidson.

—¿Por qué? Nunca te habías quejado hasta ahora. —Se relame los labios de color carmín. Estoy seguro de que lo hace con la intención de parecer *sexy*, sin embargo, a mí solo me revuelve el estómago. Hay muchos secretos de mi pasado que Ella no conoce. Secretos que le provocarían náuseas . Y la mujer que tengo justo delante de mí es uno de ellos.

—Recuerdo perfectamente haberte dicho que no quería volver a tocarte, zorra.

La sonrisa engreída de Brooke se vuelve rígida.

—Y yo te he dicho que no me hables así.

—Te hablo como me da la gana —suelto.

Vuelvo a mirar hacia la puerta. Estoy tan desesperado que he empezado a sudar. Brooke no puede estar aquí cuando Ella vuelva a casa.

¿Cómo coño se lo explicaría? Bajo la mirada hasta la ropa de Brooke, desperdigada por el suelo: un vestido diminuto, lencería de encaje y un par de tacones de aguja.

Casualmente, mis zapatos han aterrizado junto a los suyos. Sin duda, parece una escena un tanto erótica.

Recojo los tacones de Brooke del suelo y los lanzo a la cama.

—Sea lo que sea que intentes venderme, no lo quiero. Sal de aquí de una puta vez.

Entonces, me tira de nuevo los zapatos. Uno de los tacones me araña el pecho antes de caer al suelo.

—Oblígame.

Me aprieto la nuca con una mano. No se me ocurre qué puedo hacer para librarme de ella, aparte de levantarla en brazos y sacarla de aquí a la fuerza. ¿Qué mierda le digo a Ella si me pilla sacando a Brooke de mi dormitorio? «Hola, nena, no te preocupes. Estoy sacando la basura. Verás, me acosté con la novia de mi padre un par de veces, y, ahora que han cortado, creo que quiere volver a meterse en mi cama. No es para nada enfermizo, ¿verdad?», diría, con una sonrisita incómoda.

Aprieto los puños, con los brazos a ambos costados. Gideon siempre me decía que era alguien autodestructivo, pero, joder, esto ya roza niveles estratosféricos. Todo esto es culpa *mía*. Dejé que la rabia que sentía hacia mi padre me llevara directo a la cama de esta zorra. Me convencí de que se merecía que me follara a su novia a sus espaldas por lo que le había hecho a mamá.

Bueno, pues, ahora el karma me la ha devuelto.

—Vístete —susurro—. Esta conversación se ha acabado...

—Me detengo al oír unas pisadas en el pasillo.

Entonces, oigo que alguien me llama.

Brooke ladea la cabeza. También lo ha oído.

Mierda. Mierda. *Mierda.*

La voz de Ella resuena al otro lado de la puerta de mi habitación.

—Ay, genial. Ella ya ha llegado —dice Brooke, aunque los latidos de mi corazón me ensordecen—. Tengo noticias que quiero compartir con los dos.

Puede que lo que estoy a punto de hacer sea una completa estupidez, pero en estos momentos solo pienso en cómo deshacerme de ella. Necesito que esta mujer se marche.

Así que lo tiro todo al suelo y me abalanzo sobre ella. La agarro por el brazo y tiro de ella para sacarla de la cama, pero la muy zorra se resiste y me hace caer encima de ella. Evito entrar en contacto con su cuerpo desnudo, pero, al final, pierdo el equilibrio. Brooke se aprovecha de la situación y se coloca contra mi espalda. Emite una suave risa con la boca junto a mi oído mientras sus tetas de plástico me queman la piel.

Entonces, observo, petrificado, como el pomo se gira.

—Estoy embarazada, y el bebé es tuyo —susurra Brooke.

¿Qué?

De repente, siento que mi mundo se detiene.

La puerta se abre. Observo el precioso rostro de Ella, que fija la vista en el mío, y contemplo cómo la expresión de felicidad de su cara se torna en sorpresa.

—¿Reed?

Me quedo completamente inmóvil, aunque mi cerebro está trabajando frenéticamente para recordar cuándo fue la última vez que Brooke y yo estuvimos juntos. Fue el Día de San Patricio. Gid y yo estábamos pasando el rato en la piscina. Él se emborrachó. Y yo también. Gid estaba muy enfadado por algo relacionado con papá, Sav, Dinah y Steve. No lo entendí todo.

Oigo vagamente la risita de Brooke. Tengo la mirada fija en el rostro de Ella, aunque, en realidad, no lo veo. Debería decir algo, pero no lo hago. Estoy ocupado. Estoy entrando en pánico y pensando.

San Patricio... Subí las escaleras tambaleándome y me quedé dormido enseguida. Me desperté al notar que alguien estaba chupándome la polla. Sabía que no era Abby, porque ya había roto con ella, y no era del tipo de chica que se colaría en mi dormitorio. ¿Y quién soy yo para rechazar una mamada gratis?

Ella abre la boca y dice algo. No oigo nada. La culpa y el odio que siento hacia mí mismo me han invadido y no soy capaz de deshacerme de la sensación. Lo único que hago es mirarla. Mi chica. La chica más guapa que he visto en mi vida. No puedo apartar la vista de ese pelo dorado ni de esos enormes ojos azules que me suplican que le dé una explicación.

«Di algo», ordeno a mis poco colaboradoras cuerdas vocales. Pero mis labios no se mueven. Siento una caricia fría contra el cuello y me encojo.

Di algo, joder. No dejes que se vaya...

Demasiado tarde. Ella sale escopetada de la habitación.

El estridente portazo me saca de mi ensoñación. Más o menos. Todavía soy incapaz de moverme. Apenas puedo respirar.

San Patricio... Eso fue hace más de seis meses. No sé mucho de embarazos, pero a Brooke apenas se le nota. Ni de coña.

Ni de coña.

Ese bebé no es mío ni de coña.

Me levanto de la cama ignorando mis manos temblorosas y salgo corriendo en dirección a la puerta.

—¿En serio? —dice Brooke, visiblemente divertida—. ¿Vas a ir tras ella? ¿Cómo vas a explicarle esto, cielo?

Me giro, furioso.

—Te juro por Dios que, como no salgas de mi habitación, te echaré a patadas.

Papá siempre ha dicho que un hombre que levanta la mano a una mujer se rebaja a la altura de sus pies. Por eso nunca he pegado a ninguna. Nunca he sentido la necesidad de hacerlo, hasta que conocí a Brooke Davidson.

Ella ignora mi amenaza. Continúa provocándome, pronunciando en voz alta todos mis miedos.

—¿Qué mentiras le contarás? ¿Que nunca me has tocado? ¿Que nunca me has deseado? ¿Cómo crees que va a responder esa chica cuando averigüe que te has tirado a la novia de tu querido papi? ¿Crees que seguirá deseándote?

Miro hacia el umbral de la puerta, ahora vacío. Oigo unos sonidos amortiguados que proceden de la habitación de Ella. Quiero salir pitando de aquí, pero no puedo. No mientras Brooke siga en casa. ¿Y si sale desnuda y dice que está embarazada y que yo soy el padre? ¿Cómo se lo explicaría a Ella? ¿Cómo conseguiría que me creyera? Brooke tiene que marcharse antes de enfrentarme a Ella.

—Fuera —digo, y descargo toda mi frustración en Brooke.

—¿No quieres saber el sexo del bebé primero?

—No. No quiero.

Examino su cuerpo desnudo y esbelto, y atisbo un ligero montículo en su vientre. De repente, la boca se me llena de bilis. Brooke no es de las que engordan. Su apariencia es su única arma. Así que la zorra no miente sobre lo de estar embarazada.

Pero ese niño no es mío.

Puede que sea de mi padre, pero mío seguro que no.

Abro la puerta de un tirón y salgo.

—Ella.

No sé qué voy a decirle, pero es mejor que no decir nada. Sigo maldiciéndome por haberme quedado en blanco de esa manera. Dios, estoy fatal.

Me detengo de golpe junto a la puerta de su habitación. La inspecciono con presteza, pero no encuentro nada. Luego lo oigo: el sonido grave y ronco del motor de un coche deportivo al revolucionarlo. Siento que el pánico se apodera de mi cuerpo y me precipito a bajar las escaleras principales mientras Brooke se ríe a carcajadas a mis espaldas cual bruja en Halloween.

Me abalanzo sobre la puerta de la entrada sin recordar que está cerrada con llave. Para cuando consigo abrirla, ya no hay ni rastro de Ella fuera. Debe de haberse marchado de aquí a toda velocidad. Mierda.

Las piedras bajo mis pies me recuerdan que solo voy vestido con unos vaqueros. Doy media vuelta y subo los escalones de tres en tres; no obstante, me detengo en seco cuando Brooke aparece en el descansillo.

—Es imposible que sea mío —gruño. Si lo fuera de verdad, Brooke habría mostrado esta carta hace mucho tiempo en lugar de guardársela hasta ahora—. Tampoco creo que sea de mi padre. Si lo fuera, no estarías desnuda como una puta barata en mi habitación.

—Es de quien yo diga que es —responde con frialdad.

—¿Qué pruebas tienes?

—No me hacen falta. Es mi palabra contra la tuya, y para cuando lleguen las pruebas de paternidad, ya tendré un anillo en el dedo.

—Buena suerte...

Me agarra del brazo cuando intento pasar por su lado.

—No me hace falta suerte. Te tengo a ti.

—No. Nunca me has tenido. —Me deshago de ella—. Voy a buscar a Ella. Puedes quedarte aquí todo el tiempo que quieras, Brooke. Ya me he cansado de jugar a tus jueguecitos.

El gélido tono de su voz me detiene antes de que llegue a mi dormitorio.

—Si consigues que Callum me pida matrimonio, le diré a todo el mundo que el hijo es suyo. Si no me ayudas, todos creerán que es tuyo.

Me quedo inmóvil en el umbral de la puerta.

—La prueba de ADN demostrará que no es mío.

—Quizá —gorjea—, pero el ADN dirá que es de un Royal. Esas pruebas no siempre diferencian entre parientes, sobre todo entre padres e hijos. Será suficiente para sembrar la duda en Ella. Así que, deja que te haga una pregunta, Reed: ¿quieres que le diga al mundo, a *Ella*, que vas a ser padre? Porque lo haré. Si no, siempre puedes aceptar mis términos y nadie se enterará nunca.

Vacilo.

—¿Qué te parece mi oferta?

Me rechinan los dientes.

—Si lo hago, si le vendo esta... esta... —Lucho por encontrar la palabra adecuada—... esta idea a mi padre por ti, ¿dejarás en paz a Ella?

—¿A qué te refieres?

Me giro hacia ella lentamente.

—Me refiero a que no volverás a molestar a Ella con tus mierdas, zorra. No hablarás con ella, ni siquiera para explicarle esto... —Hago un aspaviento para señalar su cuerpo, ahora oculto bajo la ropa—. Le sonreirás, le dirás hola, pero nada de conversaciones profundas.

No confío en esta mujer, pero si puedo conseguir un buen acuerdo para Ella —y sí, también para mí—, lo haré. Papá ya ha estado en el infierno. Puede volver a vivir en él.

—Vale. Ocúpate de tu padre, y tú y Ella podréis tener vuestro final feliz. —Brooke ríe a la vez que se inclina para recoger su vestido—. Si es que eres capaz de recuperarla.

Capítulo 2

Dos horas después, entro en pánico. Ya ha pasado la medianoche y Ella todavía no ha regresado.

¿Por qué no vuelve a casa para gritarme? Necesito que me diga que soy un cabrón y que no la merezco. Ver que echa fuego por los ojos y que se enfrente a mí. Necesito que me chille, que me dé patadas y me pegue puñetazos.

La necesito, joder.

Echo un vistazo al móvil. Han pasado horas desde que se marchó.

Marco su número, pero solo da tono. No contesta.

Otro tono y me redirige al buzón de voz.

Le mando un mensaje.

«Dnd stas?»

No recibo respuesta.

«Papá sta preocupado».

Escribo esa mentira con la esperanza de que me responda, pero el teléfono permanece en silencio. A lo mejor ha bloqueado mi número. Solo el hecho de pensar en esa posibilidad me duele, pero no es una completa locura, así que me precipito hacia el interior de la casa y subo a la habitación de mi hermano. Ella no puede habernos bloqueado a todos.

Easton sigue dormido, pero tiene el teléfono cargando en su mesita de noche. Lo enciendo y escribo otro mensaje. A Ella le gusta Easton. Pagó su deuda. A él sí le responderá, ¿verdad?

«Hola. Reed m ha contado q ha pasado algo. Stas bien?»

Nada.

A lo mejor ha aparcado al final de la calle y se ha ido a pasear por la playa. Me meto el móvil de mi hermano en el bolsillo por si acaso decide ponerse en contacto con él y bajo las escaleras corriendo en dirección al patio trasero.

La playa está completamente vacía, así que marcho trotando hasta la propiedad de los Worthington, que está cuatro casas más abajo. Tampoco está allí.

Miro a mi alrededor, hacia las rocas que bordean la costa, hacia el mar, pero no veo nada. Ni un alma. No hay ninguna huella en la arena. Nada de nada.

La frustración da paso al miedo cuando me precipito de vuelta a casa y me subo al Range Rover. Busco a tientas el botón de arranque y doy golpecitos contra el salpicadero con el puño rápidamente. Piensa. Piensa. *Piensa.*

En casa de Valerie. Debe de estar en casa de Valerie.

Llego allí en menos de diez minutos, pero no hay rastro del descapotable deportivo azul de Ella en la calle. Dejo el motor del Rover encendido y salgo para acercarme a la puerta. El coche de Ella tampoco está allí.

Vuelvo a echar un vistazo al teléfono. Ningún mensaje. Tampoco en el móvil de Easton. En la pantalla aparece una notificación que me recuerda que tengo entrenamiento de fútbol americano en veinte minutos. Ella debería de estar de camino a la pastelería en la que trabaja. Normalmente vamos juntos. Incluso después de que mi padre le regalara el coche, íbamos juntos en el mío.

Ella decía que era porque no le gustaba conducir. Yo le dije que era peligroso conducir por la mañana. Los dos mentimos. Nos mentimos porque ninguno de los dos estaba dispuesto a admitir la verdad: no éramos capaces de resistirnos el uno al otro. Al menos eso es lo que me pasaba a mí. Desde el momento en que puso un pie en mi casa, con esos ojos grandes y llenos de esperanza, no pude mantenerme alejado de ella.

Mis instintos me decían a gritos que Ella solo me traería problemas. Pero se equivocaban. Yo era quien le traería problemas a ella. Y sigo haciéndolo.

Reed el Destructor.

Sería un apodo cojonudo si no fuera porque lo que estoy destrozando es mi propia vida y la de Ella.

El aparcamiento de la pastelería está vacío. Después de pasar cinco minutos aporreando la puerta del establecimiento sin cesar, la dueña —creo que se llama Lucy— aparece con el ceño fruncido.

—No abrimos hasta dentro de una hora —me informa.

—Soy Reed Royal. Ella es... —¿Qué soy? ¿Su novio? ¿Su hermanastro? ¿Qué?—... mi amiga. —Joder, si ni siquiera soy su amigo—. ¿Está aquí? Ha ocurrido una emergencia familiar.

—No, no ha venido. —Lucy frunce todavía más el ceño, visiblemente preocupada—. La he llamado, pero no ha respondido. Es muy buena empleada, así que he pensado que estaba enferma y que no ha podido llamar para avisar de que no vendría.

Se me cae el alma a los pies. Ella no ha faltado ni un solo día al trabajo, ni siquiera cuando tenía que levantarse al amanecer para trabajar tres horas antes de que empezaran las clases.

—Ah, vale, entonces estará en casa —murmuro mientras retrocedo.

—¡Espera un momento! —grita Lucy—. ¿Qué pasa? ¿Sabe tu padre que Ella ha desaparecido?

—No ha desaparecido, señora —respondo, ya a medio camino de mi coche—. Está en casa. Como ha dicho, enferma. En cama.

Salgo del aparcamiento y llamo a mi entrenador.

—No voy a poder ir al entrenamiento. Ha ocurrido una emergencia familiar.

Ignoro las palabrotas que me grita el entrenador Lewis. Al cabo de unos minutos, se calma y añade:

—Vale, Reed. Pero te espero mañana a primera hora con el uniforme puesto.

—Sí, señor.

Vuelvo a casa una vez más y veo que nuestra ama de llaves ya ha llegado para preparar el desayuno.

—¿Has visto a Ella? —pregunto a la morena rolliza.

—No... —Sandra echa un vistazo al reloj—. A estas horas, ni ella... ni tú soléis estar en casa. ¿Ha ocurrido algo? ¿No tienes entrenamiento?

—El entrenador ha tenido una emergencia familiar —miento.

Se me da genial mentir. Se convierte en algo natural cuando te ves obligado a esconder la verdad a todas horas.

Sandra chasquea la lengua.

—Espero que no sea nada grave.

—Yo también —respondo—. Yo también.

Subo las escaleras y echo un vistazo en la habitación de Ella. Debería haber comprobado que no estaba ahí antes de salir corriendo de la casa. A lo mejor ha entrado a hurtadillas mientras la buscaba. Pero el dormitorio está en completo silencio. La cama sigue hecha. El escritorio, vacío. Miro su cuarto de baño, que también parece impoluto. Igual que el armario. Todas sus prendas cuelgan de perchas de madera a juego. Sus zapatos están colocados en una línea perfecta en el suelo. Hay cajas y bolsas todavía cerradas y llenas de ropa que Brooke probablemente eligiera para ella. Me obligo a no sentirme mal por invadir su intimidad y abro los cajones de su mesita de noche: están vacíos. Ya rebusqué en su habitación una vez, cuando todavía no confiaba en ella, y siempre tenía un libro de poesía y un reloj de hombre en la mesita de noche. El reloj era una réplica exacta del de mi padre. El suyo había pertenecido al mejor amigo de mi padre, Steve, el padre biológico de Ella.

Me detengo en medio de la habitación y miro a mi alrededor. No hay nada que indique que esté aquí. No hay ni rastro de su teléfono. Ni de su libro. Ni de su... Joder, no, su mochila tampoco está. Salgo corriendo de su cuarto en dirección al de Easton.

—East, despierta. ¡East! —digo con brusquedad.

—¿Qué? —gime—. ¿Ya es hora de levantarse? —Parpadea un par de veces antes de abrir los ojos y bizquea—. Mierda. Llego tarde al entrenamiento. ¿Por qué no estás allí ya?

Sale de la cama rápidamente, pero lo agarro de un brazo antes de que se escape.

—No vamos a ir al entrenamiento. El entrenador lo sabe.

—¿Qué? ¿Por qué...?

—Olvídate de eso ahora mismo. ¿A cuánto ascendía tu deuda?

—¿Mi qué?

—¿Cuánto le debías al corredor de apuestas?

Parpadea en mi dirección.

—Ocho mil. ¿Por qué?

Hago cuentas mentalmente.

—Eso significa que a Ella le quedan como dos mil, ¿verdad?

—¿Ella? —Frunce el ceño—. ¿Qué ha pasado?

—Creo que se ha ido.

—¿Adónde?

—No lo sé, pero creo que ha huido —gruño. Me aparto de la cama y me acerco a la ventana—. Papá le pagaba por quedarse aquí. Le dio diez mil. Piénsalo, East. Tuvo que pagarle diez mil dólares a una huérfana que se desnudaba para ganarse la vida para que accediera a venir a vivir con nosotros. Y probablemente fuese a pagarle lo mismo cada mes.

—¿Por qué querría marcharse? —pregunta, confundido y medio dormido todavía.

Sigo mirando por la ventana. En cuanto el sueño desaparece de su rostro, ata cabos.

—¿Qué le has hecho?

Sí, vamos allá...

El suelo cruje mientras da vueltas por la habitación. Lo oigo murmurar improperios detrás de mí mientras se viste.

—No importa —respondo con impaciencia. Me giro y le hago una lista de todos los lugares en los que he estado—. ¿Dónde crees que puede estar?

—Tiene bastante para pagar un billete de avión.

—Pero tiene mucho cuidado a la hora de gastar dinero. Apenas ha gastado nada mientras ha estado aquí.

Easton asiente, pensativo. Luego nuestras miradas se encuentran y hablamos al unísono, casi como si fuésemos nosotros los gemelos, y no nuestros hermanos, Sawyer y Sebastian.

—El GPS.

Llamamos al servicio de GPS de la Atlantic Aviation, cuyos dispositivos instala mi padre en todos los coches que compra. La útil asistente nos dice que el nuevo Audi S5 está aparcado cerca de la estación de autobuses.

Salimos por la puerta antes de que empiece a darnos la dirección.

—Tiene diecisiete años. Es más o menos así de alta. —Coloco la mano a la altura del mentón mientras describo a Ella a la mujer que hay tras el mostrador—. Es rubia. Con ojos azules. —Unos ojos como el océano Atlántico. Grises y azulados, profundos. Me he perdido en esa mirada más de una vez—. Se dejó el móvil. —Levanto mi teléfono—. Tenemos que dárselo.

La mujer chasquea la lengua.

—Ah, sí. Tenía prisa por irse. Compró un billete a Gainesville. Su abuela ha muerto.

Tanto East como yo asentimos.

—¿A qué hora salió el autobús?

—Hace horas. Debe de haber llegado ya. —La vendedora sacude la cabeza con consternación—. Lloraba como si le hubiesen roto el corazón. Eso ya no se ve. Los jóvenes ya no suelen preocuparse por los mayores de esa forma. Fue algo muy dulce.

Me sentí fatal por ella. East aprieta los puños a mi lado. Irradiaba ira. Estaba seguro de que, si estuviésemos solos, uno de esos dos puños iría directo a mi cara.

—Gracias, señora.

—De nada, cielo —dice, y se despide de nosotros con la cabeza.

Salimos del edificio y nos detenemos junto al coche de Ella. Tiendo la mano y Easton me coloca de golpe las llaves de repuesto en la palma.

Dentro, encuentro su llavero en el salpicadero, junto con su libro de poesía y lo que parecen ser los papeles del coche metidos entre sus páginas. Encuentro su móvil en la guantera. En la pantalla aparecen las notificaciones de los mensajes sin leer que le he enviado.

Se ha marchado y ha dejado atrás todo lo que podía recordarle a los Royal.

—Tenemos que ir a Gainesville —dice Easton con un tono de voz monocorde.

—Lo sé.

—¿Se lo vamos a decir a papá?

Informar a Callum Royal de algo así implicaría poder utilizar un avión para buscarla. Llegaríamos a Gainesville en una hora. Si no, nos espera un camino de seis horas y media en coche.

—No sé. —La urgencia por encontrarla ha disminuido. Ahora sé dónde está. Puedo llegar hasta ella. Solo tengo que decidir qué dirección tomar.

—¿Qué has hecho? —pregunta de nuevo mi hermano.

No estoy preparado para todo el odio que va a dirigirme si se lo cuento, así que permanezco en silencio.

—Reed.

—Me pilló con Brooke —contesto con voz ronca.

Se queda boquiabierto.

—¿Brooke? ¿La Brooke de papá?

21

—Sí —respondo, y me obligo a enfrentarme a Easton.

—¿Qué coño…? ¿Cuántas veces te has liado con Brooke?

—Un par —admito—. Pero no he estado con ella últimamente. Y menos anoche. No la toqué, East.

Aprieta la mandíbula. Se muere por darme un puñetazo, pero no lo hará. No en público. Mamá nos decía lo mismo a los dos. «Chicos, mantened el nombre de los Royal impoluto. Es muy fácil destrozar una buena reputación; lo difícil es mantenerla».

—Deberían colgarte por los huevos hasta que se te sequen. —Escupe a mis pies—. Como no encuentres a Ella y la traigas de vuelta, seré el primero en la cola para hacerlo.

—Me parece justo.

Intento permanecer calmado. Es inútil ponerse nervioso. No tiene ningún sentido volcar el coche. Es inútil gritar, aunque me esté muriendo por abrir la boca y deshacerme de toda la ira y el odio que llevo dentro.

—¿Justo? —Resopla con desagrado—. ¿Entonces no te importa una mierda que Ella esté en una ciudad universitaria y que unos borrachos la puedan estar manoseando?

—Es una superviviente. Estoy seguro de que estará a salvo. —Mis palabras suenan tan ridículas que prácticamente doy una arcada tras pronunciarlas. Ella es una chica preciosa, y está sola. Quién sabe lo que podría pasarle—. ¿Quieres que llevemos su coche de vuelta a casa antes de irnos a Gainesville?

Easton se queda mirándome con la boca abierta.

—¿Y bien? —pregunto, impaciente.

—Claro. ¿Por qué no? —Me quita las llaves de la mano—. Ya ves, ¿a quién le importa que sea una tía buena de diecisiete años, que esté sola y que lleve casi dos mil dólares en efectivo? —Aprieto los puños—. Ningún drogadicto hasta las cejas de metanfetamina va a mirarla y pensar: «Es una chica fácil. Esa muchacha de metro y medio, que pesa menos que mi pierna, no podrá conmigo…» —Me empieza a costar respirar—. Y estoy seguro de que todos los tíos con los que se encuentre tendrán buenas intenciones. Ninguno intentará arrastrarla hasta un callejón oscuro y forzarla hasta que…

—¡Cierra la puta boca! —espeto.

—Por fin. —East levanta las manos en el aire.

—¿A qué te refieres?

Estoy prácticamente jadeando de la rabia que siento. Las escenas que Easton me ha hecho imaginar con sus palabras han provocado que desee ser Hulk para ir corriendo hasta Gainesville y destrozar todo lo que encuentre a mi paso hasta dar con ella.

—Has estado actuando como si no te importara lo más mínimo. A lo mejor tú estás hecho de piedra, pero a mí me gusta Ella. Era... era buena para nosotros. —Su pena es casi tangible.

—Lo sé. —Easton me saca las palabras a regañadientes—. Lo sé, joder. —Se me cierra la garganta hasta el punto de dolerme—. Pero... *nosotros* no éramos buenos para ella.

Gideon, nuestro hermano mayor, intentó dejármelo claro desde el principio. «Aléjate de ella. No necesita involucrarse en nuestras mierdas. No arruines su vida como yo arruiné la de...»

—¿Y eso qué se supone que significa?

—Lo que has oído. Somos tóxicos, East. Todos nosotros. Me acosté con la novia de papá para vengarme de él por haber sido tan cabrón con mamá. Los gemelos están metidos en asuntos de los que no quiero saber absolutamente nada. Tu afición al juego se te está yendo de las manos. Y Gideon es... —Me detengo. Gid está viviendo su propio infierno ahora mismo, pero no es algo que Easton deba saber—. Estamos mal de la olla, tío. Quizá Ella esté mejor sin nosotros.

—Eso no es verdad.

Por mucho que diga que no, yo creo que sí. No somos buenos para ella. Lo único que Ella quería era una vida normal y corriente. No puede tener eso en la casa de los Royal.

Si no fuera del todo egoísta, me alejaría. Convencería a East de que lo mejor para Ella es alejarse tanto como pueda de nosotros.

En cambio, permanezco en silencio y pienso en lo que voy a decir cuando la encontremos.

—Vamos. Tengo una idea.

Me giro y me dirijo a la entrada.

—Creía que íbamos a Gainesville —murmura East a mi espalda.

—Esto nos evitará hacer el camino en coche.

Vamos directos a la oficina de seguridad, donde le doy cien pavos al guardia y él nos da acceso a las grabaciones de las cámaras de seguridad de la estación de Gainesville. El tipo rebobina la cinta hasta el momento en el que el autobús de Bayview aparece. El corazón me da un vuelco mientras examino a los pasajeros. Entonces se me cae el alma a los pies cuando me percato de que ninguno de esos pasajeros es Ella.

—¿Qué cojones...? —suelta East cuando salimos de la estación diez minutos después—. La mujer del mostrador nos dijo que Ella iba en ese autobús.

Tengo la mandíbula tan apretada que apenas soy capaz de pronunciar una palabra.

—A lo mejor se bajó en una parada distinta.

Entonces, regresamos al Rover y nos montamos en él.

—¿Y ahora qué? —pregunta con los ojos abiertos como platos de forma amenazante.

Me paso la mano por el pelo. Podríamos conducir y detenernos en todas las paradas de la ruta, pero sospecho que sería como buscar una aguja en un pajar. Ella es inteligente, y está acostumbrada a huir, a irse de una ciudad cuando es necesario y rehacer su vida. Lo ha aprendido de su madre.

De repente, siento náuseas al pensar en la posibilidad. ¿Buscará trabajo en otro club de *striptease*? Sé que Ella hará lo necesario para sobrevivir, pero me hierve la sangre al pensar que puede que se desnude delante de un montón de pervertidos salidos.

Tengo que encontrarla. Si algo le pasa porque la he ahuyentado, no seré capaz de vivir con el remordimiento.

—Nos vamos a casa —anuncio.

Mi hermano parece sorprendido.

—¿Por qué?

—Papá tiene un investigador en nómina. Él será capaz de encontrarla mucho antes que nosotros.

—Papá se volverá loco.

Claro que se volverá loco. Y yo lidiaré con las consecuencias lo mejor que pueda, pero ahora mismo, encontrar a Ella es mi única prioridad.

Capítulo 3

Tal y como predijo Easton, papá se queda lívido cuando le decimos que Ella se ha marchado. Llevo veinticuatro horas sin dormir y estoy demasiado agotado como para enfrentarme a él esta noche.

—¿Por qué coño no me habéis llamado antes? —espeta mi padre.

Se pasea por el enorme salón de la mansión, taconeando en el brillante suelo de madera con sus zapatos de miles de dólares.

—Creímos que la encontraríamos sin necesidad de acudir a ti —respondo con sequedad.

—¡Soy su tutor legal! Tendríais que habérmelo dicho. —La respiración de mi padre se vuelve irregular—. ¿Qué has hecho, Reed?

Su mirada furiosa me atraviesa. No está mirando a East, ni a los gemelos, que están sentados en el sofá con una idéntica expresión de preocupación en el rostro. No me sorprende que papá haya decidido culparme a mí. Sabe que mis hermanos siguen mi ejemplo, que el único Royal que podía conseguir que Ella se marchara soy yo.

Trago saliva. Mierda. No quiero que sepa que Ella y yo nos liamos en sus narices. Quiero que se centre en encontrarla, no distraerlo con la noticia de que su hijo se ha enrollado con su nueva pupila.

—Reed no ha hecho nada.

La calmada confesión de Easton me deja patidifuso. Miro a mi hermano, pero él tiene los ojos fijos en nuestro padre.

—Yo soy la razón por la que se ha ido. Tuvimos un problema con mi corredor de apuestas la otra noche. Le debía dinero, y Ella se asustó. El tío no es lo que se dice muy simpático, ya sabes a qué me refiero...

La vena en la frente de mi padre parece estar a punto de estallar.

—¿Tu corredor de apuestas? ¿Otra vez te has metido en esa mierda?

—Lo siento —dice Easton, encogido de hombros.

—¿Que lo sientes? ¡Has arrastrado a Ella a uno de tus marrones y la has asustado tanto que ha huido!

Papá se acerca a mi hermano y yo me interpongo al instante en su camino.

—East ha cometido un error —intervengo con voz firme y evitando la mirada de mi hermano. Ya le daré después las gracias por haber cargado con la culpa, pero ahora mismo hay que calmar a nuestro viejo—. Pero ya está hecho, ¿verdad? Deberíamos concentrarnos en encontrarla.

Mi padre relaja los hombros.

—Tienes razón. —Asiente y su expresión se endurece—. Voy a llamar a mi investigador privado.

Sale hecho una furia del salón sin pronunciar ni una palabra más; sus pasos firmes hacen eco en el pasillo. Un momento después, oímos como la puerta de su estudio se cierra de un portazo.

—East...

Mi hermano se gira y me lanza una mirada mortífera.

—No lo he hecho por ti. Lo he hecho por ella.

Se me cierra la garganta.

—Lo sé.

—Si papá se enterase de... —Se detiene y mira con cautela a los gemelos, que no han dicho nada durante toda la conversación—. Eso lo distraería.

—¿Crees que el investigador privado encontrará a Ella? —pregunta Sawyer.

—Sí —respondo con una convicción que realmente no siento.

—Si utiliza el carné de identidad de su madre, la encontraremos sin problema —asegura East a nuestro hermano menor—. Si se las apaña para conseguir uno falso... —Hunde los hombros con derrota—. ... no sé.

—No puede esconderse para siempre —comenta Seb en un intento de ayudar.

Sí, sí que puede. Es la persona con más recursos que he conocido nunca. Si Ella quiere permanecer escondida, lo hará.

El teléfono me vibra en el bolsillo. Lo cojo apresuradamente, pero no es la persona que quiero que sea. La bilis me sube por la garganta cuando leo el nombre de Brooke.

«Un pajarito me ha dicho que tu princesa se ha ido».

—¿Ella? —pregunta East, esperanzado.

—Brooke. —Al pronunciar su nombre, siento que me quema la lengua.

—¿Qué quiere?

—Nada —murmuro justo cuando otro mensaje aparece en la pantalla.

«Callum debe de haberse vuelto loco. Pobre hombre. Necesita a alguien que lo consuele».

Aprieto la mandíbula y los dientes me rechinan. La sutileza no es lo suyo, eso está claro.

Debido al revuelo de la búsqueda de Ella, no me he permitido pensar en el embarazo de Brooke y en el trato al que llegué con ella anoche. Ahora ya no puedo ignorarlo, porque los mensajes continúan llegando.

«Tienes trabajo que hacer, Reed».

«Me lo prometiste».

«Respóndeme, ¡imbécil!»

«¿Quieres ser papi? ¿Es eso?»

Joder. Ahora mismo no tengo tiempo para esto. Me trago la rabia y me obligo a responder.

«Relájate, zorra. Hablaré con él».

—¿Qué quiere? —repite Easton enfadado.

—Nada —vuelvo a decir. Luego los dejo a él y a los gemelos en el salón y me dirijo al estudio de mi padre.

No quiero hacerlo. De verdad que no quiero hacerlo.

Llamo a la puerta.

—¿Qué pasa, Reed?

—¿Cómo has sabido que era yo? —pregunto en cuanto abro la puerta.

—Porque cuando Gideon no está, tú eres el líder de la feliz banda de hermanos.

Papá apura su vaso lleno de *whisky* escocés mientras alarga el brazo para volver a rellenarlo. Y yo me pregunto por qué no soy capaz de separar a Easton de una botella...

Suspiro.

—Creo que deberías llamar a Brooke.

Mi padre se detiene cuando está a punto de quitar el tapón a la botella de *whisky*.

«Sí, ya me has oído, viejo. Y créeme, yo estoy tan sorprendido como tú», digo mentalmente.

Al ver que no responde, me obligo a ir un paso más allá.

—Cuando traigas a Ella de vuelta, vamos a necesitar ayuda. Alguien tiene que hacer de parachoques. —Doy una arcada al pronunciar las siguientes palabras—. Necesitaremos la presencia de una mujer, supongo. Ella estaba muy unida a su madre. A lo mejor si Brooke hubiese estado más por aquí, Ella no se habría ido.

Mi padre frunce el ceño.

—Creía que odiabas a Brooke.

—¿Cuántas veces quieres que diga que soy un idiota?

Esbozo una lánguida sonrisa, pero mi padre permanece impasible.

—Quiere un anillo, y yo no estoy preparado para eso.

Gracias a Dios. Supongo que el alcohol no le ha nublado todo su buen juicio.

—No tienes que casarte con ella. Solo… —Me humedezco los labios con la lengua. Esto es muy duro, pero sigo adelante porque he hecho un trato. No puedo permitirme que Brooke diga a la gente que ese puto bebé es mío—. Solo quiero que sepas que no pasa nada si aceptas que vuelva de nuevo. Lo entiendo. Necesitamos gente de la que preocuparnos. Que se preocupe por nosotros.

Al menos, eso sí es cierto. El amor de Ella me ha hecho creer que podía ser una mejor persona.

—Eso es muy generoso por tu parte —dice mi padre con brusquedad—. Y… joder, a lo mejor tienes razón. —Juguetea con el vaso lleno—. La encontraremos, Reed.

—Eso espero.

Me dedica una sonrisa forzada y yo salgo de la habitación. Cuando la puerta se está cerrando, lo oigo coger el teléfono y decir:

—Brooke, soy Callum. ¿Tienes un minuto?

Le mando un mensaje enseguida.

«Hecho. No le digas lo del bebé. Eso solo lo distraería».

Me devuelve un mensaje con un emoji de un pulgar hacia arriba. La funda de metal se me clava en los dedos cuando agarro el teléfono con más fuerza. Tengo que hacer acopio de toda mi voluntad para no arrojarlo contra la pared.

Capítulo 4

—Reed. —Valerie Carrington se acerca a mí en el jardín trasero del colegio. Su melena, que le llega a la altura de los hombros, se mueve con el frío viento otoñal—. Espera.

Me detengo a regañadientes. Doy media vuelta y me topo con un par de ojos oscuros que me atraviesan. Val tiene la misma estatura que un duende, aunque tiene un aspecto bastante amenazador. Nos vendría bien alguien en nuestra línea ofensiva con esa aproximación tan directa.

—Llego tarde al entrenamiento —murmuro.

—No me importa. —Se cruza de brazos—. Deja de jugar conmigo. Si no me dices qué le ha pasado a Ella, te juro por Dios que llamaré a la policía.

Han pasado dos días desde que Ella se marchó y todavía no hemos tenido noticias del investigador privado. Papá nos ha obligado a venir a clase como si no hubiera ocurrido nada en absoluto. Le dijo al director que Ella estaba enferma y que se quedaría en casa hasta recuperarse, que es lo mismo que le digo ahora a Val.

—Está en casa, enferma.

—Y una mierda.

—Es verdad.

—Entonces ¿por qué no me dejáis verla? ¿Por qué no me devuelve las llamadas ni los mensajes? ¡Ni que tuviera el cólera! Solo es la gripe… y hay vacunas para eso. Debería poder ver a sus amigos.

—Callum la tiene básicamente en cuarentena —miento.

—No te creo —espeta—. Creo que algo va mal, pero muy mal, y si no me dices lo que es, voy a darte una patada en las pelotas, Reed Royal.

—Está mala y necesita recuperarse, en casa —repito—. Tiene la gripe.

Valerie abre la boca, pero la cierra al instante. Luego, la vuelve a abrir y chilla, exasperada.

—Eres un mentiroso.

Lleva a cabo su amenaza y me da un rodillazo en las pelotas. Un dolor agonizante me atraviesa.

—Me cago en la puta.

Me lloran los ojos mientras me agarro mis partes nobles, y Valerie se marcha sin pronunciar palabra alguna. Oigo una risa detrás de mí. Estoy gimiendo, todavía con los testículos en la mano, cuando Wade Carlisle llega a mi lado.

—¿Qué has hecho para merecerte eso? —pregunta con una sonrisa—. ¿Rechazarla?

—Algo así.

Se pasa una mano por el pelo rubio.

—¿Vienes a entrenar conmigo o vamos primero a por hielo?

—No, voy contigo, imbécil.

Nos dirigimos al gimnasio; yo, cojeando y él, desternillándose. El gimnasio está reservado únicamente para el equipo de fútbol americano de tres a seis, lo cual me deja tres horas para entrenar hasta que el cuerpo y la mente dejen de funcionar por completo. Y eso es exactamente lo que hago. Levanto pesas hasta que me duelen lo brazos y me siento exhausto.

Cuando llego a casa por la noche, voy a la habitación de Ella y me tumbo en su cama. Cada vez que entro, el aroma de su piel que impregna el dormitorio es más tenue. Sé que eso también es culpa mía. East asomó anoche la cabeza en la habitación y dijo que el cuarto apestaba a mí.

Es cierto que toda la casa apestaba. Brooke ha estado aquí todas las noches desde que Ella se fue, pegada a mi padre, pero sin apartar la vista de mí. De vez en cuando, baja la mano disimuladamente hasta el vientre a modo de advertencia, como si quisiera decirme que, si me paso de la raya, puede soltar la bomba del embarazo en cualquier momento. El bebé debe de ser de mi padre, lo cual significaría que es mi medio hermano o hermana, pero no sé qué hacer con esa información o cómo procesarla. Solo sé que debo hacerme a la idea de que Brooke está aquí y Ella no; la señal perfecta de que todo mi mundo está patas arriba.

El día siguiente es más de lo mismo.

Me muevo por inercia, voy a clase y me siento sin escuchar ni una sola palabra de lo que dicen los profesores y, luego, me dirijo al campo de fútbol para asistir al entrenamiento que tengo por la tarde. Por desgracia, repasamos jugadas, así que no puedo placar a nadie.

Esta noche jugamos en casa contra el Devlin High, cuya línea ofensiva se rompe como un juguete barato tras un pequeño golpe. Podré apalear a su *quarterback*. Podré jugar hasta no sentir nada. Y, con suerte, cuando vuelva a casa, estaré demasiado agotado como para obsesionarme con Ella.

Ella me preguntó una vez si peleaba por dinero. No lo hago por eso. Peleo porque me gusta. Me encanta la sensación de dar un puñetazo en la cara a alguien. Ni siquiera me importa el dolor que siento cuando otro me asesta un golpe. Es una sensación real. Aunque nunca lo he necesitado. Nunca he necesitado nada de verdad hasta que Ella llegó a mi vida. Ahora que no está a mi lado me cuesta respirar.

Llego hasta la puerta trasera del edificio justo cuando un grupo de tíos sale de golpe. Uno de ellos me pega un empujón en el hombro y luego espeta:

—Mira por dónde vas, Royal.

Me tenso cuando cruzo la mirada con Daniel Delacorte, el cabrón que drogó a Ella el mes pasado en una fiesta.

—Me alegro de volver a verte, Delacorte —digo arrastrando las palabras—. Me sorprende que un violador como tú siga en Astor Park.

—No debería —responde con desdén—. Al fin y al cabo, aceptan a todo tipo de escoria.

No sé si se refiere a mí o a Ella.

Antes de responder, una chica pasa entre nosotros con las manos en la cara. Sus altos gimoteos nos distraen temporalmente a Daniel y a mí, y ambos observamos cómo se precipita hacia un Wolkswagen Passat blanco que hay en el aparcamiento de estudiantes y se mete dentro.

Daniel se gira hacia mí con una sonrisa de suficiencia.

—¿No es esa la novia de los gemelos? ¿Qué ha pasado? ¿Ya se han cansado de engañarla?

Me giro y vuelvo a mirar a la chica, pero está claro que no es Lauren Donovan. Esta es rubia y esbelta. Lauren es pelirroja y menuda.

Devuelvo la atención a Daniel y lo miro con desdén.

—No sé de qué me estás hablando.

La relación de los gemelos con Lauren es retorcida, pero es asunto suyo. No voy a ofrecer más munición a Delacorte para que ataque a mis hermanos.

—Por supuesto que no. —Esboza una media sonrisa—. Los Royal estáis todos enfermos. Los gemelos comparten novia. Easton se folla a todo lo que se mueve. Tú y tu padre metéis la polla en la misma olla... ¿tu viejo y tú comentáis lo que os parece Ella? Apuesto a que sí.

Aprieto los puños con los brazos junto a mis costados. Puede que darle una paliza a este gilipollas me haga sentir bien, pero su padre es juez y sospecho que me costaría bastante salir de rositas tras una demanda por agresión respaldada por los Delacorte.

La última vez que me metí en una pelea en el Astor, mi padre me amenazó con mandar a los gemelos a una academia militar. Pudimos solucionarlo todo porque unos cuantos chicos estuvieron dispuestos a jurar que el otro tipo fue quien empezó todo. No recuerdo si fue así o no. Lo único que recuerdo es que dijo que mi madre era una puta drogata que se suicidó para deshacerse de mí y de mis hermanos. Tras eso, lo único que vi fue rojo.

—Ah, y he oído que tu papi ha dejado preñada a la huerfanita de Ella —se jacta Daniel, que está en racha—. Callum Royal es un pedófilo. Apuesto a que a la junta directiva de Atlantic Aviation le encantará saberlo.

—Vas a desear haber cerrado la puta boca —le advierto.

Me abalanzo sobre él, pero Wade aparece de repente a mi lado y me aleja de Daniel.

—¿Qué vas a hacer, pegarme? —me provoca—. ¿Acaso has olvidado que mi padre es juez? Te meterán en chirona tan rápido que la cabeza te dará vueltas.

—¿Tu padre sabe que la única forma que tienes de liarte con una tía es drogándola?

Wade empuja a Daniel hacia atrás.

—Pírate, Delacorte. Nadie te quiere por aquí.

Daniel es un idiota integral, porque no le hace caso.

—¿Crees que no lo sabe? Ya ha comprado a otras tías antes. Tu Ella no hablará, a lo mejor porque siempre tiene la boca llena de vuestras pollas, Royal.

Wade levanta el brazo para contener mi ataque. Si solo fuera Wade, habría podido quitármelo de encima. Pero otros dos chicos del equipo aparecen y agarran a Daniel. El tío continúa hablando mientras lo alejan a rastras.

—¡Entérate, Royal! ¡Has perdido el control que tenías sobre el colegio! Tu reinado llegará pronto a su fin.

Como si eso me importara una mierda.

—Céntrate —advierte Wade—. Esta noche tenemos partido.

Me deshago de él.

—Ese hijo de puta intentó violar a mi chica.

Wade parpadea.

—¿Tu chica…? Espera, ¿te refieres a tu hermana? —Se queda boquiabierto—. Joder, tío, ¿estás liado con tu *hermana?*

—No es mi hermana —gruño—. Si ni siquiera nos hemos tocado…

Me separo de Wade de un empujón y observo con los ojos abiertos de par en par como Daniel sube a su coche. Supongo que el cabrón no aprendió la lección cuando Ella y un par de amigas suyas lo desnudaron y ataron en venganza por lo que le hizo.

La próxima vez que nos crucemos, no se irá de rositas tan fácilmente.

Mientras el entrenador comenta algunos cambios de última hora con Wade, nuestro *quarterback,* yo me envuelvo metódicamente una mano con esparadrapo, y luego la otra. Mi ritual antes de un partido ha sido el mismo desde que empecé en el programa juvenil de fútbol americano Pop Warner, y por norma general, me ayuda a centrarme y a prestar atención solo a lo que ocurre en el campo.

Me visto, me vendo las manos con esparadrapo y escucho unas cuantas canciones. Hoy me toca 2 Chainz.

Pero esta noche el ritual no funciona. Solo pienso en Ella. Sola. Hambrienta. Aterrorizada por hombres en un club de *striptease* o en la calle. Las escenas que Easton me describió en la estación de autobuses siguen reproduciéndose en mi cabeza una y otra vez. Me imagino que la violan. Que está llorando y que busca ayuda pero no hay nadie que la escuche.

—¿Sigues con nosotros, Royal?

Una voz seca atrae mi atención y levanto la vista hasta el rostro enfadado de mi entrenador.

East me hace un gesto con el dedo. Ya es hora de terminar y salir.

—Sí, señor.

Recorremos el pequeño túnel y salimos al campo tras el jugador de polo Gale Hardesty y su caballo. Es un milagro que ninguno de nosotros haya pisado una mierda de las que ha soltado durante la exhibición.

Estampo un puño contra el otro. Easton se une a mí.

—Vamos a darle una paliza a esos cabrones.

—Por supuesto.

Estamos totalmente de acuerdo. Ninguno de nosotros es capaz de desquitarse el uno con el otro, ¿pero en el partido de hoy y con una pelea más tarde...? Con eso a lo mejor ambos conseguimos deshacernos de parte de la culpa que sentimos y seguir adelante.

Devlin High gana el sorteo y elige recibir. Easton y yo chocamos nuestros cascos y corremos hacia nuestra posición de defensa.

—¿Cuánto has pagado a los árbitros esta noche? —pregunta el receptor a la vez que me coloco frente a él. Es un bocazas. No recuerdo su nombre. Betme. Bettinski. ¿Bettman? Bueno, da igual. Miraré su camiseta en cuanto lo haya derribado de camino hacia su *quarterback*.

El balón sale volando y, enseguida, Easton y yo salimos corriendo para defender. El receptor apenas me toca, y East y yo estamos allí para recibir al corredor cuando finaliza el pase. Agacho la cabeza e hinco el hombro en su estómago. El balón cae y la multitud profiere un alarido enorme que se prolonga lo suficiente como para hacerme saber que alguien del Astor Park está corriendo hacia el otro campo.

Un compañero me agarra por las protecciones y me pone en pie al mismo tiempo que Easton cruza la línea de gol.

Bajo la mirada hacia el corredor y le ofrezco la mano.

—Tío, te aviso: East y yo estamos de bastante mal humor hoy y vamos a desquitarnos un poco con vosotros. A lo mejor es buena idea que se lo digas a los demás.

El chaval bajito pone los ojos como platos y Bettman se abre paso a empujones.

—Ha sido potra. La próxima vez serás tú el que se coma el suelo.

Le enseño los dientes.

—Venga, te estoy esperando.

Si recibo bastantes placajes, puede que sea capaz de sacarme a Ella de la cabeza durante más de cinco segundos.

Wade me da una palmada en el casco.

—Buen placaje, Royal —me dice para animarme cuando East baja de nuevo a nuestro campo—. ¿Vas a dejar que la ofensiva haga su trabajo, Easton?

—¿Por qué? Podemos hacerlo todo nosotros esta noche. Además, he oído que te has liado con una animadora del North High.

Wade esboza una amplia sonrisa.

—Es gimnasta, no animadora. Pero sí, si quieres marcar unas cuantas veces más, me parece bien.

Liam Hunter, a su espalda, nos dedica una mirada mortífera. Quiere jugar tanto como sea posible en este partido. Es un chico de último curso y necesita lucirse.

Por lo general, no tengo ningún problema con Hunter, pero al observar la forma en que me mira ahora mismo, quiero asestarle un puñetazo en ese mentón cuadrado que tiene. Joder. Necesito pelear con alguien.

Me quito el casco con brusquedad. Bettman sigue hablando sin parar cuando sus bloqueos no funcionan. Me acerco a él tras una jugada, pero East me aleja a rastras.

—Resérvalo para después —advierte.

Cuando llegamos al descanso, ganamos por cuatro *touch-downs*: uno más gracias a la defensa, y los otros dos, a la línea ofensiva. Hunter ha podido lucirse un par de veces para su reclutamiento universitario tras haber aplastado a unos cuantos hombres de la línea defensiva. Todos debemos llevarnos bien los unos con los otros.

El entrenador no se molesta en soltarnos un discurso motivador. Se pasea, nos da unas cuantas palmaditas en la cabeza y, luego, se esconde en su oficina para soñar con su alineación ideal, fumar o masturbarse; quién sabe.

Cuando los chicos empiezan a hablar sobre la fiesta postpartido y sobre a quién le van a destrozar el coño, saco el móvil.

«Pelea sta noche?», envío.

Levanto la vista hacia East y articulo: «¿Te apuntas?».

Mi hermano asiente enérgicamente. Me paso el teléfono de una mano a otra mientras espero una respuesta.

«Pelea a las 11. Muelle 10. East se apunta?».

«Sí».

El entrenador sale de su oficina y nos indica que el descanso se ha acabado. Cuando la ofensa vuelve a anotar, nos dicen que esta será la última racha de *touchdowns* para los titulares. Lo cual significa que nos tendremos que sentar en el banquillo durante lo que quede del tercer cuarto y el último entero. Menuda mierda.

Para cuando me coloco frente a Bettman, el gatillo que controla mi mal humor mide casi un centímetro. Hinco la mano en el césped artificial y boto.

—He oído que tu nueva hermana está tan desesperada que solo está contenta si se acuesta con dos de vosotros, Royal.

Pierdo el control. El color rojo inunda mis ojos cuando me abalanzo sobre el capullo antes de que pueda incorporarse. Le arranco el casco y lo golpeo primero con el puño derecho. El cartílago y el hueso de su nariz ceden. Bettman grita de dolor. Vuelvo a asestarle un puñetazo. Una gran cantidad de manos me apartan de un tirón antes de poder asestarle otro golpe.

El árbitro toca el silbato justo en mi cara y agita el pulgar por encima de su hombro.

—Expulsado —grita con la cara roja como un tomate.

El entrenador grita desde la banda.

—¿Dónde tienes la cabeza, Royal? ¿Dónde coño tienes la cabeza?

La tengo sobre los hombros, no me cabe la menor duda. Nadie habla de Ella de esa manera.

Regreso al vestuario vacío, me desvisto y me siento, desnudo, sobre una toalla frente a mi taquilla. Me doy cuenta de mi error en cuestión de segundos. Sin la acción del partido para distraerme, me resulta imposible no pensar en Ella otra vez.

Intento rechazar los pensamientos concentrándome en los suaves silbidos procedentes del terreno de juego, pero, al final, en mi cabeza se reproducen imágenes de ella como si se tratara del tráiler de una película.

Recuerdo el día en que llegó a casa. Estaba demasiado *sexy*...

Cuando bajó por las escaleras ataviada con ese modelito de niña buena para la fiesta de Jordan. Me entraron unas ganas tremendas de arrancarle la ropa y hacer que se inclinara sobre el pasamanos.

La recuerdo bailando. Joder, cómo bailaba...

Me levanto y me dirijo a las duchas. Abro el grifo del agua fría, furioso. Siento cómo la lujuria me recorre las venas y coloco la cabeza debajo del gélido chorro de agua.

Pero no sirve de nada.

La necesidad que siento no cesa. Y, joder, ¿qué sentido tiene luchar contra ella?

Me agarro el miembro y cierro los ojos para fingir que estoy de nuevo en casa de Jordan Carrington, observando cómo se mueve Ella. Su cuerpo es pecaminoso. Tiene unas piernas largas, una cintura diminuta y un torso perfecto. El sonido metálico de la música de la televisión se transforma en una canción sensual cuando me fijo en la forma en que sus caderas se balancean y en la gracilidad de sus brazos.

Me sujeto la polla todavía más fuerte. La escena salta de la casa de los Carrington a su habitación. Recuerdo su sabor en mi lengua. Lo dulce que era. La forma en que su boca dibujó una «O» perfectamente penetrable cuando se corrió por primera vez.

No duro mucho después de eso. Siento un cosquilleo en la parte baja de la espalda por culpa de la tensión y la imagino debajo de mí, con su pelo dorado contra mi piel y observándome con un deseo voraz.

Cuando mi cuerpo se relaja, el odio hacia mi persona regresa con toda su fuerza. Contemplo la mano con la que me estoy sujetando el pene en medio del vestuario. Dudo mucho que pudiera caer más bajo.

El orgasmo me vacía. Abro el grifo del agua caliente y me ducho, pero no me siento limpio.

Espero que el tío con el que voy a pelear esta noche sea el capullo más imbécil del país y que me dé la paliza que me merezco, la que Ella debería darme.

Capítulo 5

Easton y yo nos saltamos la fiesta postpartido y nos marchamos a casa para matar una hora antes de acudir a la pelea. Así, recuperaré algo de autocontrol y perspectiva cuando esté partiéndole la cara a algún tío en el muelle.

—Tengo que llamar a Claire —murmura East cuando entramos en la mansión—. Tengo que preguntarle si le apetece pasarse por aquí luego.

—¿Claire? —Frunzo el ceño—. No sabía que estuvieras con ella otra vez.

—Sí, bueno, yo no sabía que te tirabas a Brooke. Supongo que estamos en paz.

Se lleva el teléfono a la oreja y me despacha.

Me duele ver cómo me trata Easton. Desde que Ella se marchó, me ha estado tratando con extrema frialdad.

Cuando llego a la planta superior, la puerta de mi habitación está entreabierta y la sensación de *déjà vu* me embarga. De repente es como si reviviera la noche del pasado lunes, cuando encontré a Brooke en mi cama.

Juro por Dios que, si esa zorra vuelve a jugar conmigo, voy a perder los nervios.

Pero es a Gideon al que encuentro en mi cuarto. Está tumbado en mi cama, dando golpecitos a su teléfono. Cuando entro, me saluda con una mirada nublada.

—No pensaba que fueras a venir a casa este fin de semana —digo cautelosamente.

Le mandé un mensaje el martes para decirle que Ella había huido, pero he ignorado todas sus llamadas durante esta semana. No estaba de humor para lidiar con sus momentos de culpabilidad.

—Eso te habría gustado, ¿eh?

—No sé de qué me hablas.

Evito mirarlo a los ojos mientras me quito la camiseta de manga corta y la reemplazo por otra sin mangas.

—Y una mierda. Has evitado esta conversación desde que Ella se marchó. —Gideon se baja de la cama y se acerca a mí—. Pero ya no puedes seguir haciéndolo, hermanito.

—Mira, no es para tanto, ¿vale? Ella y yo estamos… —¿Estábamos?—… juntos. ¿Y qué?

—Si no es para tanto, ¿por qué me lo ocultaste? ¿Por qué me tuve que enterar por East? ¿Y en qué coño estabas pensando cuando te enrollaste con ella? No necesitamos que nadie más se meta en nuestras mierdas…

—Tus mierdas —lo interrumpo y, al instante, me arrepiento, porque se encoge de dolor como si le hubiese pegado.

—Cierto —murmura—. *Mis* mierdas. Supongo que fue una estupidez pensar que mi hermano me cubriría las espaldas.

—Y te las cubro. Sabes que sí. Pero Ella no tiene nada que ver con esto. —Siento impotencia y se me forma un nudo en la garganta—. Nuestra relación es…

Me corta con una risotada brusca.

—¿Vuestra relación? Bueno… eres un chico con suerte. Debe de ser genial. Yo también tuve una relación hace tiempo.

Me muerdo la lengua. Entiendo que esté deprimido, pero yo no soy el culpable de su situación actual. Ya se las apañó el solito.

—¿Sabes lo que tengo ahora? ¡Nada en absoluto!

Gideon parece estar a punto de arrancarse el pelo mientras da vueltas por mi habitación.

—Lo siento. —Sé que mi respuesta es totalmente inadecuada, pero es todo cuanto soy capaz de decir.

—Haces bien en sentirlo. Tienes que alejarte de Ella. Es una buena chica, y la estás destrozando.

La verdad que hay en sus palabras me quema más que su mirada sentenciosa. La culpa me come por dentro.

—Puede —contesto con voz ronca—, pero no puedo dejarla marchar.

—¿No puedes? Querrás decir que no lo vas a hacer. —El rostro de Gideon se vuelve rojo—. Olvídate de Ella.

Imposible.

—Eres un puto egoísta —susurra mi hermano cuando percibe mi negativa al mirarme a los ojos.

—Gid...

—Yo también tuve a una Ella en mi vida. Tuve a una chica con la que vi que podía tener un futuro y le rompí el corazón. Ahora está tan enfadada con el mundo que no ve las cosas con claridad. ¿Eso es lo que quieres para Ella? ¿Quieres ser nuestro puto padre? ¿Hacer que alguien se suicide de lo triste y deprimida que está?

—Ejem.

Ambos nos giramos y nos encontramos a Easton en el umbral de la puerta. Sus cautos ojos azules se fijan de forma intermitente entre Gid y yo.

—Ni siquiera voy a preguntar si interrumpo —dice—, porque ya veo que sí. Tampoco voy a disculparme.

Gideon tensa la mandíbula.

—Danos un minuto, East. Esto no te incumbe.

Nuestro hermano menor se ruboriza. Se acerca a nosotros y cierra la puerta.

—Ni de coña. No vais a darme puerta. Ya no. —East clava un dedo en el centro del pecho de Gideon—. Estoy harto de vuestros secretos y de vuestros cuchicheos. Deja que lo adivine, Gid... tú sí sabías lo que Reed hacía con Brooke.

Gid se encoge de hombros.

La mirada resentida de East se posa en mí.

—¿Qué pasa? ¿No era lo bastante importante como para formar parte de vuestro club?

Aprieto la mandíbula por la frustración que siento y los dientes me rechinan.

—No hay ningún club. Fue un error estúpido, ¿vale? ¿Y desde cuándo necesitas saber con qué chicas me acuesto? ¿Estás intentando vivir a través de mi polla o algo?

Eso me gana un puñetazo en el abdomen.

Me tambaleo hacia atrás y me golpeo el hombro contra la esquina del armario. Pero no le devuelvo el golpe. East está prácticamente echando humo por la boca. Nunca lo he visto tan enfadado. La última vez que me pegó un puñetazo éramos todavía niños. Creo que discutimos por algún videojuego.

—A lo mejor debería llamar a Brooke —suelta East hecho una furia—. ¿Verdad? Porque está claro que zumbarse a la novia de papá es un requisito extraño y enfermizo para poder entrar

41

en vuestro pequeño club VIP. Si me la tiro, no tendréis más remedio que aceptarme, ¿verdad?

Gideon responde con un silencio atronador.

Yo tampoco digo nada. No tiene sentido hablar cuando Easton está de tan mal humor.

Se pasa las dos manos por el pelo y suelta un gruñido cargado de frustración.

—¿Sabéis qué? Que os den a los dos. Seguid con vuestros secretitos y lleváoslos a la tumba. Pero no vengáis a mí cuando necesitéis que os salven el culo.

Sale de mi habitación y cierra la puerta de un portazo tan fuerte que hasta el marco tiembla. El silencio que nos envuelve a su paso es ensordecedor. Gideon parece agotado. Yo estoy nervioso. Necesito pelear. Necesito descargar todas las emociones que llevo dentro antes de que le haga daño a alguien de esta casa.

Capítulo 6

A la mañana siguiente, salgo de mi cama a rastras y mi cuerpo protesta ante el simple acto de moverse. No estaba exactamente en mi mejor forma en la pelea de anoche. Sí, la rabia me cegaba, pero no tenía la suficiente resistencia. Me llevé varios golpes que ahora a la luz del día me hacen encogerme de dolor. El moratón en el lado izquierdo de las costillas ya está morado y verde. Rebusco en el armario para ponerme una camiseta ancha que me esconda la herida y me enfundo un par de pantalones de chándal.

Abajo, en la cocina, encuentro a Brooke sentada en el regazo de mi padre. Tan solo son las nueve y media, pero mi padre ya tiene su habitual copa de *whisky* escocés en la mano. Si yo estuviera follándome a Brooke, supongo que también bebería durante las veinticuatro horas de los siete días de la semana, pero joder... ¿por qué no es capaz de ver cómo es realmente?

—¿Se sabe algo del investigador privado? —pregunto a mi padre.

Él sacude la cabeza con brusquedad.

—Todavía nada.

—Me pone enferma todo esto —se queja Brooke—. Esa pobre chica está sola, quién sabe dónde... —Le acaricia la mejilla a mi padre—. Querido, tienes que hablar seriamente con Easton sobre su adicción a las apuestas. Imagínate cómo habrá tenido que ser ese corredor de apuestas para espantar a Ella de esta manera.

Brooke me mira fijamente a los ojos por encima de la cabeza de mi padre y me guiña un ojo.

Qué puta pesadilla. Me mantengo ocupado con el desayuno. Sandra se levantó temprano para preparar un montón de tostadas francesas, que ha dejado en el horno para que las devoremos, junto con una pila de beicon. Levanto mi plato y me apoyo contra la encimera, reacio a sentarme a la mesa mientras ese demonio y mi padre estén haciéndose carantoñas.

Papá se da cuenta y sienta a Brooke en la silla contigua a la suya.

—Ven y siéntate, Reed. No somos animales.

Lo atravieso con la mirada.

—¿Usas los dichos de mamá para atacarme? Eso es un golpe bajo —murmuro, y luego me arrepiento al ver como tensa la boca, dolido. Brooke tampoco parece muy feliz, pero eso es porque le encanta fingir que Maria Royal nunca existió.

—¿Quedan tostadas francesas? —La voz de Sebastian en el umbral de la puerta interrumpe lo que sea que Brooke estuviera a punto de decir.

—Sí, te sirvo un plato —le ofrezco—. ¿Va a bajar Sawyer?

—Todavía no. Está hablando por el teléfono.

Una sonrisa aparece en las comisuras de la boca de Seb. Seguramente, Sawyer esté manteniendo sexo telefónico con Lauren, la novia de los gemelos.

De repente, recuerdo lo que Daniel dijo para provocarme.

—¿Estáis teniendo cuidado? —pregunto en voz baja mientras le paso a Seb su plato.

Él frunce el ceño.

—¿Y a ti qué cojones te importa?

—Ya se empiezan a escuchar rumores en el instituto, eso es todo. No quiero que lleguen a papá y que te mande a un internado.

—Claro, como a ti se te da tan bien esconderle tus cagadas… —replica Seb a modo de burla.

Me fijo en que Brooke está observando nuestra susurrada conversación con interés, así que le doy la espalda y bajo todavía más la voz.

—Mira, me preocupo por vosotros. No quiero que pase nada, pero nadie se traga vuestro jueguecito.

—Métete en tus propios asuntos. Al menos nosotros podemos aferrarnos a la chica que tenemos en vez de espantarla. —Seguro que mi cara refleja lo sorprendido que estoy, porque Seb ríe entre dientes—. Sí, sabemos que fue culpa tuya y no de East. No somos tan tontos. Y también sabemos lo suyo. —Tuerce la cabeza discretamente hacia Brooke—. Así que métete tu opinión por donde te quepa. Estás tan enfermo como nosotros.

Seb coge su plato y sale con paso firme de la cocina.

—¿De qué iba eso? —pregunta papá desde la mesa.

—Son cosas de chicos —gorjea Brooke.

La sonrisa que hay dibujada en su rostro es genuina. Disfruta al vernos pelear. *Quiere* que nos peleemos.

Me trago algún trozo más de las tostadas francesas, aunque tengo el estómago cerrado. No sé si esta familia se recuperará algún día de la muerte de mi madre. La imagen de ella tumbada en la cama, con el rostro inexpresivo y los ojos fríos e inertes siempre está presente en mi cabeza. Aunque cuando Ella estaba aquí, el recuerdo apenas era visible.

Y ahora todo se está yendo al traste.

La casa está en silencio. No vuelvo a ver a Seb ni a Sawyer. No quiero pensar en dónde podría estar Gid ahora mismo. Y East me está evitando: no me ha respondido a ningún mensaje ni me ha devuelto las llamadas.

Tengo la sensación de que no va a volver a hablarme hasta que Ella aparezca.

Alrededor de las nueve, Wade me manda un mensaje para avisarme de que hay una fiesta en la casa de Deacon Mills. No tengo ningún deseo de pillarme un pedo o de rodearme de borrachos, así que rechazo la invitación. Pero sí que le pido un favor:

«Dime si East va. No sé dónde está».

Sobre las once, Wade me devuelve el mensaje:

«Tu hermano está aquí. Va ciego».

Mierda.

Me enfundo unos pantalones de chándal y una camiseta de manga larga. La brisa de la costa ha refrescado. El otoño ha llegado para quedarse. Me pregunto cómo le va a Ella. ¿Estará pasando frío? ¿Estará durmiendo bien? ¿Tendrá comida? ¿Estará segura?

Cuando llego a casa de Mills, la encuentro a rebosar de gente. Parece que todos los estudiantes de último año están allí. Tras pasarme quince minutos buscando a East, desisto y le mando otro mensaje a Wade, al que tampoco veo por ninguna parte.

«Dónde está?»

«Sala de juegos».

Cruzo el salón en dirección a la enorme sala de estar que también cumple la función de sala de billar. Wade está junto a la mesa de billar hablando con uno de sus compañeros de equipo. Nos cruzamos la mirada y señala con la cabeza a la izquierda.

Sigo la dirección de sus ojos. Mi hermano está desparramado en el sofá con una rubia sentada en el regazo. El rubio cabello le cubre el rostro como una cortina, así que no sabría decir quién es, pero sí que veo que tiene los labios pegados a los de East. Él le mete poco a poco una mano bajo la falda, y la chica ríe por lo bajo. Al instante me quedo completamente paralizado. Conozco esa risa.

Levanta la cabeza y... sí, es Abby.

—East —pronuncio desde el umbral de la puerta.

Mi hermano levanta los ojos azules vidriosos en mi dirección, con las mejillas ruborizadas. Está completamente pedo. Genial.

—Mira, Abs, es mi hermano mayor —mascula.

—Vamos. Hora de irse —ordeno a la vez que le tiendo una mano.

Abby se queda mirándome con los ojos abiertos como platos. Es evidente que se siente culpable, pero ahora mismo me preocupa más East. Algún demonio lo está atormentando bastante si ha decidido liarse con mi ex.

—¿Qué prisa tienes? Abs y yo solo acabamos de empezar. ¿Verdad, nena?

Abby se sonroja todavía más.

—Reed —empieza a decir ella, pero la ignoro.

—Levántate —espeto a mi hermano—. Nos vamos.

—No me voy a ninguna parte.

—Sí lo vas a hacer.

No se mueve.

—Que tú no vayas a mojar, no significa que mi polla se vaya a quedar a dos velas, ¿verdad, Abs?

Abby emite un tenue ruido. No estoy seguro de si le está dando la razón o si está mostrando su desacuerdo, pero me importa un bledo. Yo solo quiero llevar a Easton a casa antes de que haga algo de lo que se arrepienta.

—Tu polla ya se divierte bastante.

—A lo mejor quiere más. —East sonríe—. ¿Y a ti qué te importa? Ambos sabemos que disfrutará más conmigo.

El rostro de Abby está ahora rojo como un tomate.

—Easton —dice con firmeza.

—¿Qué? Sabes que tengo razón. —Mi hermano fija su mirada burlona en ella—. Pierdes el tiempo soñando con él, nena. ¿Te dijo alguna vez que te quería? No, ¿verdad? Eso es porque nunca te ha querido.

Abby profiere un grito ahogado de dolor.

—Que te jodan, Easton. Que os jodan a los dos.

Acto seguido, se marcha corriendo de la sala de estar sin mirar atrás. Easton la observa marcharse y, luego, se gira hacia mí y empieza a reír con frialdad.

—Otra mujer que huye, ¿eh, hermano? Ella, Abby...

—Tú eres quien la ha espantado. —Niego con la cabeza—. Deja en paz a Abby. No es uno de tus juguetes, East.

—Qué, ¿es demasiado buena para un capullo como yo?

Sí.

—Eso no es lo que he dicho —miento.

—Y una mierda. No quieres que mancille a tu pura y dulce Abby. No quieres que la vuelva loca. —East avanza y se balancea sobre los pies. El aroma a alcohol que me llega en cuanto abre la boca casi me deja KO—. Eres un puto hipócrita. Tú eres la manzana podrida. Tú eres el que arruina a las chicas. —Se acerca todavía más, hasta que nuestras caras están a un par de centímetros de distancia. Luego, acerca la boca a mi oído y susurra—: Has arruinado la vida de Ella.

Me encojo de dolor.

Todos los presentes en la sala nos observan. Los Royal están peleados, damas y caballeros. Los gemelos han dejado de hablarme. Seb debe de haberle dicho algo a Sawyer y, ahora, los dos me miran como si tuviera la lepra. East intenta deshacerse del dolor a base de sexo. Gid está enfadado con el mundo. ¿Y yo? Yo me estoy ahogando.

—Vale. Me piro. —Paso por su lado luchando por mantener el control—. Haz lo que quieras, tío.

—Ten por seguro que lo haré —masculla.

Capto la atención de Wade e inclino la cabeza hacia la puerta. Él no pierde el tiempo y se encuentra allí conmigo.

—Asegúrate de que East llegue sano y salvo a casa —murmuro—. No puede conducir en este estado.

Wade asiente.

—Entendido. Vete a casa. Mañana será otro día.

Si Ella aparece, sí. Si no, estamos jodidos.

Conduzco de vuelta a casa. Me siento derrotado e intento no pensar en el infierno en el que se ha convertido mi vida. Ella no está. East está tocadísimo. Brooke ha vuelto. No sé qué hacer con toda la ira que siento. No puedo volver a pelear. Me duelen demasiado las costillas. Pero tengo las manos perfectas, así que bajo a la sala de musculación y descargo toda mi frustración en el saco de boxeo.

Finjo que el saco soy yo. Lo atizo hasta que tengo las manos ensangrentadas y los pies y las piernas llenos de marcas rojas.

Sin embargo, no me sirve de nada.

Cuando acabo, me ducho para deshacerme del sudor y la sangre, me pongo otros pantalones y subo a la planta de arriba. En la cocina, me hago con una bebida energética y me sorprendo al ver la hora que es: la una y pico de la madrugada. He estado en el sótano casi una hora y media.

Subo las escaleras, agotado. Quizá esta noche pueda dormir. El pasillo está oscuro y todas las puertas están cerradas, incluida la del dormitorio de East. Me pregunto si habrá vuelto de la fiesta.

Cuando me acerco a la mía, oigo ruidos. Unos gruñidos graves y unos jadeos.

¿Qué cojones?

Más le vale a Brooke no estar ahí.

Abro la puerta y lo primero que veo es el trasero desnudo de mi hermano. Está en mi cama. Y también Abby, que está gimiendo suavemente al tiempo que East la penetra. Está agarrada a sus hombros y tiene las piernas alrededor de sus caderas. Su cabello está esparcido por mi almohada.

—¿En serio? —gruño.

Easton deja de moverse, pero mantiene una mano sobre uno de los pechos de mi ex. Gira la cabeza hacia mí y me ofrece una sonrisa salvaje.

—Joder, tío, ¿esta es tu habitación? —pregunta con sorna—. Debo de haberla confundido con la mía. Lo siento, hermano.

Cierro la puerta de un portazo y me tambaleo hacia atrás en el pasillo.

Duermo en la habitación de Ella. O, mejor dicho, me tumbo en la cama de Ella y me quedo pensando durante toda la noche. Por la mañana, me topo con East en la cocina.

—Anoche Abby me hizo sentir muy bien.

East sonríe con suficiencia y le pega un buen bocado a una manzana.

Me pregunto distraídamente lo que sentiría si le metiera esa manzana entera en la garganta. Probablemente se reiría y diría que quiere otra solo para demostrármelo. ¿Pero demostrarme qué? ¿Que me odia?

—No sabía que fuéramos a compartir como los gemelos.

Agarro una jarra con más fuerza de la que pretendía y el agua se me derrama en la mano.

East suelta una risotada forzada.

—¿Por qué no? Si me hubiese tirado yo a Ella, quizá no se habría ido.

De repente, siento que tengo los ojos inyectados en sangre.

—Tócala y…

—No puedo tocarla si no está aquí, capullo. —Arroja la manzana medio mordisqueada y esta choca contra el lateral del armario que hay a apenas unos centímetros de mi cabeza.

Sí, estamos de puta madre en la casa de los Royal.

Evito a East durante el resto del día.

Capítulo 7

Pasa otra semana. Ella sigue desaparecida y mis hermanos, sin hablarme. La vida es una mierda y no tengo ni idea de cómo mejorarla, así que dejo de intentarlo. Me regodeo en la miseria, evito a todo el mundo y me paso todas las noches preguntándome qué estará haciendo Ella. Si está a salvo. Si me echa de menos... aunque estoy seguro de que no lo hace. Si me echara de menos, ya habría vuelto a casa.

El lunes, me levanto y voy al entrenamiento. Todo el mundo se da cuenta de que East y yo estamos peleados. Mi hermano se coloca en un extremo de la banda y yo en la otra. La distancia entre nosotros es mayor que la de un estadio. Joder, si hasta el océano Atlántico desaparecería en la sima que se extiende entre ambos.

Después del entrenamiento, Val me detiene en el pasillo. Enseguida compruebo si debo cubrirme las pelotas.

—Solo dime si está bien —suplica.

—Está bien.

—¿Está enfadada conmigo? ¿Le he hecho algo? —La voz de Val se quiebra.

Mierda. ¿Es que nadie es capaz de mantenerse firme? Estoy tan irritado que no puedo evitar contestar con brusquedad.

—¿Qué soy? ¿Un consultorio? No sé por qué no te llama.

El rostro de Val se desencaja.

—Eso ha sobrado, Reed. Ella también es mi amiga. No tienes derecho a mantenerla apartada de mí.

—Si Ella quisiera saber de ti, te llamaría.

Eso es lo peor que podría decir, pero las palabras salen de mi boca de todas formas. Antes de poder retirarlas, Val se marcha corriendo.

Si Ella no me odiaba antes, lo hará cuando vuelva y vea el desastre que he montado.

Enfadado y frustrado, me giro y le doy una patada a la taquilla. El metal de la puerta se dobla con el impacto y un latigazo de dolor me recorre la pierna. No es nada agradable.

Al otro lado del pasillo, oigo risas. Me giro y veo a Easton tender una mano a Dominic Brunfeld, que le pone algo en la palma. Otros chicos del equipo sacan billetes y se los pasan.

—Nunca pensé que te vería tan destrozado por una tía —dice Dom cuando pasa junto a mí—. Nos estás defraudando.

Le hago un corte de manga y espero a que East llegue a mi altura.

—¿Quieres explicarme de qué iba todo eso?

East me abanica la cara con el dinero.

—Ha sido el dinero más fácil de ganar de la historia. Estás desquiciado, hermano. Todos en el instituto lo saben. Solo era cuestión de tiempo que perdieras el control. Por eso Ella se fue.

Respiro con dificultad por la nariz.

—Volverá.

—Oh, ¿la has encontrado por arte de magia en mitad de la noche? —Abre los brazos y se gira—. Porque no está aquí. ¿Tú la ves? Dom, ¿tú ves a Ella? —Dom nos mira a East y a mí de forma intermitente—. No, no la ve. ¿Y tú, Wade? ¿Tú la ves? ¿Acaso te ha acompañado al baño?

—Cállate, East.

Sus ojos reflejan dolor mientras, con un gesto, hace como si se cerrara la boca con una cremallera.

—Ya me callo, amo Reed. Tú sí que sabes lo que es mejor para los Royal, ¿verdad? Tú lo haces todo bien. Sacas las mejores notas. Juegas genial al fútbol. Te tiras a las mejores chicas. Menos cuando no lo haces. Y cuando la cagas, todos pagamos las consecuencias. —Me coloca una mano en la nuca y me arrastra hacia delante hasta que nuestras cabezas están pegadas la una a la otra—. Así que, ¿por qué no te callas tú, Reed? Ella no va a volver. Está muerta, tal y como nuestra querida madre. Solo que esta vez no ha sido mi culpa, sino tuya.

Siento que la vergüenza me inunda; como si fuera una sustancia fea y lodosa que se me pega a los huesos y me aplasta contra el suelo. No puedo escapar de la verdad. East tiene razón. La muerte de mi madre fue, en parte, culpa mía, y si Ella está muerta, también tendré que cargar con parte de la culpa.

Me aparto de él y entro de nuevo en el vestuario. Nunca me había peleado con mis hermanos en público. Siempre hemos sido todos para uno, y uno para todos. Mamá detestaba cuando nos peleábamos en casa, pero no toleraba que lo hiciéramos fuera. Si nos respondíamos de malas maneras, fingía que no éramos sus hijos. Los hijos de Maria Royal no dejaban en ridículo ni a su madre ni a ellos mismos en público. Con una sola mirada de reproche nos ponía a todos firmes y nos obligaba a abrazarnos como si fuera una jornada de puertas abiertas en el parque de bolas y todos estuviéramos felices de estar vivos, pese a haber estado a punto de tirarnos de los pelos.

La puerta de los vestuarios se abre. No levanto la mirada para ver quién entra. Sé que no es East. Le gusta aislarse cuando está enfadado.

—El viernes, antes del partido, una de las chicas pastel agarró una tijera y le cortó el pelo a una chica nueva. Salió corriendo, llorando como una Magdalena —dice Wade.

Me tenso. Mierda. Esa debe de haber sido la chica que Delacorte y yo vimos salir del edificio y subirse al Volkswagen.

—¿Rubia y delgadita? ¿Conduce un Passat blanco?

Asiente y el banco cruje cuando se sienta junto a mí.

—El día anterior, Dev Khan prendió fuego al proyecto de ciencias de June Chen.

—¿June no es una estudiante becada?

—Sí.

—Ajá. —Me obligo a sentarme con la espalda recta—. ¿Alguna otra bonita historia que quieras contarme?

—Esas son las dos más importantes. He oído otros rumores, pero no los he confirmado. Jordan escupió a una chica en clase de Salud e Higiene. Goody Bellingham está ofreciendo cincuenta de los grandes a cualquiera que esté dispuesto a tirarse al rey y a la reina del baile de otoño.

Me froto el mentón. Vaya mierda de colegio.

—Apenas han pasado dos semanas.

—Y en estas dos semanas, tus hermanos han dejado de hablarte, te has peleado con Delacorte y has destrozado una taquilla. Ah, y antes de que Ella se fuera, al parecer decidiste que no te gustaba la cara de Scott Gastonburg e intentaste arreglársela.

—Estaba hablando mal de Ella.

El tío insultó a Ella. No lo oí, pero supe por su expresión engreída cuando estábamos en la discoteca que se pensaba que se había marcado un tanto. Pero no mientras yo esté presente.

—Seguro. Nada que salga de la boca de Gasty merece la pena. Nos hiciste un favor a todos cerrándole la boca, pero el resto del instituto se está desmoronando. Tienes que espabilar.

—No me importa lo que ocurra en el Astor.

—A lo mejor no. Pero si los Royal no manejan el cotarro, el colegio se va a ir a la mierda. —Wade se mueve sobre la superficie dura de metal—. La gente también está hablando de Ella.

—Me da igual, que hablen lo que quieran.

—Eso lo dices ahora, ¿pero qué ocurrirá cuando vuelva? Ya se metió en una pelea con Jordan. Y, vale, sí, estuvo muy *sexy*. Pero después pasó lo de Daniel y, ahora, ha desaparecido. Todo el mundo dice que se ha ido para abortar o para recuperarse de una enfermedad de transmisión sexual. Si la estás escondiendo, es el momento de sacarla, de demostrar tu fuerza.

Permanezco en silencio.

Wade suspira.

—Sé que no te gusta estar al mando, pero adivina qué, tío: lo estás, desde que se graduó Gid. Si dejas que las cosas empeoren, cuando llegue Halloween el colegio será una verdadera casa del terror. Habrá intestinos y tejido cerebral desparramados por las paredes. Alguien se habrá marcado un *Carrie* con Jordan para entonces.

Jordan. Esa chica no trae más que problemas.

—¿Por qué no te ocupas tú? —murmuro—. Tu familia tiene bastante dinero como para comprar a la de Jordan.

Wade viene de una familia rica desde hace generaciones. Creo que en su sótano tiene guardados lingotes de oro.

—No es por el dinero. Sois los Royal. La gente os escucha. Quizá porque sois muchos.

Tiene razón. Los Royal han gobernado este colegio desde que Gid estaba en segundo curso. No sé lo que pasó, pero un día nos despertamos y todo el mundo miraba a Gid con admiración. Si un chaval se pasaba de la raya, ahí estaba Gid para enderezarlo. Las reglas eran simples. La gente solo podía meterse con alguien de su tamaño.

Aunque el tamaño era algo metafórico. Ese tamaño dependía del estatus social, de las cuentas bancarias y de la inteligencia de la persona en cuestión. Si Ella se hubiera desquitado con una de las chicas pastel, no hubiera pasado nada. Pero ir tras una chic becada era otra cosa.

Ella no había pertenecido a ningún grupo. No era una estudiante becada. Tampoco era rica. Y yo pensaba que se acostaba con mi padre. Que mi padre había traído a casa a una puta de un burdel de alto *standing*. A Steve y a él les gustaba frecuentar esa clase de sitios cuando se marchaban de viaje de negocios. Sí, papá es un actor de primera clase.

Me quedé a la espera, y todos esperaron conmigo. Menos Jordan. Jordan vio de inmediato lo que yo. Que Ella estaba hecha de otra pasta, que era diferente a lo que habíamos visto en Astor Park hasta entonces. Jordan la odiaba. Yo, en cambio, me sentía atraído por ella.

—No quiero esa clase de poder —responde Wade—. Yo solo quiero mojar, jugar al fútbol, molestar a los novios de mi madre y emborracharme. Puedo hacer todo eso aunque Jordan le haga *bullying* a todas las chicas guapas que respiren el mismo aire que ella. En cambio, tú tienes conciencia, tío. Pero con toda esta mierda… mientras Daniel todavía camina por los pasillos como si no hubiera intentado violar a Ella… bueno, quien calla otorga. —Se pone de pie—. Todo el mundo depende de ti. Es una carga, lo sé, pero, si no espabilas, ocurrirá una masacre.

Yo también me levanto y me dirijo a la puerta.

—Que arda el instituto —murmuro—. No soy yo quien tiene que apagar el incendio.

—Tío.

Me detengo en el umbral de la puerta.

—¿Qué?

—Al menos dime qué va a ocurrir. No me importa lo que decidas. Solo quiero saber si me va a tocar ponerme un traje de protección y eso.

Me encojo de hombros y giro la cabeza hacia él.

—Por lo que a mí respecta, todo puede irse a la mierda.

Oigo un suspiro de derrota a mi espalda, pero no me quedo ni un segundo más en el vestuario. Mientras Ella siga desaparecida, me niego a concentrarme en cualquier otra cosa que no sea encontrarla. Si alguien a mi alrededor está deprimido, perfecto. Podremos estar deprimidos juntos.

Mantengo la cabeza gacha mientras recorro el pasillo. Casi llego a clase sin hablar con nadie... hasta que una voz familiar me llama.

—¿Qué pasa, Royal? ¿Estás depre porque nadie quiere jugar contigo?

Me detengo y me giro lentamente para enfrentarme a Daniel Delacorte al oír su carcajada.

—Lo siento, no te he oído —respondo con frialdad—. ¿Puedes repetirlo? Pero esta vez, díselo a mi puño.

Se tambalea en el sitio, porque percibe el tono de amenaza de vida. El pasillo está abarrotado de chicos que acaban de salir de clase. Hay estudiantes de Música, del grupo de debate, las chicas del equipo de animadoras y miembros del club de ciencias.

Avanzo con seguridad hacia él. La adrenalina me recorre las venas. Ya he llegado a los puños con este gilipollas en otra ocasión, aunque solo le di un puñetazo. Mis hermanos me alejaron a rastras de él antes de que le hiciera más daño.

Hoy nadie me detendrá. La manada de animales que forma el cuerpo de estudiantes del Astor Park percibe el olor a sangre.

Delacorte se mueve hacia un lado; no está completamente de frente, aunque sí tiene cuidado de no darme la espalda. «No soy de los que apuñalan a la gente por la espalda», quiero decirle. «Eso es lo que tú haces.»

Pero parece que Delacorte piensa lo contrario. Está mal de la cabeza. Ataca a personas que cree que son más débiles que él.

La ira emana de su delgada figura. Es muy cobarde y no le gusta que la gente se enfrente a él. Su padre le cubre las espaldas, al fin y al cabo. Me parece bien, pero su papi no está aquí ahora mismo, ¿verdad que no?

—¿Para ti todo se reduce a la violencia, Royal? ¿Crees que puedes resolver todos tus problemas con los puños?

Sonrío con suficiencia.

—Al menos yo no uso drogas para solucionar mis problemas. Las chicas no te desean, así que las drogas. Ese es tu *modus operandi*, ¿verdad?

—Ella me deseaba.

—No me gusta oírte pronunciar su nombre. —Doy un paso hacia delante—. Deberías olvidarte de su nombre.

—¿O qué? ¿Vamos a batirnos en duelo hasta morir?

Abre los brazos a modo de invitación para que la audiencia ría con él, pero o lo odian o me temen a mí, porque apenas se oye una risita nerviosa como respuesta.

—No, creo que eres un deshecho humano. Sería más útil que el oxígeno que respiras saliera del culo de cualquier otra persona. No puedo matarte. Por razones legales y todo eso... pero puedo hacerte daño. Puedo hacer que cada momento de tu vida sea un infierno —digo como si nada—. Deberías irte de este colegio, tío. Nadie te quiere aquí.

Daniel jadea ligeramente.

—Es a ti a quien nadie quiere —se mofa.

Mira de nuevo a la multitud en busca de apoyo, pero los ojos de la gente están fijos en el baño de sangre que quizá tenga lugar. Se acercan y empujan a Daniel hacia delante.

El cobarde que hay dentro de él aparece. Me lanza su teléfono y la carcasa me golpea en la frente. Los estudiantes ahogan un grito. Algo cálido y cobrizo se desliza por mi rostro, me nubla la vista y me empapa los labios.

Podría pegarle un puñetazo. Sería sencillo. Pero quiero que sufra de verdad. Quiero que ambos suframos. Así que lo agarro de los hombros y estampo mi frente contra la suya.

Mi sangre pinta su semblante y yo sonrío de satisfacción.

—Ahora estás mucho más guapo. Veamos qué otros trucos de magia tengo para ti.

Entonces le pego una buena bofetada.

Daniel enrojece de ira, más por el desdén en mi golpe que por el dolor. Las bofetadas son el arma que utilizan las chicas, no los hombres. Entonces, le doy otra torta en la cara y el golpe resuena. Daniel retrocede, pero no es capaz de alejarse mucho, porque las taquillas lo detienen.

Sonrío de oreja a oreja mientras doy otro paso hacia él y lo vuelvo a abofetear. Él me bloquea con su mano y deja todo el lado izquierdo descubierto. Le propino dos golpes en el lado izquierdo de la cara antes de retroceder.

—Pégame —grita—. Pégame. ¡Usa los puños!

Esbozo una sonrisa todavía más amplia.

—No te mereces que te destroce con los puños. Solo los uso con hombres.

Le vuelvo a dar una bofetada, esta vez lo bastante fuerte como para lacerar su piel. La sangre aparece alrededor de la herida, pero eso no satisface mi sed de venganza. Le estampo una mano en un oído y luego en el otro. Él intenta defenderse débilmente.

Entonces, Daniel tuerce la boca y reúne saliva. Me muevo a la izquierda para evitar el escupitajo que suelta. Asqueado, lo agarro del pelo y le estampo la cara contra la taquilla.

—Cuando Ella vuelva, no va a querer ver a mierdas como tú por aquí, así que o te vas o aprendes a hacerte invisible, porque no quiero volver a verte u oírte.

No espero a escuchar su respuesta. Le estampo de nuevo la frente contra la taquilla de metal y lo suelto.

Él trastabilla y se desmorona. Ochenta kilos de imbecilidad que caen al suelo cual juguete viejo.

Me giro y encuentro a Wade a mi espalda.

—Pensé que no te importaba —murmura.

La sonrisa que le dedico debe de ser feroz porque todos menos Wade y su estoica sombra, Hunter, dan un paso hacia atrás.

Me inclino y cojo el teléfono de Daniel del suelo, luego le doy la vuelta y lo agarro de la mano, inmóvil. Presiono su pulgar contra el botón de inicio y luego marco el número de mi padre.

—Callum Royal —responde con impaciencia.

—Hola, papá. Vas a tener que venir al instituto.

—¿Reed? ¿Desde qué número me estás llamando?

—Desde el de Daniel Delacorte. El hijo del juez Delacorte. Es mejor que traigas el talonario. Le he dado una buena tunda. Se lo ha buscado él solo, eso sí, y literalmente —digo, animado.

Cuelgo y me paso una mano por la cara. La sangre emana del corte y se me mete en el ojo. Paso por encima del cuerpo de Daniel y arrastro las palabras cuando me despido de Wade y Hunter:

—Hasta luego, chicos.

Le asiento al enorme y silencioso defensa.

Me devuelve el gesto levantando el mentón en mi dirección y me dirijo al exterior para que me dé un poco el aire.

Papá está que echa espuma por la boca cuando aparece en la sala de espera de la oficina del director Beringer. No hace ningún comentario sobre mi frente ensangrentada. Solo me agarra por las solapas de la americana y acerca mi rostro al suyo.

—Esto tiene que parar —susurra.

Me deshago de él y contesto:

—Relájate. Llevo sin meterme en una pelea desde hace un año.

—¿Quieres una medalla? ¿Una palmadita en la espalda? Joder, Reed... ¿Cuántas veces tiene que repetirse esta misma historia? ¿Cuántos malditos cheques voy a tener que firmar antes de que espabiles?

Lo miro fijamente a los ojos.

—Daniel Delacorte drogó a Ella en una fiesta e intentó violarla.

Mi padre inhala aire de golpe.

—Señor Royal.

Nos giramos y vemos a la secretaria de Beringer en el umbral de la puerta de la oficina del director.

—El señor Beringer ya puede recibirlos —nos informa con frialdad.

Mi padre pasa junto a mí, gira la cabeza y me dice:

—Quédate aquí. Ya me ocupo yo de esto.

Intento esconder mi satisfacción. Voy a salir de aquí y mi padre va a encargarse de arreglar mi cagada. De puta madre. Aunque no es que lo considere una cagada. Delacorte se lo merecía. De hecho, se lo merecía desde la noche en que intentó hacer daño a Ella, pero me distraje a la hora de cobrarme la venganza porque estaba demasiado ocupado enamorándome de ella.

Planto el trasero otra vez en una de las sillas de la sala de espera y evito a conciencia las miradas de reproche que la secretaria de Beringer me lanza.

La reunión de mi padre con Beringer dura menos de diez minutos. Siete, si el reloj sobre la puerta es preciso. Cuando sale de la oficina, sus ojos destellan con un brillo triunfal que normalmente aparece cuando ha cerrado un buen trato.

—Solucionado —me dice, y luego me indica que lo siga—. Vuelve a clase, pero asegúrate de que vuelves derechito a casa tras las clases. Y tus hermanos también. No hagáis paradas innecesarias. Necesito que volváis a casa lo antes posible.

Me tenso enseguida.

—¿Por qué? ¿Qué pasa?

—Iba a esperar hasta después de clase para decíroslo, pero... ya que estoy aquí... —Mi padre se detiene en medio del enorme recibidor de madera—. El investigador privado ha encontrado a Ella.

Mi padre sale por la puerta de entrada antes de que pueda procesar la bomba que acaba de soltar. Me ha dejado conmocionado.

Capítulo 8

Ella

El autobús llega a Bayview demasiado pronto. No estoy preparada. Pero sé que nunca lo estaré. Me siento traicionada por Reed. La ira y la decepción corren por mis venas como si fueran alquitrán y atacan lo que me queda de corazón como si fuese un cáncer terminal.

Reed me ha destrozado. Me ha engañado. Me ha hecho creer que podía existir algo bueno en esta mierda de mundo. Que podía haber alguien que se preocupara por mí.

Debería haber sido más lista. Me he pasado toda la vida en la calle, desesperada por abandonar esa vida. Quería a mi madre, pero anhelaba mucho más que la vida que me daba. Quería algo más que pisos cutres, las sobras mohosas y luchas desesperadas por llegar a fin de mes.

Callum Royal me dio lo que mi madre no pudo: dinero, una educación, una mansión pija en la que vivir, una familia y una...

«Una ilusión», murmura una voz mordaz en mi cabeza.

Sí, supongo que eso es lo que era. Y lo triste es que Callum ni siquiera lo sabe. No se da cuenta de que vive en una casa llena de mentiras.

O a lo mejor sí. A lo mejor sabe perfectamente que su hijo se acuesta con...

No. Me niego a pensar en lo que vi en el dormitorio de Reed la noche que me fui de la casa de los Royal.

Pero las imágenes se reproducen de nuevo en mi cabeza.

Veo a Reed y a Brooke en la cama de él.

A Brooke desnuda.

A Brooke tocándolo.

Doy una arcada y una mujer mayor me mira al otro lado del pasillo con cara de preocupación.

—¿Estás bien, cielo? —pregunta.

Trago saliva para deshacerme de las náuseas.

—Sí —digo en voz baja—. Me duele un poco el estómago.

—Tranquila —responde la mujer con una sonrisa compasiva—. En nada abrirán las puertas. Saldremos en un santiamén. Dios. No. Un santiamén es muy poco tiempo. No quiero bajarme de este autobús. No quiero el dinero que Callum me ha dado a la fuerza en Nashville. No quiero volver a la mansión de los Royal y fingir que no me han roto el corazón en mil añicos. No quiero ver a Reed ni escuchar sus disculpas, si es que va a disculparse conmigo.

No dijo ni una palabra cuando entré y los pillé a él y a la novia de su padre en su cama. Ni una palabra. Estoy segura de que en cuanto entre por la puerta de la mansión me daré cuenta de que Reed ha vuelto a ser el mismo chico cruel de antes. Aunque lo cierto es que quizá prefiero eso. De esa forma, podré olvidar que lo he querido.

Bajo del autobús tambaleándome y me aferro al asa de la mochila que llevo colgada al hombro. El sol ya se ha puesto, pero la estación está completamente iluminada. La gente se mueve a mi alrededor mientras el conductor descarga las maletas del maletero del vehículo. Yo no llevo ninguna, solo he viajado con mi mochila.

La noche que hui, no me llevé nada de la ropa pija que me compró Brooke y que ahora me espera en la mansión. Ojalá pudiera quemar todas y cada una de esas prendas. No quiero llevar esa ropa ni vivir en esa casa.

¿Por qué no podía Callum dejarme tranquila? Podría haber empezado una nueva vida en Nashville. Podría haber sido feliz. Solo era cuestión de tiempo.

Pero no, estoy en las garras de los Royal otra vez, después de que Callum usara todo su catálogo de amenazas conmigo para traerme de vuelta. No me puedo creer todo lo que ha hecho para encontrarme. Al parecer los billetes que me dio tenían unos números de serie específicos. Solo tuvo que esperar a que usara uno para descubrir mi ubicación exacta.

Ni siquiera quiero saber cuántas leyes ha incumplido para rastrear el número de serie de un billete de cien. Pero supongo que los hombres como Callum están por encima de la ley.

Un coche pita y yo me quedo petrificada cuando un Town Car negro aparece junto al bordillo. Es el mismo coche que siguió al autobús de Nashville a Bayview. El conductor se baja. Es Durand, el chófer/guardaespaldas de Callum, que es tan grande como una montaña e igual de imponente.

—¿Qué tal el viaje? —pregunta con brusquedad—. ¿Tienes hambre? ¿Quieres que paremos a comprar algo de comer?

Durand nunca es tan hablador, así que me pregunto si Callum le ha ordenado que sea muy simpático conmigo. Yo no recibí esa orden, así que no me muestro para nada simpática cuando murmuro:

—Sube al coche y conduce.

Él abre las fosas nasales.

No me siento mal. Estoy harta de esta gente. De ahora en adelante serán mis enemigos. Son los guardias de la cárcel en la que me tienen recluida. No son mis amigos ni mi familia. No significan nada para mí.

Parece que todas las luces de la mansión están encendidas cuando Durand detiene el coche en la entrada de la mansión. La casa es un enorme rectángulo repleto de ventanas y toda la brillante luz que emana de su interior resulta casi cegadora.

Las puertas de roble con pilares se abren de golpe y, de repente, Callum aparece con el pelo oscuro perfectamente peinado y vestido con un traje de chaqueta que se ciñe a su ancha figura.

Adquiero una postura firme y me preparo para enfrentarme a él, pero mi tutor legal me ofrece una lánguida sonrisa.

—Bienvenida de nuevo.

Aunque lo cierto es que no me siento bienvenida en absoluto. Este hombre me ha rastreado hasta Nashville y me ha amenazado. La lista de consecuencias directas si no volvía a la mansión de los Royal parecía no tener fin.

Habría puesto una denuncia por haberme escapado de casa.

Me habría denunciado a la policía por usurpar la identidad de mi madre.

Le habría dicho que robé los diez mil dólares que me dio y me habría denunciado por robo.

Aunque ninguna de esas amenazas me hizo sucumbir. No, lo que realmente consiguió que cediera fue su enfática declaración de que no había lugar al que pudiera huir sin que él me encontrara. Fuera donde fuera, él daría conmigo. Me perseguiría durante el resto de mi vida, porque, tal y como me recordó, se lo debía a mi padre.

Mi padre, un hombre al que ni siquiera conocí. Un hombre que, por lo que he oído, era un cabrón mimado y egoísta que se casó con una arpía cazafortunas y se olvidó de comentarle —a su esposa y a todos los demás— que había dejado preñada a una muchacha cuando estaba de permiso hace dieciocho años.

Yo no debo nada a Steve O'Halloran. Ni tampoco debo nada a Callum Royal. Pero tampoco quiero tener que comprobar que nadie me sigue durante toda mi vida. Callum no se marca faroles. No dejaría de buscarme si volviera a huir.

Mientras lo sigo al interior de la mansión, me recuerdo que soy fuerte. Lo resistiré. Puedo soportar dos años viviendo con los Royal. Lo único que tengo que hacer es fingir que no están por aquí. Me concentraré en terminar mi educación secundaria y luego iré a la universidad. En cuanto me gradúe, no tendré que volver a poner un pie en esta casa.

Una vez arriba, Callum me enseña el nuevo sistema de seguridad que ha instalado en la puerta de mi dormitorio. Es un escáner biométrico de manos, supuestamente del mismo tipo que utilizan en Atlantic Aviation. Solo mi huella puede abrir la puerta de mi habitación, lo cual implica que no habrá más visitas nocturnas de Reed. Ni más pelis con Easton. Esta habitación es mi celda, y eso es exactamente lo que quiero.

—Ella...

Callum suena agotado. Me sigue al interior de mi habitación, que es tan rosa y femenina como la recuerdo. Callum contrató a un decorador, pero eligió todas las cosas por su cuenta y dejó claro que no sabe absolutamente nada sobre las chicas adolescentes.

—¿Qué?

—Sé por qué huiste, y quería...

—¿Lo sabes? —lo interrumpo con cautela.

Callum asiente.

—Reed me lo ha contado.

—¿Te lo ha contado?

No soy capaz de contener o esconder la sorpresa. ¿Reed le ha contado a su padre lo suyo con Brooke? ¿Y Callum no lo ha echado de casa? Joder, ¡Callum ni siquiera parece molesto! ¿Quién es esta gente?

—Entiendo que quizá sentías demasiada vergüenza como para acudir a mí —continúa Callum—, pero quiero que sepas que puedes contarme lo que sea. De hecho, creo que deberíamos poner una denuncia en la comisaría mañana a primera hora.

La confusión me embarga.

—¿Una denuncia?

—Ese chico debe recibir un castigo por sus acciones, Ella.

—¿Ese chico?

¿Qué cojones está pasando? Callum quiere que arresten a su hijo por... ¿por qué? ¿Por acostarse con una menor? Sigo siendo virgen. ¿Me pueden detener por...? Joder. Estoy roja como un tomate.

Sus siguientes palabras me dejan de piedra.

—No me importa una mierda que su padre sea juez. Delacorte no puede irse de rositas después de haber drogado e intentado abusar de una chica.

Tomo aire. Ay, Dios. ¿Reed le ha contado lo que Daniel intentó hacerme? ¿Por qué? O mejor dicho, ¿por qué ahora y no hace semanas, cuando ocurrió?

Fueran cuales fuesen las razones de Reed, estoy molesta con él por habérselo contado. Lo último que quiero es involucrar a la poli o meterme en un proceso judicial largo y desagradable. Me puedo imaginar perfectamente lo que pasaría en el juzgado. La estudiante *stripper* alega que un chico blanco y rico intentó drogarla para acostarse con ella. Nadie se lo creería.

—No voy a poner una denuncia —digo, tensa.

—Ella...

—No fue para tanto, ¿vale? Tus hijos me encontraron antes de que Daniel me hiciera daño de verdad. —La frustración inunda mi cuerpo—. Y esa no es la razón por la que hui, Callum. Este... este no es mi sitio, ¿vale? No estoy hecha para ser una princesita rica que va a un colegio privado y se bebe una copa de champán de más de mil dólares durante una cena. Esa no soy yo. Yo no soy elegante, ni rica, ni...

—Pero sí que eres rica —interrumpe en silencio—. Eres muy, muy rica, Ella, y debes empezar a aceptarlo. Tu padre te ha dejado una fortuna enorme y un día de estos tendremos que sentarnos con los abogados de Steve para decidir qué harás con ese dinero. Inversiones, fondos y esas cosas. De hecho... —Saca una cartera de cuero y me la tiende—. Esta es tu paga del mes, según nuestro acuerdo, y también hay una tarjeta de crédito.

De repente, me siento mareada. El recuerdo de Reed y Brooke juntos es lo único en lo que me he podido concentrar desde que me marché. Me olvidé por completo de la herencia de Steve.

—Podemos discutirlo en otro momento —murmuro.

Asiente.

—¿Estás segura de que no vas a cambiar de parecer con respecto a contar a las autoridades lo de Delacorte?

—No, no voy a cambiar de opinión —digo con firmeza.

Parece resignado.

—Vale. ¿Quieres que te traiga algo de comer?

—Comí en la última parada del autobús.

Quiero que se vaya y él lo sabe.

—Vale. Bueno... —Camina hacia la puerta y añade—: ¿Por qué no te vas pronto a dormir? Estoy seguro de que estás agotada después de un viaje tan largo. Podemos hablar más mañana.

Callum se va y siento una punzada de irritación cuando me fijo en que no ha cerrado la puerta por completo. Me acerco y la cierro... aunque al mismo tiempo se vuelve a abrir de golpe y casi caigo de culo al suelo.

Lo siguiente que sé es que un par de brazos fuertes me abrazan.

Al principio me tenso, porque pienso que es Reed, pero cuando me doy cuenta de que es Easton, me relajo. Es igual de alto y musculoso que su hermano, y tienen el mismo pelo oscuro y los mismos ojos azules. Aunque el olor de su champú es más dulce y su loción de afeitado no es tan intensa como la de Reed.

—Easton... —empiezo a decir, pero luego ahogo un grito porque el sonido de mi voz solo logra que me abrace más fuerte.

No pronuncia ni una palabra. Me abraza como si fuese su salvación. Es un abrazo de oso desesperado que me dificulta la respiración. Apoya el mentón en mi hombro y luego se acurruca contra mi cuello. Se supone que estoy enfadada con todos los Royal de esta mansión, sin embargo no puedo evitar acariciarle el pelo con una mano. Este es Easton, mi autoproclamado «hermano mayor», aunque tengamos la misma edad. Es más grande que una montaña e incorregible. A menudo es un pesado y siempre, un loco.

Probablemente supiera lo de Reed y Brooke. No me creo que Reed lo hubiese mantenido en secreto sin decirle nada a Easton... y, a pesar de ello, no soy capaz de odiarlo. No cuando noto cómo tiembla entre mis brazos. No cuando se echa hacia atrás y me mira con un alivio tan arrollador que me deja sin aliento.

Entonces parpadeo y ya no está. Sale de mi habitación con paso tambaleante y sin decir palabra alguna. Siento una punzada de preocupación. ¿Dónde están sus comentarios arrogantes? ¿Dónde está el comentario con el que se atribuye mi vuelta a casa gracias a su certero magnetismo animal?

Frunzo el ceño, cierro la puerta y me obligo a no regodearme en el extraño comportamiento de Easton. No puedo dejar que los Royal me involucren en ninguno de sus dramas si quiero sobrevivir.

Guardo la cartera en la mochila, me quito el jersey y me meto en la cama. El cubrecama de seda me parece el paraíso cuando apoyo los brazos desnudos sobre él.

En Nashville, me hospedaba en un motel barato con las sábanas más ásperas que el hombre haya visto jamás. También estaban manchadas de algo que nunca, jamás querré saber qué era. Había conseguido un trabajo de camarera en un restaurante cuando Callum apareció, al igual que cuando se presentó en Kirkwood hace más de un mes y me sacó a rastras del club de *striptease*.

Todavía no sabría decir si mi vida era mejor o peor antes de que Callum Royal me encontrara.

Se me encoge el corazón cuando visualizo el rostro de Reed. Peor, decido. Mucho peor.

Como si supiera que estaba pensando en él, oigo la voz de Reed al otro lado de la puerta.

—Ella. Déjame entrar.

Lo ignoro.

Llama a la puerta dos veces.

—Por favor. Tengo que hablar contigo.

Me doy media vuelta en la cama y doy la espalda a la entrada del dormitorio. Escuchar su voz me está matando.

De repente, un gruñido atraviesa la puerta.

—¿De verdad crees que este escáner va a detenerme, nena? Me conoces bastante bien como para saber que no. —Se detiene un momento. Al no recibir mi respuesta, añade—: Muy bien. Ahora vengo. Voy a por la caja de herramientas.

La amenaza, que sé que no es un farol, hace que me levante de la cama de golpe. Coloco la mano en el panel de seguridad y un pitido resuena en la habitación antes de que la cerradura haga clic. Abro la puerta y miro a los ojos al tío que ha estado a punto de destruirme. Gracias a Dios que lo he detenido a tiempo. No se acercará a mí lo bastante como para tener algún efecto en mí.

—No soy tu nena —susurro—. No soy nada para ti, y tú no eres nada para mí, ¿me entiendes? No me llames nena. No me llames nada. Mantente alejado de mí.

Sus ojos azules me escudriñan con atención de los pies a la cabeza. Luego, dice con voz ronca:

—¿Estás bien?

Respiro tan rápido que es un milagro que no me desmaye. No inhalo oxígeno. Me arden los pulmones y lo veo todo rojo. ¿Acaso no ha escuchado nada de lo que acabo de decir?

—Estás más delgada —añade con voz monótona—. No has estado comiendo bien.

Me muevo para cerrar la puerta.

Él coloca una palma contra ella y la abre otra vez. Entra en mi habitación y yo lo atravieso con la mirada.

—Sal de aquí —espeto.

—No.

Sigue escrutándome con la mirada, como si estuviera comprobando si estoy herida.

Debería echarse un vistazo a sí mismo, porque a él sí que parece que le hayan dado una paliza. Literalmente. Tiene un moratón de color casi morado que se atisba por encima del cuello de su camiseta, en la zona de la clavícula. Ha debido de participar en alguna pelea no hace mucho. O a lo mejor en varias, a juzgar por la ligera mueca que hace cuando respira, como si su caja torácica no lo soportara.

«Me alegro de que estés así de mal», piensa una parte vengativa de mí. Se merece sufrir.

—¿Estás bien? —repite sin dejar de mirarme—. ¿Te ha tocado... o herido alguien?

Suelto una carcajada.

—¡Sí! ¡Alguien me ha hecho daño! ¡Tú!

La frustración empaña su expresión.

—Te fuiste antes de que pudiera explicarte lo que pasaba.

—Ninguna explicación conseguirá que te perdone —suelto—. ¡Te tiraste a la novia de tu padre!

—No —responde con firmeza—. No lo hice.

—Y una...

—Es verdad. No lo hice. —Vuelve a tomar aire—. Esa noche no. Brooke intentaba convencerme para que hablara con mi padre por ella. Yo intentaba deshacerme de ella.

Lo miro con incredulidad.

—¡Estaba desnuda! —Me detengo de repente y recuerdo lo que acaba de decirme.

Esa noche no...

La ira me invade la garganta.

—Finjamos por un segundo que me creo que no te acostaste con Brooke esa noche —digo mientras lo atravieso con la mirada—, lo cual no es cierto. Pero supongamos que sí. Te has acostado con ella alguna vez, ¿verdad?

La culpa, profunda e inconfundible, se refleja en sus ojos.

—¿Cuántas veces?

Reed se pasa una mano por el pelo.

—Dos, a lo mejor tres.

El corazón me da un vuelco. Madre mía. Una parte de mí esperaba que dijera que no. Pero... pero acaba de admitir que se ha acostado con la novia de su padre. Y más de una vez.

—¿A lo mejor? —chillo.

—Estaba borracho.

—Me das asco —susurro.

Él ni siquiera se inmuta.

—No me acosté con ella cuando tú y yo estábamos juntos. En cuanto nos liamos por primera vez, fui tuyo. Solamente tuyo.

—Vaya, qué suerte tengo. Me quedé con las sobras de Brooke... ¡Genial!

Esta vez sí que se encoge de dolor.

—Ella...

—Cállate. —Levanto una mano. Estoy tan asqueada que no puedo mirarlo—. Ni siquiera voy a preguntarte por qué lo hiciste, porque sé exactamente por qué. Reed Royal odia a su papi. Reed Royal decide vengarse de su papi. Reed Royal se acuesta con la novia de su papi. —Doy una arcada—. ¿Te das cuenta de lo retorcido que es eso?

—Sí —asiente con voz ronca—. Pero nunca he dicho que fuese un santo. He cometido muchos errores antes de conocerte.

—Reed. —Lo miro directamente a los ojos—. No voy a perdonarte nunca.

Sus ojos se iluminan. Parece estar decidido a demostrar que me equivoco.

—No lo dices en serio.

Doy un paso hacia la puerta.

—Nada de lo que digas o hagas conseguirá que olvide lo que vi en tu cuarto esa noche. Date por satisfecho con que no abra la boca, porque si Callum se enterase, perdería los papeles.

—No me importa mi padre. —Reed se acerca a mí—. Me dejaste —gruñe.

Abro la boca.

—¿Estás enfadado conmigo porque me marché? ¡Pues claro que me fui! ¿Por qué iba a pasar un segundo más en esta horrible casa después de lo que hiciste?

Se acerca todavía más y su enorme cuerpo invade mi espacio personal. Entonces, Reed levanta una mano y la apoya en mi barbilla. Me encojo al sentir el contacto con su piel y eso hace que sus ojos ardan con más intensidad.

—Te he echado de menos cada segundo que no has estado aquí. No he dejado de pensar en ti. ¿Quieres odiarme por lo que hice? No te molestes. Yo ya me odiaba por ello mucho antes de que tú aparecieras en mi vida. Me acosté con Brooke, y es algo con lo que he de vivir el resto de mi vida. —Sus dedos tiemblan contra mi mentón—. Pero no me la tiré aquella noche, y no voy a dejar que eches por tierra lo que tenemos solo porque...

—¿Lo que tenemos? No tenemos nada. —Siento náuseas otra vez. Ya estoy harta de esta conversación—. Sal de mi habitación, Reed. Ni siquiera soy capaz de mirarte a la cara ahora mismo.

Cuando veo que no se mueve ni un centímetro, planto ambas manos en su torso y lo empujo con fuerza. Y sigo empujándolo, haciendo fuerza contra su pecho musculoso hasta que consigo llegar al umbral de la puerta. La ligera sonrisilla en su rostro no hace más que pronunciar mi enfado. ¿Acaso le parece gracioso? ¿Para él todo es un juego?

—Sal —ordeno—. No tengo nada más que hablar contigo.

Se queda observando mis manos, que siguen pegadas contra su pecho, y luego fija la vista en mi rostro. Estoy segura de que estoy roja como un tomate.

—Claro, me voy, si eso es lo que quieres. —Reed arquea una ceja y añade—: Pero esto no se ha acabado, Ella. Ni de lejos.

En cuanto cruza el umbral de la puerta, la cierro delante de sus narices.

Capítulo 9

Lo primero que veo cuando me despierto es el ventilador que hay sobre mi cama. Las suaves y pesadas sábanas de algodón me recuerdan que ya no estoy en aquella mugrienta habitación de motel a cuarenta dólares la noche, sino de vuelta en el palacio de los Royal.

Todo está igual. Incluso mis almohadas huelen a Reed, como si hubiese dormido aquí todas las noches que he estado fuera. Lanzo la almohada al suelo y anoto mentalmente que tengo que comprar sábanas nuevas.

¿He tomado la decisión correcta? ¿Tenía otra elección? Callum me ha demostrado que puede encontrarme en cualquier parte. Le exigí todo lo que pude. El escáner manual de mi puerta. Una tarjeta de crédito a mi nombre. La promesa de que en cuanto terminara el colegio, todo esto acabaría.

La pregunta que debería hacerme es si voy a dejar que un tío me arruine la vida. ¿Tan débil soy que soy incapaz de manejar a Reed Royal? Cuidé durante años de mi madre, y también de mí misma. El agujero que la muerte de mi madre dejó en mi corazón terminó curándose. La herida que me ha hecho Reed también lo hará. ¿Verdad?

Me giro y veo el teléfono que Callum me dio sobre la mesita de noche. Me lo dejé junto con el coche, la ropa y todo lo demás que me habían regalado. Pero que intentara huir de los Royal, especialmente de Reed, no significa que dejara de pensar en él. No podía evitarlo. Los recuerdos me atormentaron durante todo el trayecto.

Cojo el teléfono con determinación y me obligo a enfrentarme al desastre que dejé atrás. Leer todos los mensajes me provoca una sensación agridulce. Hasta ahora, cuando me marchaba de un sitio, nadie me echaba de menos. Mi madre y yo nunca permanecíamos en un mismo sitio más de un par de años.

Tengo más de treinta mensajes de Valerie, junto con otros tantos de Reed. Elimino esos sin leerlos. Hay varios de Easton, pero sospecho que también son de Reed, así que también los borro. Los otros mensajes son de mi jefa, Lucy, la propietaria de The French Twist, una pastelería cerca del Astor Park. Sus primeros mensajes muestran preocupación y los últimos, impaciencia. Pero son los mensajes de Val los que me hacen sentir un incómodo nudo en el estómago. Debería haberle dicho algo. Pensé bastante en ello cuando me fui, pero tenía miedo. No solo de que los Royal le sonsacaran información. Val formaba parte de una vida que quería olvidar. Me siento mal por cómo la he tratado, eso sí. Si ella desapareciera de repente, me enfadaría.

«Lo siento. Soy la peor amiga de la historia. ¿Aún sigues queriendo hablarte conmigo?»

Bajo el teléfono y me quedo mirando el techo, pasmada. Para mi sorpresa, el teléfono suena al instante. La foto de Val aparece en la pantalla.

Respiro hondo y descuelgo.

—Hola, Val.

—¡Dónde estabas! —grita—. ¡Te he llamado unas mil veces! Abro la boca para contarle una excusa barata, pero sus siguientes palabras me detienen.

—Y no me digas que has estado mala, porque nadie está tan enfermo durante dos semanas como para no poder responder a una llamada. Bueno, a menos que seas una paciente cero tras un apocalipsis zombi.

Mientras escucho sus palabras de preocupación, me doy cuenta de que esto ha sido una prueba de nuestra amistad. A pesar de haber ignorado sus llamadas durante dos semanas, me recibe ahora con los brazos abiertos. Sí, está haciendo preguntas, pero se merece una respuesta. Es una persona importante para mí. Lo bastante como para que conteste con sinceridad sin importar lo vergonzoso que pueda resultarme.

—Me escapé —confieso.

—Ay, Ella, no... —Suspira con tristeza—. ¿Qué te han hecho esos Royal?

No quiero mentirle.

—Yo... no estoy preparada para hablar de ello. Pero puede que haya sobreactuado.

—¿Por qué no me pediste ayuda? —pregunta. El dolor está patente en cada una de sus palabras.

—No lo pensé. Yo... ocurrió algo aquí y me metí en el coche, compré un billete de autobús y me largué. Lo único que tenía en mente era alejarme tanto como pudiera de los Royal. No se me ocurrió acudir a ti. No estoy acostumbrada a depender de nadie. Lo siento.

Se queda en silencio durante un momento.

—Sigo enfadada contigo.

—Haces bien.

—¿Vas a venir hoy a clase?

—No. Volví ayer por la noche, así que Callum me ha dado un día para que me instale de nuevo.

—Bien. Entonces yo también faltaré. Ven a verme y me lo cuentas todo.

—Te contaré lo que pueda. —Ni siquiera quiero pensar en lo ocurrido con Brooke y Reed. Quiero olvidarlo. Quiero olvidar que le abrí mi corazón a Reed.

—Yo también tengo muchas cosas que contarte —admite—. ¿Cuándo puedes venir?

Echo un vistazo al reloj.

—¿En una hora? Tengo que ducharme, desayunar y vestirme.

—Me parece bien. Ven por la puerta trasera, si no mi tía se preguntará por qué no estamos en el colegio.

Val vive con su tía, y gracias a ella va al Astor Park. Solo conozco a la malvada prima de Val, Jordan, y supongo que el día que hago pellas no es la mejor ocasión para conocer al resto de su familia.

—Vale. Hasta ahora.

Respiro hondo y llamo a Lucy.

—Hola, Lucy. Soy Ella. Siento mucho haber desaparecido así. ¿Puedo ir a la pastelería esta tarde?

—Yo también lo siento, pero ahora mismo no puedo hablar. Estoy liada. —Lucy contesta con frialdad y, de repente, me arrepiento de no haber ido en cuanto me he despertado esta mañana—. Si te pasas alrededor de las dos, podemos hablar.

—Allí estaré —le prometo. Tengo la sensación de que no me va a gustar lo que quiere decirme.

Salgo a rastras de la cama, me ducho y, después, me enfundo un par de vaqueros viejos y mi camisa de franela. Irónicamente, este es básicamente el mismo modelito que llevaba cuando llegué a la mansión de los Royal. Mi armario está lleno de ropa cara, pero no voy a ponerme ni una sola prenda que eligiera Brooke Davidson para mí. Puede que sea una estupidez, pero no me importa.

Abro la puerta y me detengo. Reed está apoyado contra la pared, delante de mi dormitorio.

—Buenos días.

Cierro la puerta de golpe.

Su estridente voz atraviesa la puerta con facilidad.

—¿Cuánto tiempo piensas ignorarme?

Dos años. No. Tanto como sea humanamente posible.

—No voy a irme —añade—. Al final, acabarás perdonándome, así que es mejor que me escuches.

Camino hacia la ventana junto a mi cama y miro abajo. La caída desde un segundo piso es peligrosa y no estoy segura de que una liana hecha con sábanas funcione realmente en la vida real. Con la suerte que tengo, las sábanas se desatarían y me estrellaría contra el suelo. Me rompería varios huesos y me quedaría atrapada en la cama durante semanas.

Cruzo la habitación, abro la puerta de un tirón y paso junto a él en silencio.

—Siento no haberte contado lo de Brooke.

«Puedes meterte las disculpas por donde te quepan», pienso.

Mientras bajo por las escaleras, Reed me agarra por el antebrazo, tira de mí y me coloca frente a él.

—Sé que todavía te importo, de lo contrario no estarías castigándome con tu silencio.

Incluso tiene el morro de dedicarme una sonrisa.

Ay, Dios. No tiene permitido sonreír. Primero, porque está buenísimo cuando lo hace. Y segundo, porque... uf... porque estoy enfadada con él.

Lo miro con indiferencia y me libero de él.

—He decidido que no voy a malgastar mi tiempo ni mi energía en gente que no lo merece.

Reed espera a que baje los escalones para llamarme.

—¿Entonces no te importa Easton?

Al mencionar a Easton, me giro, porque además de Val, Easton se ha convertido en uno de mis mejores amigos.

—¿Qué pasa con él?

Reed desciende el resto de escalones hasta colocarse a mi lado.

—Huiste y lo abandonaste. Su vida ha estado llena de mujeres a las que ha querido y que lo han abandonado.

La culpa me hace sonrojarme como un tomate.

—Yo no lo abandoné.

«Te abandoné a ti, cerdo mentiroso».

Reed se encoge de hombros.

—Entonces, tendrás que convencerlo a él, no a mí. Pero estoy seguro de que te lo ganarás en nada.

Qué gilipollas más arrogante. Me controlo e intento parecer tan dulce como puedo.

—¿Me haces un favor?

—Por supuesto.

—Métete tu condescendencia, tus consejos y tus instintos acosadores por donde te quepan.

Me giro. Pero no logro hacer una salida triunfal, porque Reed me sigue hasta la cocina, donde encuentro al resto de los Royal, menos a Gideon.

—¿Nadie tiene entrenamiento esta mañana? —pregunto con cautela.

Easton y Reed juegan al fútbol americano. Esos dos ya deberían estar en el colegio. Callum normalmente se va a la oficina antes de que salga el sol. No tengo ni idea de cuándo se levantan los gemelos. Esta mañana, todos están sentados en la enorme mesa de cristal situada en uno de los rincones de la cocina, con vistas a la piscina y al océano Atlántico.

—Es un día especial —dice Callum, todavía con la taza de café en la boca—. Todos vamos a participar en esta reunión familiar. Sandra te ha preparado el desayuno, está en la nevera. ¿Por qué no lo coges y te sientas? Reed, deja de agobiar a Ella y siéntate.

No son sugerencias y, pese a que Callum no es mi padre y a la tendencia de Reed a hacer oídos sordos, ambos hacemos lo que nos pide.

—Es genial que hayas vuelto —dice Sawyer mientras me siento. Al menos creo que es Sawyer. La quemadura de la muñeca que usaba antes para diferenciar a los gemelos ya se ha curado, así que no estoy segura.

—Sí. Ya empieza a hacer frío, y Reed nos prometió que nos llevarías a todos a comprar ropa de invierno —añade Seb.

—Ah, ¿sí?

—Sí, sin ti estamos perdidos.

El hilo de voz de Reed me golpea con fuerza en el estómago.

—No me hables —espeto.

—Eso —dice Easton—. No le hables.

Me sobresalto al ver a los tres Royal lanzándole miradas asesinas a Reed. Él tensa la boca. Le digo a mi estúpido corazón que no tiene permiso para sentir ni una pizca de compasión por Reed. Sea lo que sea que se esté cociendo en la mesa de la cocina, sé que se lo ha buscado una y mil veces antes.

—Buenos días, Easton —gorjeo—. ¿Me he perdido algo interesante en Biología?

Quiero hablar sobre el extraño abrazo de anoche, pero este no es el lugar.

Aun así, necesito saber si está bien. Easton tiene unos cuantos problemas de adicción. Creo que echa de menos a su madre y que intenta llenar el hueco que dejó con todo, aunque sabe que nada funciona. Yo también he estado en su lugar.

—Sí, estamos diseccionando cerdos.

—¿En serio? —Finjo tener una arcada—. Menos mal que me lo he perdido.

—No, qué va. —Me da un empujoncito con el hombro—. Es broma. No te has perdido una mierda. La entrega de trabajos es la semana que viene, eso sí.

—Mierda.

—No te preocupes. Callum se ocupará de todo, ¿verdad, papá? —Easton levanta el mentón.

Callum ignora a Easton y asiente con sosiego.

—Sí, si necesitas más tiempo, estoy seguro de que puedo solucionarlo.

Porque en este mundo, el dinero lo compra todo, incluidas las prórrogas en las entregas de trabajos. A lo mejor ni siquiera tendré que hacer los exámenes de acceso a la universidad. No sé si eso me alegra o me molesta. Ambas cosas, supongo. Mi cabeza está acostumbrada a las emociones contradictorias.

Como cuando Reed se sienta junto a mí. Mi cuerpo se regocija al recordar todo el placer que fue capaz de hacerme sentir y el corazón me da un vuelco al recordar cómo rellenó las grietas de mi corazón con un afecto y una calidez que no sabía que necesitaba en mi vida. Pero la cabeza me recuerda que este chico se ha portado fatal conmigo. La única concesión que puedo hacerle es que me lo advirtió, pero yo seguí tras él como una idiota enamorada, diciéndole que me amaba y que solo necesitaba admitirlo. Así que supongo que los dos tenemos algo de culpa.

Me dijo que me mantuviera alejada de él.

Me dijo que este no era mi sitio.

Ojalá le hubiera hecho caso.

—¿Te ha ofendido el *bagel* de algún modo? —pregunta Easton.

Bajo la mirada y veo mi desayuno hecho trizas en el plato. Lo aparto y me acerco el cuenco lleno de fruta fresca, cereales y yogur. Lo único bueno de vivir en la casa de los Royal es la cantidad de comida que hay en la cocina a todas horas. No hay cabida para los días de una sola comida o la esperanza de que no se te revuelva el estómago si lo único que puedes comer es un taco de un restaurante de comida rápida.

Y todo es fresco, brillante, verde y sano.

Si Callum me hubiese recordado todo lo que hay en el frigorífico, a lo mejor no me habría resistido tanto a volver.

—No me apetecen carbohidratos esta mañana.

—Entonces, hermanita, ¿qué vamos a hacer hoy? —Se frota las manos—. He oído que no vamos a clase. Bueno, los gemelos sí, pero eso es porque son tontitos. En cuanto se saltan una clase, ya van perdidos.

Los dos gemelos le muestran el dedo corazón.

—Voy a ir a casa de Valerie.

—Genial —dice Easton—. Me gusta Val. Parece que nos lo vamos a pasar bien.

—Creo que no has pillado el sujeto elíptico. *Yo* voy a casa de Val.

Todos están pendientes de nuestra conversación.

—Lo he pillado. —Easton sonríe con alegría, pero sus ojos se mueven a toda velocidad—. Simplemente te he ignorado. ¿A qué hora nos vamos?

Tamborileo con los dedos sobre la mesa.

—Easton, presta atención. —Espero hasta que su frenética mirada aterriza de nuevo en mí—. Te vas a quedar aquí. O puedes irte, pero no vas a venir conmigo.

—Hablas y hablas, pero nada de lo que dices tiene sentido. ¿Cuándo nos vemos en tu coche?

Miro al resto de comensales sentados en la mesa en busca de ayuda, pero todo el mundo aparta la mirada. Frente a mí, los gemelos están a punto de sacudirse por las carcajadas que intentan contener.

Callum echa un vistazo por encima de su periódico.

—Deberías darte por vencida. Si no le dejas ir contigo, aparecerá en casa de los Carrington de todos modos.

Easton intenta parecer clemente y contrito, pero sus ojos brillan, triunfantes.

—Vale, pero vamos a pintarnos las uñas y a hablar de qué compresas son las más absorbentes. Puede que hagamos experimentos científicos.

Su sonrisa no flaquea, pero los gemelos gimen.

—Qué asco —dicen al unísono y se separan de la mesa. Sawyer (voy a seguir jugándomela) le da una palmada a Sebastian en el hombro—. ¿Listo?

Seb tira la servilleta en la mesa y se pone de pie.

—Supongo. Prefiero aprender Geometría a hablar de compresas.

—Nos vamos en unos… ¿quince minutos? —propone Easton antes de salir de la cocina.

Me froto la frente cuando un dolor punzante empieza a martillearme justo encima del ojo derecho.

—Ella… —Reed habla tan bajito que apenas lo oigo.

Lo ignoro y miro por la ventana hacia el agua clara y calma de la piscina. Ojalá la vida fuese igual de tranquila.

—Os dejo solos para que terminéis de desayunar. —Callum dobla el periódico sin preocuparse por no hacer ruido. Las patas de la silla arañan el suelo cuando se pone de pie—. Me alegro de que hayas vuelto, Ella. Te hemos echado de menos.

Me coloca una mano sobre el hombro y, luego, abandona la estancia.

—Yo también he terminado.

Dejo caer la cuchara junto a mi desayuno, intacto.

—No te molestes. Ya me voy yo. —Reed se pone en pie—. Necesitas comer, y está claro que no lo harás mientras yo esté aquí.

Continúo ignorándolo.

—No soy tu enemigo —dice. La infelicidad tinta su voz—. No te conté mi pasado porque era un desastre y no sabía cómo reaccionarías. Me equivoqué, ¿vale? Pero lo arreglaré.

Se inclina y acerca la boca a un par de centímetros de mi oreja. Su olor me invade, así que me obligo a contener la respiración. Intento no mirar su brazo esculpido y flexionado cuando apoya una mano en la mesa.

—No voy a rendirme —murmura, y me roza el lateral del cuello con su aliento.

Finalmente, le ofrezco una respuesta en un tono de voz bajo y burlón:

—Pues deberías. Me tiraría a Daniel antes que volver contigo.

Silba cuando el aire pasa entre sus dientes al inspirar.

—Los dos sabemos que eso no es verdad. Pero lo pillo. Te hice daño y ahora quieres hacérmelo pagar.

Lo miro a los ojos.

—No. No quiero venganza. No merece la pena gastar energía mental en algo así, y no planeo pasarme mucho tiempo pensando en ti. No me importáis ni tú ni tus chicas. Solo quiero que me dejes en paz.

Reed tensa la mandíbula.

—Estoy dispuesto a hacer casi lo que sea por ti. Si pudiera, viajaría en el tiempo para cambiar las cosas. —Baja la mirada hacia mí, decidido—. Pero no voy a dejarte en paz.

Capítulo 10

Easton está tumbado sobre mi cama cuando entro en mi habitación. Tiene una lata de refresco —gracias a Dios, no es de cerveza— colocada entre las piernas y el mando de la tele en la mano.

—¿Cómo has entrado?

—No has cerrado bien la puerta. —Da golpecitos en el hueco libre del colchón—. Ven aquí. Miraré el canal de deportes mientras tú llamas a Val.

—Ya he hablado con ella antes de desayunar. —Meto unas cuantas cosas en la mochila y me la cuelgo al hombro—. ¿Hay alguna tienda de segunda mano por aquí?

Easton se baja de la cama y se coloca frente al armario, junto a mí.

—Ni idea, pero si estás cansada de tu ropa, puedes donarla durante la semana formal. Ponen un puesto benéfico.

¿Semana formal? Estoy a punto de preguntar qué es, pero luego decido que en realidad no quiero saberlo. No voy a asistir a ningún estúpido evento que organice el Astor Park.

—Claro que sí —murmuro—. Callum dice que tengo dinero. Supongo que puedo disponer de él.

—¿Para qué lo quieres?

—Para comprar ropa.

—Ya tienes ropa. —Hace un gesto hacia el armario.

—Voy a quemarla toda y a comprar cosas nuevas, ¿vale? —La ira y la impaciencia me hacen sonar más borde de lo que pretendía—. No veo por qué importa tanto que quiera irme de compras. Supuestamente, a las chicas nos encanta ir de compras.

Easton me escudriña con unos ojos brillantes, que son más intuitivos de lo que creo.

—No eres una chica normal, Ella. Así que sí, es raro viniendo de ti, pero sé sumar dos más dos. Brooke te compró esa ropa, y tú odias a Brooke. Así que toda esta ropa tiene que desaparecer.

Me cruzo de brazos.

—¿Te lo ha contado Reed o lo sabías desde el principio?

—Me lo acaba de decir —admite Easton.

—Buenas noticias. Tus pelotas se han salvado.

Lo aparto de mi camino y agarro un par de zapatillas de deporte.

Voy a construir una vida nueva y quiero empezar hoy mismo. No incluiré a los chicos que se acuestan con las novias de su padre y que empiezan un romance con su hermanastra a escondidas. También voy a cortar las alas a todas las zorras que intenten jugar conmigo.

Es una suerte que la zorra número uno, Jordan, esté hoy en el colegio, de lo contrario, puede que la empujara a la piscina con unas cuantas rocas atadas al cuello.

—Has puesto cara de mala. Ha sido muy *sexy*. Prométeme que vas a dejar que me corra antes de matarme —bromea Easton.

—Algún día alguien te dará una hostia de las buenas.

—Sé que lo dices como amenaza, pero, sinceramente, me muero de ganas de que pase. Suena bien.

Sea cual sea la chica que cace a Easton, va a tener que sostener un látigo en una mano y una pistola en la otra. Pero, aun así, creo que es incontrolable.

Recojo la llave de mi precioso descapotable de color personalizado. Sentí mucha pena al tener que dejar a esa preciosidad aquí.

—¿Crees que Val tendrá comida para mí? —pregunta Easton—. Tengo hambre otra vez.

—Pues ve abajo, porque no vas a venir conmigo.

—Entonces irá Reed.

Me detengo junto a la puerta de mi dormitorio.

—¿De qué hablas?

—Papá tiene miedo de que intentes escaparte otra vez, así que uno de nosotros tiene que estar contigo a todas horas. La buena noticia es que puedes ir a mear tú sola, pero hay una alarma instalada en la ventana.

Lanzo las llaves contra el vestidor y entro en el cuarto de baño.

—¿Ves los sensores rojos de aquí? —Easton se inclina hacia delante y señala dos puntitos rojos de luz en el marco de la ventana—. Papá recibirá un mensaje si la abres. Entonces... ¿quién va contigo a casa de Val? ¿Reed o yo?

—Esto es de locos. —Niego con la cabeza—. Vale, vamos.

Easton me sigue obedientemente por las escaleras y nos dirigimos al aparcamiento. No estoy de humor para hablar, pero, cuando atravieso con el coche el enorme portón, parece que él tiene otros planes.

—Yo soy quien debería estar enfadado. Te marchaste sin decir nada. Estaba preocupado por ti. Podrían haberte matado o algo parecido.

Ya he mantenido esta conversación con Reed, muchas gracias.

—Parece que no soy yo la única con la que estás enfadado. ¿De qué iban esas miradas asesinas que tú y los gemelos le habéis dedicado a Reed durante el desayuno?

—Está comportándose como un gilipollas.

—¿Y ahora te das cuenta?

Easton mira fijamente sus zapatillas cuando responde:

—Antes no me importaba.

Es inútil responder. Además, los Carrington viven a menos de diez minutos y ya estoy en el camino asfaltado que lleva a su casa. Localizo a Val en la puerta trasera. No parece muy contenta.

—¿Qué pasa? —pregunto cuando llegamos a su altura.

Señala a Easton con la cabeza.

—¿Qué hace él aquí?

—Lo siento, uno de los Royal tiene que estar con Ella en todo momento —dice East—. Órdenes de mi padre.

Val me mira con incredulidad.

—¿En serio?

—Ni idea, pero te prometo que, si hubiera podido dejar a Easton en casa, lo habría hecho.

—Eh, me has hecho daño —protesta.

Y solo porque puede que sea cierto, suplico:

—No dirá nada.

Val pone los ojos en blanco.

—En fin… Entrad.

—¿Tienes algo de comer? —pregunta Easton cuando atravesamos la cocina.

—Sírvete tu mismo. —Señala con la mano la cornucopia de fruta y una tarta que hay sobre una bandeja en la encimera—. Te puedes quedar aquí. Ella y yo necesitamos estar a solas.

—Oh, no. Quiero ir con vosotras. —Easton se acerca a mí—. Ella me ha dicho que ibais a probar la absorción de las compresas. Lo cierto es que me interesa bastante.

Val me lanza una mirada llena de confusión.

—Easton, por favor. Danos diez minutos para hablar a solas —suplico.

—Vale, pero me voy a comer la tarta entera.

—Empáchate, campeón —comenta Val mientras me saca a rastras hasta el porche interior que recorre toda la longitud de la casa.

La propiedad de los Carrington es una verdadera mansión sureña con grandes porches, columnas estriadas y un terreno que parece estar labrado a mano. Imagino que, hace años, las señoras de la casa se sentaban en mecedoras, ataviadas con grandes vestidos y guantes de encaje, abanicándose con abanicos pintados y diciendo cosas como «mis tierras». Puede que haya visto *Lo que el viento se llevó* demasiadas veces.

Val se acomoda en uno de los sofás de flores.

—Creo que Tam me está poniendo los cuernos.

—¡No! —Inhalo aire por la boca, sorprendida, y me dejo caer a su lado.

Tam y Val empezaron a salir juntos hace más de un año. Él va a la universidad, a apenas unas horas de distancia de aquí, y, por lo poco que me ha contado Val, ella y Tam tienen una vida sexual activa en la que se incluye el exhibicionismo y el sexo telefónico. Yo ni siquiera me he acostado con nadie todavía, y mucho menos he probado prácticas no convencionales. Si una relación puede sobrevivir a la distancia, esa es la suya, ¿verdad?

—¿Por qué piensas eso?

—Se suponía que iba a venir a verme el mes pasado. ¿Recuerdas?

Sí. Había estado emocionadísima, pero al final la dejó plantada a última hora.

—Dijiste que no pudo venir porque estaba a tope con los deberes. —Al ver su triste expresión, hago una presuposición—: ¿Fue solo una excusa?

Suelta un suspiro trémulo.

—Me llamó anoche y me dijo que teníamos que hablar.

—Ay, no.

—Hablamos por teléfono y me dijo que la universidad era divertida y que le ha hecho darse cuenta de lo infantil que era en el instituto. Jura que no me ha engañado, pero cree que la distancia y las tentaciones son demasiado para él y que le resulta complicado ser fiel. —Escupe la última palabra—. Necesitaba asegurarse de que me parece bien que empiece a ver a otras chicas.

—Espera. —Levanto una mano—. ¿No te llamó para cortar contigo, sino para que le dieras permiso para engañarte?

—¿Lo ves? —Val me mira, enfadada—. Es caer muy bajo.

—Y le dijiste... —«Espero que le dijeras que se metiera el permiso por el culo», pienso, pero no quiero parecer sentenciosa tampoco. Eso es lo último que ahora necesita. Más tarde, sí, le recordaré lo increíble que es y que no necesita que un imbécil como Tam le chupe la energía, pero por ahora voy a decantarme por servir de apoyo—. Bueno, espero que le contaras cómo te sentías.

—Le dije que se podía zumbar a todas las chicas que quisiera, pero que no iba a volver a tener otra oportunidad conmigo. —Se atusa el pelo con un gesto de indiferencia, sin embargo, le tiembla la mano y tiene los ojos anegados en lágrimas.

—Él se lo pierde, lo sabes, ¿verdad?

—No dejo de repetírmelo, pero no me siento mejor. Una parte de mí quiere robar el coche a Jordan e ir hasta allí. No sé qué haría cuando llegara. Si le daría una patada en las pelotas o un beso. —Val se estremece y, luego, me mira de soslayo—. Le di a Reed una patada en las pelotas por ti, por cierto.

—¿Sí? —Se me escapa una gran carcajada al imaginarme a la diminuta Val dándole una patada al gigante de Reed en la entrepierna—. ¿Y por qué?

—Por existir. Por su sonrisa engreída. Por negarse a decirme dónde estabas. —Val se abalanza sobre mí y me vuelve a abrazar—. Me alegro tanto de que hayas regresado.

—Ejem.

Alzo la mirada y veo a Easton allí de pie, sonriéndonos con suficiencia.

—Pensé que queríais hablar. Si os vais a empezar a liar, estoy disponible.

—¿Le dices eso a todas las chicas con edades comprendidas entre los dos y los ochenta y dos años? —refunfuña Val.

—Pues sí. —Finge ofenderse—. No quiero que nadie se sienta discriminado.

Se aparta de la puerta y se coloca al otro lado de Val.

—¿Problemas con chicos?

Val esconde el rostro entre las manos.

—Sí. Mi novio ha decidido que nos vendría bien mantener una relación *abierta*.

—Vaya, que quiere comer fuera, pero también volver a casa para cenar, ¿no?

—Sí, exacto.

—Y a ti no te parece bien.

—Claro que no. Me gusta que los chicos sean fieles. Puede que vosotros, los Royal, no lo entendáis.

—Ay, Val. ¿Qué te he hecho yo?

East se frota el pecho como si de verdad le doliera.

—Tienes pene. Por lo tanto, ya estás automáticamente en el bando equivocado.

Él bambolea las cejas.

—Pero hago cosas grandiosas con mi pene. Pregúntale a cualquier chica del Astor.

—¿Como Abby Kincaid? —lo reta Val.

Giro de golpe la cabeza en dirección a Easton.

—¿Te has liado con la ex de tu hermano?

Se desploma sobre los cojines con las mejillas ruborizadas.

—¿Y qué pasa si es cierto? Creía que odiabas a Reed.

Guau. Una cosa es que los hermanos Royal se peleen en casa, pero esta clase de desavenencia pública es algo nuevo... y resulta incómodo. Y por muy enfadada que esté con Reed, no me gusta ver que los hermanos se han distanciado tanto. No puedo evitar compadecerme de Reed, aunque, joder, no se lo merece.

Intento cambiar de tema.

—Además de los exámenes, ¿qué más se cuece en el Astor?

—Mañana es Halloween, pero Beringer no deja que nadie se disfrace en el colegio. —Val se encoge de hombros—. Aunque hay una fiesta en casa de los Montgomery después del partido del viernes. Todo el mundo se disfrazará.

Hago una mueca.

—Paso.

No soy muy fan de Halloween. Mi madre trabajaba por la noche en los clubs, así que nunca fui de puerta en puerta diciendo «truco o trato» como cualquier niño normal. Y odio disfrazarme. Ya me disfracé bastante cuando *yo* trabajaba en los clubs.

—¿Qué más?

Val señala acusadoramente a Easton.

—Bueno, los Royal ya no se soportan y Reed no se molesta en mantener a los locos a raya. Y todos los demás con algo de conciencia son demasiado vagos o tienen demasiado miedo como para decir algo, así que Astor Park se ha ido a la mierda. Cada día que pasa es peor. En realidad, tengo miedo de que a alguien le pase algo de verdad.

Entonces lo de esta mañana no ha sido una anomalía. Frunzo el ceño en dirección a Easton.

—¿Qué pasa?

—Vamos al colegio a aprender, ¿verdad? —dice como si nada—. Bueno, una de las cosas que los chicos han de aprender es a cuidar de sí mismos. El mundo está lleno de matones. No se van cuando terminas los estudios. Así que es mejor que aprendan esas lecciones ahora.

—Easton. Eso es horrible.

—¿Y a ti que más te da? Nos abandonaste a todos. ¿Qué más da que los niños ricos del Astor salgan mal parados porque no hay un Royal al mando? ¿No te alegra saber que el sitio se está convirtiendo exactamente en lo que creías que sería?

Para ser sincera, no me detuve a pensar en el Astor Park cuando me marché, pero ahora que sé que hay gente que está sufriendo, no puedo evitar sentirme mal.

—No, no me alegra. ¿Por qué piensas eso?

East se da media vuelta y escudriña el césped perfecto que se despliega ante nuestra vista mientras Val se remueve, incómoda, entre ambos.

—No le des más vueltas, Ella —contesta por fin—. No puedes cambiar nada. Lo único que puedes hacer es agachar la cabeza y sobrevivir.

Capítulo 11

La pastelería está tranquila cuando llego a las dos. Quería venir antes, pero Lucy habría estado ocupada. Me gustaría que me gritara, que sacara todo lo que tiene dentro y que luego me dijera que coja un delantal y me coloque detrás del mostrador. Easton quería entrar. Se quejó de que no había comido nada en las últimas dos horas. Tras suplicarle durante un ratito, accedió a esperarme en el coche.

—¿Está Lucy? —pregunto al muchacho tras la caja registradora. El tipo alto y desgarbado es nuevo, y tengo la profunda impresión de que es mi sustituto.

—Lucy —grita con la cabeza girada hacia atrás—. Ha venido una chica que quiere verte.

Lucy asoma la cabeza por la puerta trasera.

—¿Quién es?

El chico me señala con el dedo pulgar.

Su bonito semblante se ensombrece al verme.

—Oh, eres tú, Ella. Dame un minuto. ¿Por qué no te sientas allí?

Sí, estoy despedida.

El cajero me lanza una mirada compasiva antes de atender al siguiente cliente. Me siento junto a una mesa vacía y espero a Lucy.

No tarda mucho. Alrededor de un minuto después, sale de la trastienda con dos tazas de café. Coloca una frente a mí y da un sorbo a la otra antes de tomar asiento.

—Hace dos semanas, Reed Royal se presentó aquí buscándote. Al día siguiente, tu tutor legal, Callum, me llamó para informarme de que estabas muy enferma y que no estarías en condiciones de trabajar durante un tiempo indeterminado. Adelanta la película, y aquí estás, sana, aunque algo más delgada que cuando te fuiste. —Se inclina hacia delante—. ¿Necesitas ayuda, Ella?

—No. Lo siento, Lucy. Debería haberte llamado, pero no podía venir a trabajar. —La mentira me deja un regusto amargo en la boca. Lucy es una mujer encantadora y me encanta trabajar aquí. Se lo digo—: Me encanta trabajar aquí y sé que te arriesgaste al contratarme.

Frunce los labios antes de dar otro sorbo a la taza de café. Le da unos golpecitos con los dedos antes de contestar:

—Necesitaba a alguien urgentemente, y al ver que no estabas disponible y que no podía contactar contigo, tuve que pasar página. Lo entiendes, ¿verdad?

Asiento porque es la verdad. No me gusta, pero lo comprendo.

—Lo siento —repito.

—Yo también. —Mete la mano en el bolsillo de su delantal tiznado de harina—. Toma, llámame si necesitas cualquier cosa.

«Cualquier cosa, menos un trabajo», pienso.

—Gracias —respondo antes de guardarme la tarjeta.

—No pierdas el contacto, Ella —me comenta con amabilidad mientras se pone de pie—. Si vuelvo a tener el puesto libre, quizá podamos volver a intentarlo.

—Gracias.

Mi vocabulario se ha reducido a tres palabras: «gracias» y «lo siento».

Lucy vuelve a dar un trago al café y se marcha a la cocina mientras yo me quedo pensando en lo mal que gestioné mi huida. No estoy acostumbrada a ser la que incumple su palabra y, aunque tengo un nudo en el estómago por haberla decepcionado, también estoy ligeramente contenta porque se preocupara por mí. Porque alguien se preocupara.

Capítulo 12

Oigo susurros en cuanto pongo un pie en el colegio a la mañana siguiente. Algunos alumnos me ofrecieron unas cuantas sonrisillas de autosuficiencia y miradas mientras detenía el coche en el aparcamiento de estudiantes, pero cuando entro es mucho peor. Una quietud ensordecedora seguida de un sinfín de murmullos y de risas engreídas me persiguen por todo el pasillo.

Cuando llego a mi taquilla, estudio mi reflejo en el pequeño espejo de la puerta y me pregunto si tengo algún pelo o un moco en la nariz o algo. Pero estoy bien. Tengo la misma apariencia que cualquier otro estudiante del Astor Park, con la camisa blanca del uniforme, la falda y la americana azul marino.

Tengo las piernas desnudas porque todavía hace bastante buen tiempo como para no llevar medias, pero casi ninguna de las chicas que están en el pasillo las lleva, así que no creo que cuchicheen sobre mi apariencia.

No me gusta esto. Se parece mucho a mi primer día en el Astor, cuando nadie me dirigía la palabra porque estaban esperando a ver qué hacían Reed y sus hermanos. Odiar a Ella o darle la bienvenida. Al final, los alumnos del Astor se quedaron en un punto intermedio. La mayoría de los chicos nunca se acercó a mí, pero eso probablemente fuera porque me comportaba de forma antisocial a propósito y solo quedaba con Val.

Hoy, casi todas las personas con las que me cruzo me miran con desdén. Mientras me abro camino a mi primera clase, no dejo de juguetear con los dedos. Me siento insegura, y lo odio.

Siento que alguien me da un fuerte empujón cuando una chica morena me aparta a un lado en vez de pasar rodeándome. Se adelanta unos cuantos pasos, luego se detiene y se gira para mirarme.

—Bienvenida de nuevo, Ella. ¿Qué tal el aborto? ¿Te dolió? —Sonríe con inocencia.

Abro la boca ligeramente antes de obligarme a cerrarla. La chica que está delante de mí es Claire no-se-qué. Easton salía con ella antes de aburrirse.

—Que te den —murmuro antes de pasar por su lado.

Llego a clase de Química a la vez que Easton. Este me echa una mirada rápida y frunce bastante el ceño.

—¿Estás bien, hermanita?

—Sí —respondo entre dientes.

No creo que me crea, pero no me dice nada mientras me sigue al interior del aula. Nos acomodamos en la mesa que llevamos compartiendo desde que empezó el semestre y me percato de que nos están lanzando unas cuantas sonrisillas de suficiencia.

—Genial. La muñeca sexual de los Royal ha vuelto, ¿eh, Easton? —suelta un chaval arrastrando las palabras desde el fondo del aula—. Seguro que Reed y tú estáis encantados.

Easton se gira todavía sentado en la silla. No le veo la cara, pero sea cual sea su expresión, logra que el pesado se calle en un santiamén.

Se oye una tos seguida del sonido de varias libretas que se abren y el roce de la ropa.

—Ignóralos —me aconseja Easton.

Aunque es mucho más fácil decirlo que hacerlo.

La mañana empeora. Easton está en la mayoría de mis clases y planta su culo junto al mío en todas ellas. Me arden las mejillas cuando oigo a dos chicas susurrar que me estoy acostando con dos de mis hermanastros.

—Seguro que también se está tirando a Gid —dice una de ellas, ya sin molestarse ni siquiera en bajar la voz—. Probablemente fuera suyo el bebé del que se ha deshecho.

Easton vuelve a girarse y a lanzar esa mirada mortífera suya, pero, aunque silencia a las zorras malvadas, no logra hacer lo mismo con la intranquila voz que resuena en mi cabeza.

Val me advirtió que corrían rumores sobre mí, ¿pero esto es lo que la gente piensa realmente? ¿Que me fui para abortar? ¿Que me he acostado con Reed, Easton y Gideon?

La vergüenza no es un sentimiento extraño para mí —cuando empecé a desnudarme con quince años, recibí una enorme lección de humildad—, pero saber que todos los alumnos del Astor dicen cosas tan horribles sobre mí me obliga a contener las lágrimas.

Me recuerdo a mí misma que tengo a Val, y ella es la única persona en Astor Park cuya opinión me importa. Bueno, y la de Easton, supongo. Apenas se ha apartado de mi lado desde que volví a Bayview, así que creo que no tengo más remedio que considerarlo mi amigo. Aunque desprecie a su hermano.

Después de clase, camino de vuelta a mi taquilla para dejar unos libros y coger otros, porque no me caben todos en la mochila. Easton desaparece por el pasillo, pero, antes de marcharse, me da un apretón en el brazo cuando nos encontramos con otro corrillo de personas que susurran de forma desagradable.

—¿Hoy le toca a Easton?

Me tenso al escuchar la voz de Jordan Carrington. Me preguntaba cuánto tardaría esta zorra en hacer acto de presencia para darme la *nobienvenida*.

En vez de responder, cojo mi libro de Historia del Mundo de la balda superior y lo reemplazo por el de Química.

—Es así como lo hacéis, ¿verdad? ¿Alternas a Reed y a Easton? Los lunes, miércoles y viernes estás con Reed. Los martes, jueves y sábados te tiras a East. —Jordan ladea la cabeza—. ¿Y qué hay de los domingos? ¿Lo tienes reservado para uno o para los dos gemelos?

Cierro la taquilla de un portazo y me giro con una sonrisa.

—No, los domingos me tiro a tu novio. Menos cuando está ocupado, entonces me tiro a tu padre.

Sus ojos brillan, iracundos.

—Cuidado con lo que dices, zorra.

Mantener la sonrisa se convierte en toda una hazaña.

—Cuidado con lo que dices tú, Jordan. A menos que quieras que te vuelva a zurrar. —Le recuerdo la paliza que le di en el gimnasio el mes pasado.

Suelta una risa ronca.

—Adelante, inténtalo. Veamos hasta dónde eres capaz de llegar sin tener a Reed para protegerte.

Doy un paso adelante, pero ella ni se inmuta.

—No necesito la protección de Reed. Nunca me ha hecho falta.

—Anda, ¿en serio?

—Sí, en serio. —Hinco un dedo en el centro de su pecho, justo entre sus grandes pechos—. Soy capaz de darte un paliza solita, Jordan.

—Ha llegado una nueva era al Astor Park, *Ella*. Los Royal ya no llevan las riendas del colegio; las llevo yo. Una sola palabra mía y todos los estudiantes estarán encantados de hacerte la vida imposible.

—Ay, qué miedo.

Jordan esboza una media sonrisa.

—Deberías tenerlo.

—Sí, sí, lo que tú digas. —Estoy harta de las luchas de poder de esta tía—. Apártate de mi camino.

Se coloca el pelo, castaño y brillante encima de un hombro.

—¿Y si no quiero?

—¿Va todo bien? —pregunta una voz masculina.

Ambas nos giramos y vemos a Sawyer. Su novia pelirroja, Lauren, está con él. Lanza una mirada incómoda a Jordan y luego a mí.

—Esto no te incumbe, pequeño Royal. —Jordan ni siquiera lo mira, pero sí que se toma la molestia de burlarse de Lauren—. A ti tampoco te incumbe, Donovan, así que ¿por qué no os largáis tú y Sawyer de mi vista? ¿O es Sebastian? Nunca soy capaz de distinguirlos. —Una sonrisa malvada ilumina su rostro—. ¿Y tú, cariño? ¿Los diferencias? ¿O cierras los ojos cuando te follan?

Me preguntaba si Lauren era consciente de los jueguecitos de los gemelos Sawyer y Sebastian, y la expresión de su rostro ahora mismo responde a mi pregunta. En lugar de mostrarse sorprendida, parece avergonzada e indignada.

Pero la chica tiene más huevos de los que pensaba, porque se enfrenta a la mirada burlona de Jordan y dice:

—Que te jodan, Jordan.

Luego agarra a Sawyer de la mano y lo aleja de nosotras.

Jordan vuelve a reír.

—Toda esa familia está como una cabra, ¿eh? Pero apuesto a que eso te pone, igual que a la puta de Lauren. ¿Verdad, Ella? Una *stripper* como tú seguramente disfruta de que dos Royal se la follen a la vez.

—¿Hemos terminado? —pregunto con voz tensa.

Ella me guiña un ojo.

—Ay, cariño, no. Esto nunca se terminará. De hecho, acabamos de empezar.

Se despide moviendo unos cuantos dedos y, luego, se aleja por el pasillo sin echar la vista atrás.

La observo mientras se aleja de mí preguntándome en qué mierda de lío he vuelto a meterme.

En el almuerzo, Valerie y yo nos sentamos en una mesa en la esquina de la cantina, donde intento fingir que somos las dos únicas personas que existimos. Pero es difícil, porque noto como todo el mundo tiene la vista fija en mí, y me estoy poniendo nerviosa.

Val da un mordisco a su sándwich de atún.

—Reed te está mirando.

Por supuesto que sí. Me doy la vuelta y lo localizo sentado en una mesa abarrotada de jugadores de fútbol americano. Easton también está allí, aunque está en el extremo de la mesa en lugar de en su sitio habitual, junto a Reed.

Lanzo una mirada a Reed, que me atraviesa con sus ojos azules. Los mismos ojos que entrecerraba cada vez que nos besábamos y que ardían cada vez que estábamos en la misma habitación.

—¿Me contarás algún día que pasó entre vosotros dos?

Aparto la mirada y me obligo a comer algo de pasta.

—No —contesto con ligereza.

—Jope, venga ya… Sabes que puedes contarme cualquier cosa —me incita Val—. Soy una tumba.

Mi vacilación no es por falta de confianza. Compartir no es algo natural para mí. Me siento más cómoda tragándome las emociones. Pero la expresión de Val es tan sincera que me siento obligada a ofrecerle algunos detalles.

—Estuvimos juntos. La lio. Y ya no estamos juntos.

Sus labios se sacuden.

—Guau. ¿Te ha dicho alguien alguna vez que eres una horrible cuentacuentos?

Hago una mueca.

—Es todo lo que puedo decirte ahora mismo.

—Vale, no seguiré dándote la tabarra. Pero que sepas que estoy aquí para escucharte cuando estés preparada para hablar. —Abre su botella de agua—. ¿Qué hacemos esta noche?

—¿No te has cansado ya de mí? —bromeo.

Tras el decepcionante encuentro con Lucy, volví a casa de Val y ambas nos atiborramos de tarta e hicimos una maratón de películas de *Step Up*. Easton se fue de nuestra vista en el primer minuto y no regresó.

—Eh, estoy de luto. —Saca la lengua con tristeza y se relame el labio inferior—. Tienes que distraerme para que no piense en Tam. Halloween era nuestra fiesta favorita. Nos disfrazábamos juntos.

—Oh. ¿Te ha vuelto a mandar algún mensaje? —Tam le escribió tres veces anoche, pero Valerie lo ignoró.

—Constantemente. Ahora dice que quiere bajar para que hablemos en persona. —Parece afectada—. Que te rompan el corazón es una mierda.

«¿Me lo dices o me lo cuentas?», pienso.

Justo en ese momento, recibo una notificación de un mensaje en el móvil. Me encojo cuando veo el nombre de Reed en la pantalla.

«No lo leas», me ordeno.

Pero soy una idiota, y lo hago.

«Deja d actuar como si no t importara una mierda. Ambos sabemos q sí te importo».

Aprieto la mandíbula. Uf. Qué arrogante.

Entonces, aparece otro mensaje:

«Me echaste d menos cuando t fuiste. Igual q yo a ti. Superaremos esto».

No. Quiero gritarle que deje de mandarme mensajes, pero si algo sé de Reed Royal, es que es un cabrón egoísta. Hace lo que quiere y cuando quiere.

Y su siguiente mensaje me lo recuerda.

«Lo de Brooke fue un error. Ocurrió antes d conocerte. No volverá a suceder».

Al leer el nombre de Brooke, sujeto el teléfono con más fuerza. Antes de poder detenerme, le contesto con un mensaje cortante.

«Nunca te perdonaré q t hayas acostado con ella. Déjame en paz».

—Sabes que sigo aquí, ¿no?

El comentario seco de Val me hace sentir culpable. Guardo de inmediato el teléfono en la mochila y agarro de nuevo el tenedor.

—Lo siento. Solo le estaba diciendo a Reed que se vaya a la mierda.

Echa la cabeza hacia atrás y suelta una carcajada.

—Dios. Te he echado de menos, ¿sabes?

Yo también río y, por primera vez en todo el día, lo hago de forma genuina.

—Yo también te he echado de menos —digo, totalmente en serio.

Cuando suena la campana, estoy más que preparada para poner pies en polvorosa. Mi primer día de clase tras volver a casa de los Royal ha sido tan divertido como ahogarse en la playa. Las risas malvadas, los susurros, las burlas, las miradas de desprecio... Estoy más que lista para encerrarme en mi habitación, poner música a tope y fingir que el día de hoy nunca ha tenido lugar.

Ni siquiera me molesto en pasar por la taquilla. Me cuelgo la mochila al hombro, le mando un mensaje a Val para recordarle que me tiene que decir si va a venir más tarde a casa y me precipito hacia el aparcamiento.

Luego, me detengo en seco, porque Reed está apoyado contra el lado del conductor de mi coche.

—¿Y ahora qué quieres? —espeto.

Estoy cansada de encontrármelo por todas partes. Y odio lo guapo que está ahora mismo. El tiempo es cada vez más frío y el viento le ha despeinado el pelo y ha hecho que sus duros pómulos se enrojezcan.

Aparta su grande y muscular cuerpo del coche y se acerca a mí.

—Sawyer me ha dicho que antes Jordan te ha acosado.

—La única persona que me acosa eres tú. —Le lanzo una mirada glacial—. Deja de mandarme mensajes. Deja de hablar conmigo. Se acabó.

Él se encoge de hombros.

—Si de verdad me lo creyera, me alejaría. Pero no me lo trago.

—Bloquearé tu número —advierto.

—Me compraré un móvil nuevo.

—Me cambiaré de número.

Resopla.

—¿De verdad crees que no seré capaz de conseguirlo?

Sujeto la mochila contra el pecho como si fuera un escudo.

—Se acabó —repito. Un nudo de dolor se forma en mi garganta—. Me has engañado.

—Yo nunca te he engañado —dice con voz ronca—. Llevo sin tocar a Brooke seis meses.

Suena tan sincero... ¿Y si dice la verdad? ¿Y si...?

«¡No seas idiota!», grita una voz en mi interior. Uf. Por supuesto que no está siendo sincero, y yo debería ser un poco más lista y no dejarme engañar por su expresión seria y el ligero tembleque de su voz. Durante mi infancia y mi adolescencia, vi cómo mi madre se enamoraba del tío equivocado una y otra vez. Le mentían. La usaban. Y por mucho que yo la quisiera, odiaba lo estúpida que podía ser en lo que se refería a los hombres. Le llevaba meses, a veces casi un año entero, darse cuenta de que el cabrón mentiroso que tenía en la cama no se merecía su tiempo, mientras yo estaba ahí, en un segundo plano, esperando a que entrara en sus cabales.

Me niego a que jueguen conmigo de esa manera.

—Vete a la mierda, Reed —murmuro—. Lo nuestro se ha acabado.

Se acerca todavía más a mí.

—¿Sí? ¿Me estás diciendo que ya no me deseas?

—Eso es exactamente lo que estoy diciendo.

Me aparto de él y, prácticamente, me estampo contra el coche. Pero me sale el tiro por la culata, porque se da la vuelta con presteza y me acorrala contra la puerta.

El calor de su cuerpo traspasa la tela de mi ropa. El pulso se me acelera cuando planta ambas manos en la carrocería y me atrapa entre sus brazos.

—¿Me estás diciendo que ya no te pongo cachonda? —Ladea la cabeza y su cálido aliento me acaricia el cuello. Me estremezco al sentir un escalofrío por todo el cuerpo y él ríe con suavidad—. Admítelo, me echas de menos.

Frunzo los labios.

La mejilla de Reed roza la mía mientras me susurra al oído:

—Echas de menos mis besos. Echas de menos que me cuele en tu cama por la noche. Echas de menos la sensación de tener mi boca justo aquí… —Pega los labios contra mi cuello y yo me vuelvo a estremecer. Reed emite otra risa ronca—. Sí, estoy seguro de que ya no tengo ningún efecto en ti, ¿verdad, nena?

—*No* me llames así. —Lo empujo, enfadada, e ignoro los fuertes latidos de mi corazón. Odio la forma en que su presencia me afecta—. Y déjame en paz.

Oigo una voz grave a nuestras espaldas.

—Ya la has oído. Déjala en paz.

Easton se acerca a nosotros y agarra a Reed con fuerza por el hombro. Pese a ser un año menor, Easton es tan alto y fuerte como su hermano. No le supone ningún esfuerzo apartar a Reed de mí.

—Esta es una conversación privada —dice Reed, impertérrito, cuando su hermano lo toca.

—¿Ah, sí? —Easton me observa—. ¿Estás de humor para hablar con tu hermano mayor, hermanita?

—No —respondo con fingida alegría.

Easton sonríe.

—Ahí lo tienes, Reed. La conversación se ha acabado. —El brillo burlón de sus ojos se esfuma y lo sustituye la ira—. Además, papá acaba de mandarme un mensaje. Quiere que volvamos a casa cuanto antes. Él y Brooke tienen una noticia que darnos.

Poso la mirada en Easton.

—¿Brooke?

Suelta una carcajada amarga y se vuelve hacia Reed.

—¿Qué? ¿No se lo has contado?

—¿Contarme qué?

¿Por qué narices está Brooke en casa?

Reed le dedica a su hermano una fría y dura mirada.

—Vaya, me pregunto por qué no se lo has mencionado. —Easton se encoge de hombros en mi dirección—. Papá y Brooke han vuelto.

Todo el calor de mi cuerpo me abandona. ¿Qué? ¿Por qué volvería Callum con una bruja como ella?

¿Y cómo voy a mirarla a la cara después de lo que vi aquella noche en el dormitorio de Reed?

Siento que me tiemblan las piernas y las manos. Espero que los chicos no se percaten de lo mucho que tiemblo, de lo conmocionada que me ha dejado la noticia.

De repente, volver a casa se ha convertido en lo último que quiero hacer.

Capítulo 13

Uno a uno, llegamos al camino asfaltado de la casa de los Royal. Mi descapotable, la camioneta de Easton, el Range Rover de Reed y el Rover que comparten los gemelos. Permanezco en el coche mientras observo a los hermanos Royal cerrar las puertas de sus vehículos y desaparecer por la puerta lateral de la mansión. No me puedo creer que Brooke esté ahí dentro. No me puedo creer que Reed se «olvidara» de mencionarlo. Con todas las veces que se ha plantado en mis narices y me ha vacilado diciendo que iba a volver a conquistarme y que todavía lo deseaba, ¿no se le ha ocurrido decirme que Brooke había vuelto?

Por supuesto que no. Se cree que si finge no haber tocado a Brooke jamás, que si finge que no existe, a lo mejor me olvidaré de ella.

Pero no va a ser el caso. Ella Harper no olvida. Nunca.

Respiro hondo y me obligo a bajar del coche, sin embargo, fracaso, porque me quedo sentada. Hasta que la puerta lateral no se abre, no salgo del vehículo.

—Ella —dice Brooke, sonriendo de oreja a oreja.

Cojo mi mochila, rodeo el coche e intento pasar por su lado sin detenerme, pero ella se interpone en mi camino. Nunca he deseado pegar un puñetazo a alguien más de lo que deseo estampar el puño en la cara de esta mujer. Es igual de rubia y falsa como la recordaba. Está embutida en un caro minivestido y lleva unos tacones de aguja altísimos y bastantes diamantes como para llenar una tienda de Tiffany's entera.

—No tengo nada que decirte —anuncio.

Brooke ríe.

—Ay, cariño, no lo dices en serio.

—Sí que lo digo en serio. Apártate de mi camino.

—No hasta que hayamos tenido una pequeña charla de mujeres —gorjea—. No puedo dejar que entres hasta que no hayamos dejado claras unas cuantas cosas.

La incredulidad hace que arquee las cejas.

—No hay nada que aclarar. —Por alguna razón, bajo la voz, aunque tanto ella como Reed se merecen que les grite a todo pulmón—. Te has acostado con el *hijo* de Callum.

—¿Ah, sí? —Ríe con nerviosismo otra vez—. Estoy segura de que, si eso fuera cierto y si alguien de esta casa lo hubiese sabido, Callum ya se habría enterado.

Brooke me lanza una mirada incisiva. Ahí me ha pillado. Y ahora estoy enfadada conmigo misma por haber mantenido la boca cerrada. Una palabra a Callum, y Brooke sería historia. La echaría más rápido de lo que se tarda en pronunciar «zorra mentirosa».

Pero... también echaría a Reed. Puede que incluso lo desheredara.

Dios, tengo náuseas. Y también estoy mal de la cabeza. ¿Por qué si no me importaría lo que le pasara a Reed Royal?

Brooke sonríe, consciente de lo que estoy pensando.

—Ay, eres patética. Estás enamorada de él.

Aprieto la mandíbula y me rechinan los dientes. Se equivoca. Ya no lo quiero. No.

—Intenté advertirte. Te dije que los Royal te destrozarían, pero no me escuchaste.

—¿Y por eso me castigaste? —pregunto con sarcasmo.

—¿Castigarte? —Parpadea, por lo que parece, realmente confundida—. ¿Qué crees que he hecho exactamente, cielo?

La observo, boquiabierta.

—Te acostaste con Reed. ¡Os pillé a los dos! ¿O se te ha olvidado ese detalle?

Brooke le resta importancia con la mano.

—Ah, te refieres a la noche en la que huiste. Siento decepcionarte, pero no hubo... acción... esa noche.

—Es... estabas desnuda —tartamudeo.

—Quería demostrarle algo. —Pone los ojos en blanco ante mi expresión de perplejidad—. Reed necesitaba aprender una lección.

—¿Que eres una zorra mentirosa?

—No, que esta es mi casa. —Hace un gesto hacia la mansión que tenemos a nuestras espaldas—. Él ya no maneja el cotarro. Ahora soy yo quien manda. —Brooke se lleva un mechón de pelo dorado y brillante tras la oreja después de acariciarlo—. Quería enseñarle lo que ocurre cuando alguien se pasa de la raya. Quería que se diera cuenta de que puedo destruirlo sin esfuerzo alguno. ¿Y has visto lo fácil que fue? Con solo quitarme el vestido... ¡puf! Su relación contigo es historia. Eso, querida mía, se llama poder.

Me muerdo los carrillos. No sé qué creer ya. ¿Reed ha hecho un trato con ella para que me cuente esto? Mentiría y fingiría que no se ha acostado con él a cambio de... ¿qué? ¿Acaso importa? Se acostaron en algún momento. Y si es capaz de traicionar a su propio padre de esa manera, no puedo imaginarme lo fácil que le resultaría traicionarme.

No puedo jugármela. Sé lo que vi en su dormitorio. Brooke estaba desnuda. ¡Y él se quedó allí pasmado y no dijo nada! Si dejo que Reed y Brooke siembren la duda en mi cabeza, solo será cuestión de tiempo que cometa una estupidez... como perdonarlo. Y luego me hará daño otra vez y no podré culpar a nadie más que a mí misma.

—Te acostaste con el hijo de Callum —repito, y dejo que el asco se refleje en mi cara—. No importa si te lo tiraste o no esa noche. Lo has engañado con su propio hijo...

Brooke se limita a sonreír, y la bilis me sube por la garganta.

—Eres... —empiezo a decir, pero dejo que se mueran las palabras. Uf. Ningún insulto de este mundo podría hacer justicia a esta mujer.

—¿Soy qué? —pregunta a modo de burla—. ¿Una zorra? ¿Una cazafortunas? ¿Algún otro insulto que se te ocurra? No entiendo por qué las chicas no podemos apoyarnos las unas a las otras, pero, sinceramente, cariño, no me importa lo que opines de mí. Pronto este será mi hogar y yo seré la que esté al mando. Deberías intentar llevarte bien conmigo —dice, y arquea una ceja.

Me recuerdo a mí misma que ya me he topado con otras mujeres como Brooke cientos de veces antes. Es una acosadora a puerta cerrada. Es dulce con toda la gente que tiene dinero, mordaz con las chicas que no la ayudan a mejorar su condición social y mala directamente con cualquiera que la amenace.

Así que hago acopio de valor para enfrentarme a sus amenazas y respondo mientras arqueo de nuevo la ceja:

—Callum nunca permitiría que me echaras. Y aunque lo hiciera, no me importaría. Ya he intentado huir de aquí, ¿acaso no te acuerdas?

—Pero has regresado, ¿no es así, querida?

—Porque me ha obligado —murmuro.

—No, porque has querido. Podrás decir que odias a los Royal todo lo que quieras, cielo, pero la verdad es que *quieres* formar parte de esta familia. De cualquier familia, en realidad. La pobrecita y huérfana Ella necesita que alguien la quiera.

Se equivoca. No lo necesito. Sobreviví sola dos años después de que mi madre muriera. Puedo volver a hacerlo. No me importa estar sola.

O eso creo.

—Unos cuantos comentarios persistentes y te garantizo que Callum se pondrá de mi lado —dice Brooke—. Lo que le diga depende de ti. ¿Quieres seguir viviendo como una Royal o quieres volver a menear el culo para ganarte unos cuantos dólares? Estás a cargo de tu propio destino. —Señala hacia atrás con su uña bien arreglada—. Todavía hay un sitio para ti aquí.

Ambas nos giramos al oír el motor de un coche. El todoterreno de Gideon se detiene de golpe tras la camioneta de Easton. El mayor de los hermanos Royal se baja del coche, nos mira y nos pregunta:

—¿Qué está pasando aquí?

—Solo le estoy dando la bienvenida de nuevo a Ella —responde Brooke, guiñándome un ojo—. Ven y dame un beso, querido.

Da la sensación de que Gideon preferiría besar antes a un cactus que a la novia de su padre, pero, aun así, se acerca y le planta un frío beso en la mejilla.

—¿De qué va todo esto? —murmura—. Me he saltado las clases de la tarde y he conducido durante tres horas para venir aquí, así que más vale que sea importante.

—Oh, es importante. —Brooke nos dedica una sonrisa enigmática—. Vamos dentro. Tu padre y yo os lo contaremos todo.

Cinco minutos después, Callum nos indica con una expresión seria que entremos en una de las salas que hay junto a la entrada de la casa. Tiene la mano colocada de forma protectora sobre la zona lumbar de Brooke. ¿Y Brooke? Está como si estuviera en éxtasis.

La habitación está decorada de forma impecable, tal y como lo he denominado, al puro estilo de finca sureña. Las paredes están cubiertas de un papel color crema. Hay molduras de varios centímetros que adornan el techo. La habitación es lo bastante grande como para que haya dos áreas de descanso, una cerca de los ventanales, que van del suelo al techo y están cubiertos por cortinas de seda de color melocotón, y otra cerca de las puertas. Brooke toma asiento en una de las sillas de color verde claro y melocotón junto a la chimenea.

Sobre la chimenea hay una preciosa pintura de Maria Royal. Hay algo que no cuadra en el hecho de ver a Brooke sentada en esta sala, frente a esa pintura. Algo sacrílego.

Después de servirse una copa de *whisky,* Callum se coloca detrás de Brooke, con una mano sobre su silla y la otra alrededor del vaso, a punto de rebosar.

Gideon pasea y se detiene junto a las ventanas con las manos metidas en los bolsillos mientras echa un vistazo al jardín delantero. Easton y yo empezamos a caminar hacia él, pero la voz de Callum nos detiene.

—Sentaos. Tú también, Gideon.

Gideon no se mueve. Ni siquiera se da cuenta de que Callum ha hablado. Reed mira a su padre y a Gideon, y llega rápidamente a alguna conclusión. Se acerca a su hermano y se coloca a su lado.

Las líneas están claramente trazadas.

Observo cómo los dedos de Callum rodean el respaldo de la silla. Gira el cuerpo hacia sus hijos mayores, pero se queda plantado junto a Brooke. ¿Qué influencia tiene sobre él?

La mujer no puede ser tan buena en la cama…

—Brooke… quiero decir, nosotros… tenemos una noticia que daros.

Easton y yo intercambiamos una mirada recelosa. Los gemelos están a mi otro lado, con la misma expresión de desconfianza.

—Brooke está embarazada.

Se oyen una serie de silbidos a modo de respuesta, al mismo tiempo que tomamos aire, sorprendidos.

Cuando termina de hablar, Callum levanta la copa y bebe. Y bebe. Y bebe hasta que el vaso queda totalmente vacío.

Brooke parece feliz. Verla así de contenta es horrible.

¿Está mal pegarle a una mujer embarazada? Cierro los puños junto a mis costados en caso de que alguien, quien sea, me dé luz verde para saltar por encima de dos sofás y una mesita auxiliar y darle una paliza hasta que pida clemencia. Está destrozando a esta familia, y la odio por ello más que a nada.

—¿Y eso qué tiene que ver con nosotros? —pregunta Easton por fin. Su voz derrocha insolencia.

—Es un Royal, lo que significa que tendrá el apellido Royal. Vamos a casarnos.

Callum muestra una dureza implacable. Supongo que así es cómo habla en la sala de juntas, pero esto no es un trato de negocios. Se trata de su familia.

Brooke levanta la mano izquierda y abre los dedos.

Junto a la ventana, Reed tensa el cuerpo, mientras que Easton gruñe a mi lado.

—¡Ese es el anillo de mamá! —dice Sebastian.

—No puedes darle el anillo de mamá. —Sawyer agarra un jarrón del centro de la mesilla auxiliar y lo arroja al otro lado de la estancia. Ni siquiera pasa cerca de Brooke, pero el impacto hace que todos nos encojamos—. Vaya puta mierda...

—No es su anillo. —Callum se pasa una mano temblorosa por el pelo—. Se parece, pero el anillo de vuestra madre está arriba. Os lo prometo.

Lo observo con la boca abierta. ¿Qué clase de hombre da a su nueva esposa un anillo que se parece al de su difunta exmujer? ¿Y qué clase de mujer lo aceptaría? Este juego con el que Brooke se divierte es demasiado enrevesado para mí. Parece que le guste herir a la gente.

—Tus promesas no valen nada —dice Gideon a su padre con una frialdad y una implacabilidad que no tienen nada que ver con su habitual conducta apacible. De todos los chicos Royal, Gid siempre ha sido el más tranquilo. Pero ahora mismo no está nada tranquilo, en absoluto—. Puedes tener todos los bebés que quieras con ella, pero no forman parte de nuestra familia, ni lo harán nunca.

Se adelanta y se acerca a Brooke y a Callum. Contengo la respiración mientras se coloca frente a ellos.

—Tú nunca pertenecerás a esta familia —le dice a ella, tan impasible que hace que frunza los labios—. No me importa por qué te abres de piernas, nunca dejarás de ser una puta cara.

Brooke sonríe.

—Y tú nunca llegarás a ser nada más que el hijo olvidado de un hombre rico y de una mujer que se suicidó.

Gideon se encoge. Luego, se da media vuelta y sale de la habitación. Los gemelos lo siguen, seguidos de Easton. Solo quedamos Reed y yo, y no puedo evitar mirar en su dirección. Su expresión refleja asco, ira y decepción.

Aunque no percibo... sorpresa.

El anuncio de Callum sobre el nuevo bebé Royal había dejado sin palabras a todos menos a Reed.

Nuestras miradas se encuentran y en ese momento percibo la verdad en sus ojos azules.

Él ya lo sabía.

Capítulo 14

Reed

En cuanto los ojos de Ella se posan en mí, sé que ha llegado a la conclusión equivocada.

La agarro de la muñeca y la saco a rastras de la habitación hasta llegar a la sala que hay al otro lado del vestíbulo, que da la casualidad que es el estudio de mi madre; el lugar donde Gid y yo la encontramos cuando... cuando se suicidó. Perfecto. Y es aquí donde quiero salvar mi relación con Ella. Eh... *No*.

—Mira... —empiezo a decir, pero ella ataca antes de que pueda pronunciar otra sílaba.

—Es tuyo, ¿no? —susurra.

—No. Te lo juro. No es mío.

—No te creo.

Ella tiene los puños cerrados.

Quiero acercarme a ella, pero no creo que sea buena idea.

—No la he tocado desde que llegaste —repito por enésima vez—. Ya había terminado con ella antes de que llegaras.

Golpea la superficie más cercana y el polvo inunda el aire. Esta habitación lleva cerrada mucho tiempo.

—¿Cómo sabes que no es tuyo?

Me remuevo, incómodo, porque responder requiere hacer acopio de un recuerdo vago, aunque no tengo elección.

—Cuando la vi solo tenía un bulto muy pequeño.

Ella palidece, y sé que está recordando la noche que descubrió a Brooke desnuda en mi habitación.

—No lo sabes. No puedes saberlo con seguridad. No hasta que te hagas las pruebas de paternidad. Dios, no me encuentro bien. —Se lleva una mano al estómago—. Tengo náuseas, literalmente.

—No es mío. Debe de ser de mi padre. Aunque, bueno, podría ser de cualquiera. Está más que dispuesta a engañar a mi padre —digo con desesperación.

—Y tú también.

Tomo aire. Ha sido un golpe directo y lo sabe. Pero no voy a rendirme. Esta es una lucha que voy a ganar, aunque tenga que jugar sucio.

—No voy a negar que he sido un cabrón. Puede que todavía lo sea, pero no soy el padre del hijo de Brooke. No te he engañado. Te oculté mi pasado, y sé que no estuvo bien. Lo sé. Me equivoqué. Lo siento. Pero... por favor, por favor, perdóname —suplico—. Sácanos a ambos de esta miseria.

—Ya no importa. —La falta de vida de su rostro me asusta. Ella sacude la cabeza—. Antes de conocerte, mi vida era un horror. Pero lidiaba con ello porque ¿qué otra cosa podía hacer? No importaba que mi padre nunca estuviese conmigo, porque tenía a mi madre. Cuando murió, intenté convencerme a mí misma de que debía estar agradecida por ello, porque sufría muchísimo. Luego llegué aquí y te conocí. Me vi reflejada a mí misma bajo ese aspecto exterior duro que intentas mostrar. Me dije a mí misma: «Este chico perdió a su madre. Está enfadado y dolido, lo veo. A lo mejor él también me ve a mí».

Cruza los brazos sobre el estómago; intenta mantener algo en su interior y, a la vez, mantenerme alejado de ella. Solo sé que está dolida. Alargo el brazo hacia ella, pero se encoge como si la mera idea de que la toque fuera demasiado dolorosa.

Joder, lo está pasando fatal, y yo soy el culpable.

—Sí que te vi... te veo —susurro.

No me escucha.

—Y pensé, voy a perseguirlo. Al final lo agotaré, lo convenceré de que lo nuestro puede ser un bonito cuento de hadas. Pero no lo es. No somos nada. Somos humo, insustancial e insignificante. —Chasca los dedos sin emitir ningún ruido—. Lo nuestro ni siquiera es una tragedia. Somos menos que nada.

Sus palabras hacen que me duela el corazón. Tiene razón. Debería alejarme de ella, pero no puedo. Y el hecho de que esté sufriendo tanto me dice que me necesita. Solo un cobarde dejaría de luchar ahora. Yo le he provocado todo el dolor que siente, pero sé que puedo hacer que desaparezca si me da la oportunidad.

Respiro hondo.

—Tengo dos opciones. Puedo alejarme o puedo luchar por ti. ¿Adivina qué he elegido?

Ella me atraviesa con la mirada en completo silencio, así que continúo hablando.

—La cagué. Debí haber sido sincero contigo desde el principio. Brooke me dijo que estaba embarazada esa misma noche. Entré en pánico. El cerebro dejó de funcionarme. Me las ingenié para no tener que contarte que me había acostado con ella. Me sentía avergonzado, ¿vale? Avergonzado. ¿Eso es lo que querías oír?

Curva los labios.

—Sí, bueno, ¿quieres saber quién soy yo? La chica estúpida de las películas de terror. Tú me has convertido en esa chica estúpida. —Me señala de forma acusatoria—. Soy la que vuelve a la casa donde está el tío con el cuchillo. Me lo advertiste. Me dijiste una y otra vez que me alejara de ti. Pero no te escuché. Pensé que era más lista.

—Me equivoqué. No deberíamos estar alejados el uno del otro. No podemos estar separados. Ambos lo sabemos.

Camino hacia ella y me detengo cuando mis pies casi tocan los suyos. Luego, con un movimiento rápido, la atraigo hacia mí. Oh, joder. La sensación de tenerla pegada a mí es increíble. Quiero enterrar una mano en su pelo suave y besarla sin parar, pero me observa con unos ojos lívidos y ardientes.

—No me toques —espeta—. Preferiría morir...

Le cubro la boca con la palma de la mano.

—No digas cosas de las que podrías arrepentirte. No digas cosas que no podrás retirar —advierto.

Levanta la mano y me pega una bofetada en la mejilla. Sacudo la barbilla hacia la derecha debido al impacto, pero no la suelto. Tiene los ojos brillantes y le tiemblan. Apuesto a que yo también parezco igual de estúpido, loco y descontrolado que ella.

—¿Qué quieres de mí? Dímelo y lo haré. ¿Quieres que me ponga de rodillas? ¿Que te bese los pies?

—No, no pierdas la dignidad —contesta con desprecio—. Necesitarás algo para mantenerte caliente por las noches. Ah, no, espera. Para eso tienes a Brooke.

Entonces, me asesta un golpe en el pecho y se deshace de mí. Ella abre la puerta de un tirón antes de que pueda alcanzarla. En el vestíbulo, papá y Brooke se detienen en seco. Papá mira a Ella, que se marcha corriendo, y luego a mí con los ojos entrecerrados. Brooke es todo sonrisas.

Enfadado, paso por su lado en busca de Gid. A lo mejor él tiene algunas respuestas. A estas alturas, él es el único hermano que me dirige la palabra.

Lo encuentro fuera, de pie sobre la ristra de rocas que separa el césped de la tira de arena a la que llamamos playa. El océano Atlántico está frío y oscuro, iluminado ligeramente por la luna.

—¿El bebé es tuyo? —pregunta sin girarse.

—¿Por qué todo el mundo piensa lo mismo?

—Joder, hermano, no sé por qué cualquiera que sepa que te acostaste con Brooke puede pensar que el bebé es tuyo...

—No lo es. —Me paso una mano por el pelo—. No la he tocado en seis meses. La última vez que nos acostamos fue el Día de San Patricio. Nos pusimos ciegos, ¿recuerdas? Me quedé KO arriba. Ella se me subió encima. Solo recuerdo despertarme desnudo junto a ella. Papá estaba fuera, nos llamó para ir a cenar. Se lo iba a contar entonces. Aquella noche. Pero me acojoné.

Gideon no responde. Se limita a contemplar el agua.

—Creía que Dinah y Brooke intentaban destruir esta familia, pero ahora creo que somos nosotros. Nosotros somos los que estamos destrozándola. No sé cómo arreglarlo, Gid. Dime cómo hacerlo. —*Ayúdame*. No habla, así que vuelvo a intentarlo, desesperado por conectar con él—. ¿Recuerdas cuando mamá nos leía *El Robinson suizo* y paseábamos por la costa intentando encontrar la cueva perfecta para vivir? Lo hacíamos los cinco, juntos. Íbamos a matar a la ballena, a comer bayas, a fabricarnos nuestra propia ropa de musgo negro y algas.

—Ya no somos niños.

—Ya lo sé, pero no significa que no sigamos siendo una familia.

—Querías marcharte de aquí —me recuerda—. Eso era de lo único que hablabas. De huir de esta familia. ¿Ahora que Ella está aquí piensas que merece la pena quedarse? ¿Qué clase de lealtad sientes hacia tu familia?

Salta a la arena y deja que la noche se lo trague. Me deja a solas con mis deprimentes pensamientos.

Nadie me obligó a acostarme con Brooke. Tomé esa decisión yo solito. Sentí una satisfacción perversa al follarme a la novia de mi padre para devolvérsela. Quería que sufriera. Se lo merecía después de todo lo que le hizo a nuestra familia. Llevó a mamá al borde del abismo con sus mentiras y sus engaños. Creo que las mentiras fueron lo peor. Quizá mi madre lo habría dejado si no hubiese prometido una y otra vez que él no tenía nada que ver con Steve, que no frecuentaba todas esas casas de putas cuando viajaban ni se relacionaba con todas las chicas de compañía de alto *standing*, modelos y actrices que el dinero de un multimillonario puede comprar. Si se hubiera marchado, a lo mejor ahora todavía seguiría viva. Pero no lo está. Está muerta, y la negligencia y los engaños de mi padre acabaron con ella con la misma eficacia que las pastillas que tomó.

Frunzo los labios. Por supuesto, mi venganza no ha servido de nada porque no he tenido los huevos de contárselo a mi padre. Y cada vez que pienso que puede enterarse, me entran ganas de vomitar.

Me he pasado el último par de años intentando destruir todo lo que me rodea. Quién me iba a decir a mí que el éxito era tan agridulce...

Capítulo 15

Ella

—¿Qué pasa? —pregunta Val el viernes a la hora del almuerzo—. Y no me digas que nada porque todos estáis deprimidos perdidos. Si hasta parece que alguien ha pegado al cachorrito de Easton.

—¿Es un eufemismo? —intento bromear.

Valerie me atraviesa con la mirada.

—No. No lo es.

Picoteo mi comida. No he sido capaz de comer mucho esta semana y creo que se me nota. Cada vez que intento comer, la imagen de Brooke contándonos lo de su embarazo me viene a la mente, pero no es Callum quien está a su lado, sino Reed. Y luego mi cabeza le sigue el juego y me muestra escenas donde Reed está sujetando al bebé, lo pasea en cochecito por el parque con Brooke, que parece una modelo de *fitness* a su lado. Los imagino arrullándose, emocionados, al ver los primeros pasos de su estúpido bebé.

No me extraña que no pueda comer.

Cuando me puse los vaqueros esta mañana, me di cuenta de que me quedaban anchos. Me estoy quedando en los huesos.

No estoy preparada para contarle a Val que la casa de los Royal se desmorona por dentro, pero si no le digo algo, puede que me apuñale con el tenedor.

—Pensaba que ser hija única era una mierda, pero los problemas familiares son cien veces peor.

—¿Reed? —pregunta.

—No solo él. Son todos. —Odio la tensión que hay en la casa. Cómo los hermanos no se miran a la cara durante el desayuno. Y yo ni siquiera me puedo escaquear porque he perdido el trabajo. Supongo que debería empezar a buscar uno nuevo. Esta vez no porque necesite el dinero, sino porque cuando entro en

111

casa siento que cargo con cien kilos sobre los hombros. Y será peor cuando llegue el bebé. No sé cómo voy a lidiar con eso.

—La vida es una mierda, pero si te consuela, yo he bloqueado el número de teléfono de Tam.

—¿Sí? —*Ya era hora*. La estúpida proposición de Tam de tener una relación abierta era básicamente su modo de mantener a Val atada mientras él se tira a todas las estudiantes de la universidad, y no se lo merece—. Porque sí que me consuela.

—Sí, y me sentí bien al hacerlo. Me estaba atormentando leyendo todos sus mensajes y me sentí débil.

—Ya sabes que puedes encontrar a alguien mejor.

—Lo sé. —Da un sorbo a su Coca-Cola *light*—. Anoche lo bloqueé y he dormido bien por primera vez en mucho tiempo. Cuando he despertado esta mañana, todavía me dolía, pero el dolor no era tan insoportable.

—Irá a mejor —digo sin energía.

Antes ese era mi mantra personal, pero ahora no sé si ya me lo creo.

Juguetea con la lata de refresco.

—Eso espero. ¿Hay algún botón de bloqueo para la vida real? Porque lo necesito.

—Gafas de sol. Gafas de sol enormes —le aconsejo—. O mejor, espera... un escudo. —A mí también me vendría bien uno para protegerme de Reed.

Esboza una sonrisa a regañadientes al considerar mi estúpida sugerencia.

—¿No sería un poco extraño maniobrar con esa cosa?

—No, qué va, es perfecto. Patentemos la idea y hagámonos millonarias.

—Vale. —Extiende la mano y yo se la estrecho.

—Dios, Val. Creo que eres lo mejor que me ha pasado desde que me mudé aquí.

—Lo sé. —Lanza una mirada especuladora a la mesa de los jugadores de fútbol americano y, luego, vuelve a mirarme a mí—. Vayamos al partido de esta noche.

—Eh... no, gracias. Retiro todo lo bueno que te he dicho.

—¿Por qué no?

—Primero, porque no me gusta el fútbol americano. Segundo, no quiero animar a gente que no me cae bien. Tercero, no me importaría en absoluto que los alumnos del Astor Park muriesen en un incendio, a excepción de ti.

—Recógeme a las seis y media.

—No. No quiero ir al partido.

—Oh, vamos. Ambas necesitamos distraernos. Tú tienes que olvidarte de Reed y yo, de Tam. Todo el mundo va a los partidos de los Riders. Podemos inspeccionar a los chicos que estén disponibles y elegir uno para que cuide de nuestros corazones rotos.

—¿No podemos comprar simplemente una tarrina de helado?

—Haremos las dos cosas. Comeremos helado y luego nos comerán a nosotras.

Menea las cejas y yo río con reticencia, pero, en el fondo, mi corazón protesta. Las únicas caricias que quiero son las de Reed. El puto mentiroso. Joder. A lo mejor sí que necesito distraerme.

—Vale. Vamos.

—Sal del coche —me ordena Val cuando se acomoda en el asiento del copiloto más tarde esa noche—. Tengo que ver mejor ese modelito.

—Ya lo verás cuando lleguemos al partido.

—¿Estás haciendo esto para que Reed se corra en su uniforme o para que a las chicas del Astor Park les dé un patatús?

Ignoro la referencia a Reed. No estaba pensando en cómo darle celos cuando me he vestido. Qué va. En absoluto.

—Me dijiste que tenía que elegir a un nuevo hombre esta noche. Este es mi modelito de caza —digo, y señalo la ropa con la mano.

Me he puesto unos calcetines a rayas hasta las rodillas con unos *leggings* negros por debajo y un jersey viejo que encontré en una tienda de segunda mano a la que fui después de clase. No podía metérmelo por dentro de los *leggings* sin que pareciera que tenía un montón de calcetines metidos en las bragas, así que compré un cinturón grande negro y me lo he colocado sobre el jersey, a la altura de las caderas.

Llevo dos trenzas despeinadas y un montón de delineador de ojos sobre una prebase, para que no se corriera, bajo los ojos para completar mi *look pin-up* futbolero.

—Te sugerí que eligieras a un chico, no a toda una horda —dice Val con ironía—. Pero a lo mejor esto también me beneficia a mí. Tú elige al que quieras y me dejas a mí al resto.

—Muy graciosa.

—En serio. Estoy pensando que vamos a necesitar que los gemelos nos escolten hasta el estadio. Tengo miedo de lo que las chicas puedan hacer en cuanto te vean.

Val no va nada desencaminada. Las novias de los jugadores fruncen el ceño cuando pasamos junto a la zona donde los padres y las novias de los jugadores esperan a que estos salgan corriendo del vestuario al campo.

Unos cuantos insultos —«puta», «barriobajera» y «¿de qué va?»— se escuchan entre la multitud.

—Estas tías están tan celosas que ni siquiera se van a meter lo dedos para vomitar hoy —comenta Val con sarcasmo—. La envidia quemará todas sus calorías extra.

Me encojo de hombros.

—Me han dicho cosas peores, y lo cierto es que no me importa.

—No debería. La semana que viene estaremos rodeadas de todo un equipo de jugadores de fútbol americano puteros.

—Tendré que apuntar más arriba entonces.

Me gustan los retos.

Cuando llegamos a la zona para estudiantes, Jordan nos echa.

—No podéis sentaros aquí —anuncia.

Pongo los ojos en blanco.

—¿Por qué? ¿Porque soy demasiado vulgar para tu preciosa grada?

—Sí, también es por eso. —Sonríe con suficiencia—. Pero es porque llevas los colores equivocados.

Echo un vistazo a la masa de estudiantes y me percato de que lleva razón. Todos están sentados de forma que el color de sus camisetas forma una «A» dorada sobre un fondo negro. Yo llevo un jersey blanco y Val un suéter gris de punto corto. Jordan lleva un mono negro y lo único que le falta a su atuendo de dominatriz de látex es un látigo y una silla.

—Supongo que no nos llegó el memorando.

Estoy casi segura de que se ha enviado alguno, porque todos los demás estudiantes encajan perfectamente. Estoy impresionada, aunque me cueste admitirlo. No debe de ser fácil organizar a doscientos alumnos para que vistan tal o cual color dependiendo de dónde estén sentados en la grada.

—A lo mejor deberías echarle un ojo a las historias de Astor en Snapchat de vez en cuando.

Jordan se gira a la vez que se echa el pelo brillante hacia atrás.

Ni siquiera sabía que el Astor Park tenía cuenta de Snapchat.

—Vamos —dice Val, tirando de mi brazo—. Nos sentaremos con los padres.

Encontramos un sitio en lo alto donde podemos comer palomitas y fingir que animamos a los Riders.

—¿Qué coño llevaba Jordan puesto? —Río por lo bajo—. ¿Es una dominatriz a tiempo parcial o qué?

—Qué va. —Val se mete varias palomitas en la boca—. El grupo de baile actúa en el descanso, justo antes de la banda, así que me imagino que va vestida con ese atuendo por eso.

Tiene razón. Cuando llega el descanso, Jordan y su equipo llevan a cabo una coreografía con tanto meneo de tetas y culo que siento que debería meterles la tarjeta de contacto del Daddy G's en sus bolsas de deporte en caso de que alguna vez necesiten algo de dinero.

—Ganarían propinas de cinco dólares por lo menos —susurro a Val tapándome la boca con la mano.

—¿Solo cinco dólares? Yo querría por lo menos veinte por tío antes de desnudarme.

—¿De qué hablas? Te desnudarías gratis —bromeo.

Val ya me ha contado que tiene tendencias exhibicionistas. Cuando vamos al Moonglow la noche para mayores de dieciocho años, Val me hace bailar en las jaulas que hay colgadas del techo.

—Cierto. Pero no me importaría que me pagaran. —Me dedica una mirada pensativa—. ¿Cuánto dijiste que ganabas cuando trabajabas en esos clubs?

—No te lo dije. Y hacer *striptease* es muy diferente a bailar en jaulas frente a un puñado de chicos salidos de instituto y de la universidad —le aviso.

La mayoría de los clubs de *striptease* apestan a desesperación y arrepentimiento, y no me refiero solamente a los vestuarios de las *strippers*. Los tíos que están en la sala y que lanzan los billetes por encima de su solomillo de ocho dólares están igual de necesitados que las chicas que bailan sobre el escenario.

Val arruga la nariz.

—No sé. Me vendría bien tener algo de dinero extra, y tú debiste de ganar bastante si te mantuviste a ti misma y a tu madre.

—El dinero es lo único bueno que tiene. Además, es mejor que no te desnudes por aquí. Imagínate que te ve alguien con quien vas a clase o algo así. Sería bastante incómodo.

Suspira.

—Solo era una idea.

Siento un ramalazo de compasión. Sé que el estatus de Val como familiar pobre la molesta. Ojalá pudiera darle parte de mi dinero —tampoco es que me haga falta—, pero no es de la clase de personas que aceptaría un cheque. Lo vería como una obra de caridad, y bastante tiene con su tío y su tía.

—¿Y si te contrato para que seas mi guardaespaldas? Porque todo el mundo me mira ahora mismo como si quisiera asesinarme. Sobre todo esa de allí.

Señalo con la cabeza la segunda fila de la sección de estudiantes, donde una chica rubia que me resulta familiar no deja de girarse y de observarme con el ceño fruncido.

—Ja. Abby no le haría daño ni a una mosca. Es demasiado pasiva. ¿Crees que pone esa expresión de cordero degollado cuando se corre?

Me llevo la mano a la boca para ahogar una carcajada.

Pero es cierto. La ex de Reed es pálida, calladita y amable, todo lo contrario a mí, vaya. Alguien dijo que Abby le recordaba a la madre de Reed. Hubo un tiempo en que eso me ponía muy nerviosa, porque Reed adoraba a su madre. Ahora me importa una mierda intentar impresionar a Reed Royal.

Pero está claro que a Abby todavía le importa. Y es evidente que me considera la competencia, porque no deja de mirarme. Si me hubiese preguntado, yo le podría haber dado un muy buen consejo sobre cómo ganarse a Reed: primero y, ante todo, no debería haberse acostado con su hermano.

—¿De verdad se acostó con Easton cuando yo no estaba? —pregunto a Val.

—Sí. ¿Qué idiota, verdad? Me refiero a que es un movimiento infalible para hacer que Reed huya en la dirección contraria.

—Val tuerce la boca—. O espera, a lo mejor no. Tú te liaste con Easton y eso no ahuyentó a Reed. —Luego vuelve a cambiar el tono de voz—. Pero tú eres especial. Abby no. Ni de coña va a volver con ella ahora.

—Si hasta Abby es demasiado buena para él —refunfuño—. Reed se merece estar solo para toda la eternidad.

Val suelta una risita.

—En realidad, esperaba que alguien le partiera las piernas en el partido, pero desgraciadamente parece que sigue vivito y coleando —añado.

—Podríamos partírselas nosotras.

—¿Lo asaltamos con un bate de béisbol en mitad de la noche? —pregunto con tristeza.

—Parece que ya lo tienes todo planeado.

—Puede que haya fantaseado con ello unas cuantas veces.

—Cuando terminemos con Reed, ¿podemos ir a Penn State?

—Claro. Y luego podemos poner un anuncio en internet ofreciendo nuestros servicios a otras mujeres. Llamaremos a nuestro bate «Venganza».

—Tu sed de sangre me pone mucho.

—Guárdatelo para la horda —contesto—. ¿Ya le has echado el ojo a alguno?

—No. Sigo valorando mis opciones.

Traducción: el único para el que tiene ojos ahora mismo es Tam. Yo tengo el mismo problema, pero en mi caso es por culpa de Reed.

Nos desplomamos en los asientos de la grada y devolvemos nuestra atención al partido.

Los Riders ganan, tal y como se esperaba, y los murmullos tras el partido se centran en el baile de invierno que se celebrará en Astor Park tras Acción de Gracias y antes de Navidad. Esa charla para Jordan son como los preliminares. Está exultante cuando Val y yo descendemos las escaleras del estadio. Tardamos bastante tiempo en bajar por culpa de todos los padres que se detienen para decirle a Jordan lo mucho que les ha gustado su coreografía y que tiene mucho talento.

Jordan saca las tetas un poco más con cada cumplido que recibe. Los padres la miran con lujuria y ella parece deleitarse con ello.

—Bonito espectáculo —digo a Jordan cuando llegamos a su misma altura. Está fantástica en ese disfraz y tiene las mejillas encendidas por todo el ejercicio que ha hecho en el campo.

Posa la vista en mí y sus ojos reflejan, primero, desdén y, luego, rechazo. Se gira hacia su prima y dice:

—Eres demasiado buena para este pedazo de mierda, Val. ¿Por qué no vienes conmigo a la fiesta de Shea?

—Paso. No me subiría a tu coche ni aunque me persiguieran unos zombis.

Unos cuantos chicos ríen a nuestra espalda. Eso solo logra cabrear más a Jordan.

—No me puedo creer que estemos emparentadas.

—Lo sé. A mí también me sorprende a veces que alguien tan amable como yo haya podido terminar con una zorra como tú como prima.

Jordan se abalanza sobre Val, y yo, tonta de mí, me interpongo entre ambas. Jordan me da un puñetazo en el cogote al mismo tiempo que Val se lanza hacia delante. Me quito de en medio de un salto y aterrizo contra la barandilla.

—Joder —grita un chico—. ¡Pelea de chicas!

Las gradas se vacían y, de repente, todo es un caos. Hay palomitas volando por los aires. Brazos, manos y uñas en mi cara. Un fuerte brazo me levanta por encima de la barandilla y otra persona me agarra y me aparta del follón. Alzo la mirada y veo a Reed.

Easton aparece a mi otro lado y desliza un brazo por mi hombro para separarme de Reed. Ambos se observan con el ceño fruncido.

—¿Vamos a ir a la fiesta de los Montgomery? —pregunta Easton.

—Ya te lo dije, no me gusta disfrazarme.

Ríe y señala mi atuendo.

—Ya parece que estés disfrazada, hermanita.

Ay, Dios. Tiene toda la razón.

—Vamos —me insta—. Será divertido.

Cedo.

—Está bien. Lo que tú digas. ¿Dónde está Val?

Me giro hacia las gradas y veo que los organizadores han detenido la pelea.

Un brazo me gira de repente. Una vez más, es Reed.

—¿Qué coño llevas puesto? ¿De quién es ese jersey?

—Es de segunda mano...

—Quítatelo.

—¿Qué? No.

Lanzo una mirada a Easton en busca de ayuda, pero este frunce el ceño.

—Ahora que lo pienso, no puedes llevar el jersey de otro colegio en nuestros partidos. Da mala suerte.

—Habéis ganado —le recuerdo.

—Quítatelo ahora mismo —ordena Reed.

Su voz suena amortiguada mientras intenta quitarse su camiseta.

—Olvídalo. No voy a ponerme tu camiseta.

—Oh, sí. Sí te la vas a poner. —Las protecciones de los hombros se le han subido hasta las orejas—. Joder, East, ayúdame.

Easton lo ignora.

—¿Quieres que te lleve, hermanita?

—Ella viene conmigo —contesta Reed con firmeza.

Vuelve a colocarse bien la camiseta y me reta con la mirada a que le lleve la contraria.

Así que lo hago.

—Lo siento, amigo, pero no.

—No me llames amigo.

—No me des órdenes.

Sin embargo, me da otra.

—Val puede conducir a la fiesta con tu coche. Tú te vienes conmigo.

—¡Por Dios! —exploto—. ¿Qué más tengo que decir para que pilles el mensaje, Reed? Hemos *terminado*. —Mi frustración y mi enfado están alcanzando máximas históricas—. Ya le tengo echado el ojo a otro.

Entonces, se le dilatan las fosas nasales.

—Y una mierda.

Miro a la fila de jugadores que está en el campo, observándonos, y una idea perversa me cruza la cabeza. Entrecierro los ojos al atisbar a Wade, el *quarterback*. Wade es un picaflor. Vaya, si usó el Range Rover de Reed para zumbarse a una chica una noche en el aparcamiento de la discoteca porque, según Reed, no podía esperar a llegar a casa.

Sonrío con suficiencia a Reed y me alejo de los Royal en dirección a Wade para abalanzarme sobre él.

Me rodea con sus brazos musculosos en un acto reflejo. Cuando me inclino para besarlo, sus labios se abren automáticamente. Sabe a sudor, huele a hierba y besa maravillosamente bien. No me mete la lengua, sin embargo, usa los labios con gran maestría. No me extraña que las chicas se marchen de una discoteca para acostarse con él en el coche de un desconocido. Le agarro del pelo y le rodeo la cintura con las piernas. Él gime como respuesta y me hunde los dedos en el trasero. Los gritos de ánimo empiezan a escucharse, aunque se detienen de repente. Lo siguiente que sé es que Reed me aparta de los brazos de Wade.

—¿Qué coño haces, Carlisle? —gruñe.

Wade se encoge de hombros, arrepentido.

—Se ha tirado encima de mí. No podía dejar que se cayera.

—No la toques. Que nadie la toque. —Reed lanza su casco directamente al estómago de un pobre jugador y avanza en dirección a Wade con los puños cerrados.

El enorme y rubio *quarterback* ríe y levanta las manos.

—No le he dado bola, tío.

Reed lo atraviesa con la mirada y luego señala al resto del equipo.

—Ella es una Royal. Me pertenece. Si alguno de vosotros la quiere, tendréis que pasar primero por encima de mi cadáver, capullos.

Abro la boca, impertérrita.

—Que te den, Reed. Yo no pertenezco a nadie, y menos a ti. —Le doy una patada en la corva y, luego, me giro y observo a los jugadores de fútbol americano, en fila—. Estoy disponible. ¿Quién quiere liarse con una vulgar *stripper?* Me sé algunos trucos que ni siquiera las estrellas del porno conocen.

Los ojos de los chicos se iluminan e, inmediatamente después, se desvían hacia Reed. Sea cual sea su expresión, logra que todos los miembros del equipo bajen la mirada al suelo. Ni un solo tío se mueve.

—Cobardes —murmuro.

Luego me giro y me dirijo con resolución hacia Val, que me sonríe desde la banda. Que les den a los chicos de Astor Park. Que los jodan a todos.

Capítulo 16

Savannah y Shea Montgomery viven en una mansión en el interior de la extensa propiedad del club de campo. En el portón principal, Val se inclina sobre mí para darle al guardia un sobre blanco. Este le pasa una luz especial por encima y, aparentemente, el mensaje secreto que lee con ese decodificador especial del club de campo nos concede acceso.

—¿En serio, Val? ¿Qué narices es eso?

Ella mueve la invitación en mi regazo. El papel está completamente en blanco.

—Tinta ultravioleta. Así no se puede copiar.

—¿En serio? —Paso los dedos por encima y no percibo nada más que el papel—. ¿Y qué tiene de especial una fiesta de adolescentes como para que haya guardias de seguridad, portones e invitaciones secretas?

Arrojo la invitación al salpicadero y atravieso la puerta, ahora abierta.

—Les gusta limitar el número de invitados —contesta.

—Ojalá utilizaran su poder para evitar que entren los gilipollas —murmuro.

Todavía no he visto a Daniel Delacorte, pero sé que sigue en el colegio, caminando por los pasillos del Astor Park como si nada hubiese ocurrido entre nosotros.

—Si el gilipollas tiene dinero, entrará.

Tiene razón, pero no me hace especial gracia. El martilleo de la base musical que procede de la casa de los Montgomery nos da la bienvenida antes de que lleguemos a la puerta. Tenemos que aparcar al final de una larga fila de coches en lo alto de una colina.

Val me guía a través de la estancia principal y, luego, del porche. La casa de los Montgomery es ultramoderna; con extraños ángulos, llanos, ventanas y acero. La piscina de la parte trasera está iluminada desde el fondo y hay caños de agua colocados sobre el cemento que arrojan agua dentro, pero nadie está bañándose porque hace demasiado frío.

—Voy a por algo de beber. ¿Qué quieres? —pregunta Val, que señala la nevera.

—Me apetece una cerveza.

Localizo a Reed en el rincón más apartado del porche. Un hada de alas enormes y con una corona de flores está hablando con él. Uf... Es Abby. Sus cabezas están tan cerca que el pelo castaño de él roza los pétalos de la corona de ella. Eso suena un poco pornográfico. La escena es muy similar a uno de los primeros recuerdos que tengo de Reed.

Abby fue su última novia. Puede que haya sido la única. Reed, a diferencia de Easton, es exigente. Se acostó con Abby, y luego con Brooke.

No conozco el resto de su historial sexual. A lo mejor eso es todo. Quizá perdiera la virginidad con Abby. Quizá haya un vínculo especial entre ellos que los conecta para siempre.

Daniel, el violador, dijo una vez que esos dos estaban destinados a estar juntos.

¿Es cierto?

¿Me importa?

Por supuesto que sí. Y me odio por ello.

Me doy la vuelta antes de hacer algo horrible, como acercarme a ellos y tirarle a Abby del pelo y ordenar a Reed que deje de hablar con ella porque es mío.

No estoy segura de que eso sea verdad del todo. Ni siquiera durante esas veces privadas en las que me acariciaba el pelo, su lengua me invadía la boca y su mano, la entrepierna.

Dentro, la casa está abarrotada de corsés apretados, sangre falsa desparramada por la ropa y hasta tetas de plástico. Casi todo el mundo va disfrazado, a excepción de unos cuantos. Dentro del grupo de los inconformistas están los Royal. Los hermanos llevan camisetas y pantalones vaqueros con rotos. Cuando los vi por primera vez, los etiqueté como gamberros. No parecen chicos que asistan a un colegio privado. Parecen obreros con todos esos músculos definidos, esos hombros anchos y sus pelos despeinados.

La gente se gira y nos observa cuando entramos. Al instante me arrepiento de mi atuendo. Soy la única jugadora de fútbol putilla de la sala, así que, una vez más, hago el ridículo. Es extraño porque en el pasado se me daba muy bien mezclarme con la gente, pero desde que llegué al Astor Park he estado haciendo cosas que me han puesto en el punto de mira de forma involuntaria.

Me he peleado con Jordan.

Me he liado con Easton.

He salido con Reed.

He huido de casa de los Royal.

Me he puesto este ridículo modelito.

Agarro a Val y le digo:

—Tengo que cambiarme. O al menos, lavarme la cara.

Las gruesas líneas negras pintadas debajo de mis ojos parecen estúpidas en comparación con el maquillaje perfecto de todas estas princesas y bailarinas. Es como si Disney hubiese vomitado aquí dentro. El Disney adulto y de sesión golfa.

—Estás preciosa —protesta Val.

—No. Si quiero sobrevivir estos próximos dos años, tengo que dejar de llamar tanto la atención.

Val sacude la cabeza en desacuerdo, pero señala al fondo del pasillo.

—Te espero aquí.

Me resulta fácil encontrar el cuarto de baño porque ya hay cola. Me apoyo contra la pared. ¿Por qué intento que la gente se percate de mi presencia? ¿Es porque quiero que Reed me haga caso?

La cola se reduce y, por fin, las dos chicas delante de mí entran. Oigo un fragmento de la conversación cuando la puerta se abre.

—¿Abby con Easton? No te creo. Ella no echaría a perder nunca la oportunidad de volver con Reed acostándose con su hermano.

—¿Por qué? A esa tal Ella le funcionó. Se lio con East en el Moonglow y, bum, luego empezó a salir con Reed.

—Entonces, ¿qué? ¿Quieres decir que Easton prepara a las chicas para su hermano?

—Quién sabe. A lo mejor son como los gemelos, lo cual es asqueroso. —Hay una larga pausa—. ¡Ay, Dios, Cynthie! ¿A ti te pone?

—No sé. Venga ya, no me digas que a ti no te gustaría ser el embutido de ese sándwich. Si está mal, a lo mejor no quiero hacer el bien.

Se produce un completo silencio y luego oigo unas carcajadas seguidas. Una de las chicas dice:

—Fóllate, cásate y mata a los Royal.

La puerta se cierra, pero todavía las oigo. Anoto mentalmente que he de abrir el grifo cuando vaya a mear porque las paredes parecen estar hechas de papel.

—Son cinco, Anna —se queja Cynthie.

—Pues elige tres.

—Vale. Me follaría a Reed, mataría a Gideon y me casaría con Easton.

Algo se revuelve dentro de mí al pensar en otra chica con Reed. Ya es lo bastante duro verlo con Abby. No me hace falta imaginármelo con toda una fila de chicas que esperan su turno para follárselo.

—Easton es un canalla —protesta Anna.

—Es un cielo —contesta Cynthie—. Y los chicos malos reformados son los mejores maridos, según mi abuela. Ahora tú.

Vale, puede que Cynthie no sea tan mala. En realidad, bajo toda esa bravuconería, Easton es un tío de lo más dulce.

—Me casaría con Gideon, porque es el mayor y terminará dirigiendo el negocio de los Royal. Me follaría a Easton, porque tiene que haber aprendido algo después de haber pasado tanto tiempo quitando la falda a las chicas. Y mataría a los gemelos.

—¿A ambos?

—Sí.

Me encojo. Dura. Anna es dura.

—A Abby y a Reed se los veía muy acaramelados ahí fuera, ¿verdad? —me susurra una voz melosa al oído, que me impide seguir la conversación de dentro.

Uf. Jordan Carrington. No tiene disfraz, lo cual es una pena. Habría sido una bruja fantástica.

—¿No tienes ningún caldero que remover o algo? —pregunto con dulzura.

—¿No tienes a ningún Royal con el que acostarte?

—Puede que uno o dos —respondo, despreocupada—. Apuesto a que eso te vuelve loca, ¿no es así, Jordan? ¿Que los Royal se follen a todo el mundo menos a ti?

Se ruboriza durante un segundo, aunque se recupera enseguida.

—¿De verdad estás alardeando de ser una zorra? —Pone los ojos en blanco—. Deberías escribir un libro sobre toda tu experiencia. Sería una historia realmente feminista. *Cincuenta sombras de folleteo: mis años de colegio.*

—¿Solo cincuenta? Parece un número muy bajo para una zorra como yo.

Jordan se echa el pelo oscuro sobre un hombro.

—Te estaba dando el beneficio de la duda. Pensaba que no podías ser tan insegura como para necesitar trescientos tíos con los que demostrar tu valía.

Me pregunto si me creería si le dijera que todavía sigo siendo virgen. Probablemente no.

Pero es cierto. Antes de Reed, ni siquiera había hecho una mamada a nadie.

Hicimos muchas cosas juntos, pero no llegamos al final. Le dije que estaba preparada, pero él quería esperar. Por aquel entonces, pensé que era porque estaba siendo considerado. Ahora… bueno, no tengo ni pajolera idea de por qué no quería desvirgarme.

A lo mejor las chicas que estaban dentro del cuarto de baño tienen razón. A lo mejor a Reed le gusta que Easton las prepare. Ese pensamiento me revuelve el estómago.

—Tus sarcásticos insultos no funcionan conmigo, Jordan. —Me enderezo. Soy más alta que ella y utilizo esa ventaja—. Yo peleo, ¿recuerdas? Y peleo sucio. Así que adelante, atácame. A ver qué pasa.

—Mira cómo tiemblo —se defiende, aunque percibo un deje de preocupación en su voz. Ambas lo oímos.

Me permito esbozar una sonrisa despiadada.

—Deberías.

La puerta del baño se abre, paso junto a las dos cotillas y entro en el servicio. Me tiemblan y me sudan las manos. Me las seco en la camisa y, luego, me quedo mirando mi reflejo en el espejo.

Astor Park no es mi sitio. Nunca lo será. ¿Entonces por qué intento cambiar para encajar? Aunque vistiera exactamente igual que Jordan y llevara un maquillaje suave y ropa bonita, los chicos seguirían sin aceptarme.

Siempre seré la intrusa vulgar.

Uso el retrete, me lavo las manos y, luego, me marcho sin cambiar ni un detalle.

Cuando regreso a la estancia principal, inspecciono a la multitud. Esta noche, los jugadores de fútbol americano son como dioses. No sé si ocurre lo mismo en otros meses, si en diciembre, después de que termine la temporada de fútbol, el colegio se vuelve loco con el equipo de baloncesto, de *lacrosse* o de cualquier otro deporte. Pero esta noche los que mandan son los tipos grandes de fútbol. Escudriño a varios. Sus ojos se encuentran con los míos y los apartan al instante.

No me sorprende ver a Reed cuando miro a mi espalda. Está apoyado contra una pared y atraviesa con la mirada a todos los hombres que hay en la casa.

Me acerco a él, decidida.

—Me dijiste que harías cualquier cosa por mí.

—Sí —dice con voz ronca.

—¿Sí? Entonces demuéstralo.

—¿Dejándote en paz? —adivina, con una expresión resignada en el rostro.

—Sí. No me hables. No me toques. Ni siquiera me mires, o juro por Dios que cogeré al primer tío que encuentre y me lo tiraré delante de ti.

Algo en mi rostro o en mi voz debe de transmitir seriedad, porque Reed asiente con brusquedad.

—Solo esta noche.

—Lo que tú digas —murmuro y, luego, me alejo.

Capítulo 17

—¿Qué pasa? —pregunta Val cuando pongo un pie en el porche. Me tiende un botellín frío de cerveza.

—No encuentro a ningún tío que me mire a los ojos. —Inspecciono a la multitud y localizo a Easton al otro lado del porche. Tiene la mano en la cadera de Shea Montgomery. Se miran el uno al otro con atención—. Supongo que Reed ha dejado las cosas claras.

—Deberíamos ir a Harrisville —sugiere Val.

—¿Eso qué es?

—Un instituto público que hay como a treinta minutos. Allí a nadie le importa un huevo la jerarquía social del Astor Park. —Hace una pausa—. Aunque lo cierto es que me sorprende que la gente haga caso a Reed. Según los rumores, los Royal ya no manejan los hilos por aquí.

Le doy un trago a mi cerveza antes de responder:

—Te das cuenta de lo ridículo que suena eso, ¿verdad?

—Pero no lo es. El orden se determina al nacer. Incluso antes. El gobernador de nuestro Estado fue al Astor. Los jueces que designa son tíos y mujeres con los que fue al colegio. El colegio o el instituto al que has ido es algo importante si quieres ir a una de las mejores y más grandes universidades. Dependiendo de a qué club pertenezcas, conseguirás un trabajo u otro. Cuanto más secreto y exclusivo, mejor. Por eso yo vivo con los Carrington nueve meses al año. Para poder darles a mis hijos una buena vida desde el principio, que mis padres no tuvieron.

—Supongo. Pero se puede ser feliz sin todo esto. —Señalo hacia la fiesta con el botellín—. Yo era feliz antes de venir aquí.

—Mmm... —Val emite un sonido de incredulidad. Al ver que frunzo el ceño, añade—: ¿De verdad eras feliz tú sola? ¿Cuidando de tu madre enferma? A lo mejor salías del paso, pero no puedes decirme que eras dichosa y realmente feliz.

—A lo mejor no era realmente feliz, pero sí que lo era más que ahora.

Se encoge de hombros.

—Vale, pero la cuestión sigue siendo la misma. Astor es una versión más pequeña del mundo al que tendremos que enfrentarnos cuando seamos adultos. Estos gilipollas lo dirigirán a menos que hagamos algo para evitarlo.

Suspiro, irritada, sobre todo porque sé que tiene razón. ¿Cómo voy a sobrevivir? No puedo huir, así que supongo que eso significa que voy a tener que hacer frente a esta gente y lidiar con ellos.

—Si los Royal ya no manejan los hilos, ¿entonces quién lo hace?

—Jordan, por supuesto. Está saliendo con Scott Gastonburg.

Val señala a un chico alto apoyado contra la chimenea.

Entrecierro los ojos en su dirección. Me resulta bastante familiar con ese modelito de *cowboy*, salvo porque la última vez que lo vi, no tenía la mandíbula tan apretada. La última vez que lo vi fue en la discoteca, tendido en el suelo, mientras Reed le partía la cara.

—Ya veo por qué salen juntos —digo con malicia—. Ella habla y él solo sonríe y asiente. El novio perfecto. —No me siento culpable porque Reed le partiera la cara. Scott me dijo cosas horribles. No tan horribles como las palabras de Jordan, pero seguían siendo horribles.

Val sonríe con suficiencia y le da un trago en silencio a su cóctel. Luego señala con la barbilla a otro chico sentado en el brazo de un sofá.

—¿Qué opinas de él?

—No tengo ni idea de quién es. Pero tiene unos pómulos bonitos.

El chico al que se refiere Val tiene el pelo negro azabache y lleva un disfraz de pirata con una espada de aspecto peligroso colgada de la cintura. El brillo de la empuñadura de metal parece demasiado real como para formar parte de un disfraz.

—¿Verdad que sí? Es Hiro Kamenashi. Su familia es dueña de parte del conglomerado de Ikoto Autos. Abrieron una fábrica hace dos años y al parecer tienen más dinero que algunos países pequeños.

—¿Es simpático?

Se encoge de hombros.

—No lo sé. Pero he oído que tiene un buen trabuco. Sujétame la copa. Voy a hablar con él.

Agarro su vaso antes de que se caiga al suelo y observo a Val abrirse paso a través de la multitud y dar unos golpecitos a Hiro en el hombro. Unos cuantos segundos después, lo guía hasta la sala contigua, donde las parejas se dan el lote.

Siento una sacudida en el vientre. Si Reed y yo estuviésemos juntos, estaríamos allí. Nuestros cuerpos estarían pegados. Sentiría su erección contra mí. Él percibiría mi deseo en mi respiración irregular y en mis gemidos suaves e incontenibles.

Saldríamos y buscaríamos un rincón oscuro donde sus dedos se deslizarían bajo mi camisa y mis manos recorrerían las duras llanuras de sus músculos. Y, en la oscuridad, alejados del gentío, nuestras bocas se unirían y ambos conseguiríamos que mis sentimientos de pérdida y soledad desaparecieran.

He mentido a Valerie. Sí he experimentado momentos de felicidad completa. El problema es que caer desde el acantilado de la alegría es muy doloroso.

Sacudo la cabeza para deshacerme de esos peligrosos pensamientos sobre Reed y vuelvo a mirar a mi alrededor en busca de mi propio Hiro. Esta vez, cuando localizo a Easton, está apoyado contra un pilar del porche y no es Shea la que está entre sus piernas. Es Savannah, ataviada con un vestido blanco y etéreo. Está preciosa, pero parece triste, como la princesa abandonada que es.

«Easton, qué tonto eres», pienso.

Pero yo soy tan tonta como él, buscando a un tío que me abrace y me haga sentir mejor. Bueno, ya tengo a alguien que se preocupa por mí y por quien yo también me preocupo. Y no voy a dejar que esta noche cometa otro error.

—Hola, Easton —lo saludo cuando me acerco.

Él gira la cabeza con pereza hacia mí. Tiene los ojos completamente desenfocados. Mierda. No tengo ni idea de lo que se ha metido. El tío me saca casi treinta centímetros y pesa casi cincuenta kilos más que yo. No voy a poder arrastrarlo.

Así que improviso.

—Val ha encontrado a un tío bueno y necesito una pareja de baile.

—No me interesa.

Desliza la mano por el costado de Savannah hasta que su pulgar queda justo debajo del pecho de ella.

Savannah tiene la boca cerrada con fuerza, como si me retara a que la desafiara.

Y lo hago, porque ambos se arrepentirán de esto mañana.

—Venga —le insto a Easton—. Tengo hambre. Vamos a por algo de comer.

Se inclina hacia delante y le da un beso a Savannah en el hombro. Ha dejado de escucharme, si es que lo ha hecho antes.

Lo intento con Savannah entonces.

—No te va a hacer sentir mejor. Puede que tengan el mismo apellido, pero no son la misma persona.

Su expresión desafiante vacila por un momento, hasta que Easton dice lo bastante alto para que lo oiga:

—¿Qué pasa? ¿Que tú eres la única tía que podemos compartir?

Unas cuantas risas y un grito ahogado hacen que Easton esboce una sonrisa. Ha dado en el clavo, tal y como quería. A lo mejor no está tan colocado, al fin y al cabo. Sabe exactamente lo que hace y, al parecer, Savannah también.

—Vale, jodeos la vida.

A pesar de haberse metido Dios sabe qué, Easton parece percibir mi expresión de dolor, porque empalidece y su cara refleja remordimientos.

—Ella...

Me abro paso a través de un par de estudiantes boquiabiertos y me topo con Jordan, que está bebiéndose un cóctel con vodka y me sonríe con suficiencia.

—¿Estás celosa de que tus Royal estén pasando página? Todo el mundo sabe que siempre fuiste algo temporal. —Con el vaso todavía en la mano, me quita una mota inexistente del hombro. El líquido helado se derrama por el borde, cae por debajo del cuello de mi jersey y se desliza entre mis pechos—. Probar con las barriobajeras puede ser divertido para una noche o dos, pero, después de un tiempo, el mal olor es tan intenso que es imposible de aguantar.

—Lo sabes por experiencia, ¿no? —digo con brusquedad, y retrocedo.

—En realidad, solo lo presuponía. No me gusta ensuciarme, ni tampoco mojarme.

Jordan sonríe mientras vacía su bebida sobre la parte delantera de mi jersey.

Una oleada de rabia me posee. Con una mano, agarro su blusa de seda, la arrastro hacia mí y me restriego contra ella.

—Supongo que ahora las dos estamos mojadas —gorjeo.

—¡Es una camisa Balmain de mil dólares! —chilla, y me aparta de un empujón—. Eres una zorra.

Le dedico una sonrisa maliciosa.

—Lo dices como si fuera algo malo.

Luego, voy en busca de Val antes de que a Jordan se le ocurra otro insulto. Encuentro a mi amiga en medio de la pista de baile con las manos de Hiro en el trasero.

Después de darle unos cuantos golpecitos en el hombro, llamo la atención de Val.

—¿Qué pasa? —pregunta.

—Quiero irme. No puedo quedarme aquí ni un minuto más.

Val mira reacia a Hiro y, luego, posa la vista en mí de nuevo.

—Vale. Deja que vaya al baño y nos vamos.

Hiro avanza.

—Yo puedo llevarte a casa. Tina y su novio, Cooper, vienen conmigo.

Val me dedica una mirada suplicante.

—¿Te parece bien?

—Por supuesto —respondo, aunque es mentira.

Necesito a mi amiga. Quiero que alguien me coja de la mano, me aparte el pelo de la cara y me busque una toalla. Quiero compadecerme con alguien por lo zorra que es Jordan y que alguien me diga que no pasa nada porque no me caiga bien.

Pero Val es mi amiga y ella también necesita algo esta noche, algo que yo no puedo darle. Así que le lanzo una sonrisa tranquilizadora y me alejo con el cóctel de vodka que me chorrea por las tetas.

La multitud no se aparta como en la escena de una película. Tengo que empujar a la gente y abrirme paso entre polis, ladrones, superhéroes y hombres lobo. Me echan encima o casi encima más que un poquitín de cerveza, y, cuando llego a la puerta

131

principal, huelo como si hubiese estado metida en un contenedor lleno de levadura de cerveza.

Me dirijo a mi coche con decisión. Clavo el tacón en una grieta del asfalto y se me tuerce el tobillo.

Maldigo entre dientes, me quito los zapatos enseguida y continúo el resto del camino descalza, sin ni siquiera darme cuenta de los diminutos guijarros que se me clavan en la planta de los pies como pequeñas sanguijuelas puntiagudas. Cuando llego al descapotable, lanzo los zapatos al asiento trasero y agarro el tirador de la puerta.

¡Puaj!

¿Qué es eso? Siento algo pegajoso en la mano. Busco a tientas el teléfono con la mano izquierda e ilumino la pantalla en dirección a la mano derecha. Tengo algo pegajoso y amarillento en los dedos y... ¿eso son hormigas?

¡Qué asco!

Grito y me limpio la mano con el jersey, pero ahora tengo la palma de la mano pegajosa y llena de fibras. Con una expresión sombría, enfoco la luz hacia la puerta del coche. Hay miel desparramada por todo el lateral y una hilera de hormigas se mueve por encima del tirador y se mete por la grieta de la puerta en el coche.

Con un mal presentimiento en el cuerpo, me asomo por encima de la capota abierta. El teléfono no ilumina mucho, pero veo más hormigas y motitas brillantes. Parece haber una piscina de miel mezclada con purpurina sobre el caro cuero de los asientos. El respaldo del asiento del conductor está revestido de la misma mierda.

Es demasiado. Todo. Este lugar. Estos putos niños. Toda esta ridícula vida que se suponía que iba a ser mejor que la que tenía antes solo porque tengo la cartera llena de billetes. Echo la cabeza hacia atrás y profiero un grito de frustración que he intentado contener desde que volví a Bayview en autobús.

—¡Ella! —Oigo las pisadas de alguien que viene corriendo por el pavimento—. ¿Qué pasa? ¿Quién te ha hecho daño? ¿Dónde está? Lo mataré...

Reed se detiene en seco cuando se da cuenta de que estoy sola.

—¿Por qué me sigues?

Reed es la última persona a la que quiero ver ahora mismo, mientras las hormigas me recorren los pies, la cerveza se me seca en la piel y con la mano asquerosa y pringosa.

—Llevo llamándote desde hace cinco minutos, pero estabas tan perdida en tus pensamientos que no me has oído. —Me agarra por los hombros y añade—: ¿Estás herida?

Sus manos me recorren los brazos y luego se posan sobre mis caderas. Me da la vuelta y yo se lo permito porque anhelo tanto que alguien se preocupe por mí que hasta esto me parece una maravilla. Y me odio por ello.

Me aparto de un tirón y me tambaleo hasta la puerta del coche.

—No me toques. Estoy bien. Grité por esto.

Acerco, furiosa, la mano hacia el coche.

Él se asoma al descapotable y lo ilumina con su móvil para contemplar el desastre.

—¿Quién ha hecho esto? —gruñe.

—A lo mejor tú —murmuro, aunque mi cerebro me dice enseguida que es una acusación estúpida. Reed no tiene ninguna razón para destrozar mi coche.

—Mi padre te regaló este coche —contesta con un suspiro, irritado, y confirma mis pensamientos—. ¿Por qué querría destrozarlo?

—¿Quién sabe por qué haces cualquier cosa? —respondo con desdén—. Ni siquiera imagino lo que se te pasa por la cabeza. Estás enfermo.

Reed lucha por mantener la compostura. ¿Por qué? No tengo ni idea. Yo soy la que tiene que lidiar con un coche infestado de hormigas mientras él estaba muy acaramelado con su exnovia.

—¿Te acostaste con Abby cuando no estaba? —pregunto antes de darme cuenta.

Me arrepiento unas cien veces más cuando una ligera sonrisa aparece en su rostro.

—No.

«¿Entonces qué estabais susurrando allí dentro?», grito en mi interior.

Me obligo a girarme y a centrarme en arreglar el problema. No necesito a Reed, ni a nadie, ya que estamos. Llevo cuidando de mí misma durante años.

Me vuelvo a limpiar la mano y luego abro el navegador del móvil. Avergonzada, escribo la palabra «taxi».

—¿No vas a preguntarme de qué estábamos hablando?

No. Ya he aprendido la lección. Selecciono la primera compañía y llamo.

—Yellow Cab, ¿en qué puedo ayudarle?

—Estoy en... —Tapo el micrófono del teléfono—. ¿Cómo se llama este sitio?

—¿Señora? Necesito una dirección —dice el telefonista con impaciencia.

—Un minuto —murmuro.

Reed niega con la cabeza y me quita el teléfono.

—Lo siento. Me he equivocado de número. —Cuelga y se mete el móvil en el bolsillo de los vaqueros—. Abby se estaba disculpando por haberse acostado con East. Le he dicho que no se preocupara.

—Pues tú sí deberías preocuparte. Devuélveme el móvil.

Él ignora mi petición.

—Tengo otras cosas en la cabeza. Como preguntarme por qué mi chica ha besado al *quarterback* de mi equipo.

—Porque está bueno.

Miro fijamente el bolsillo de Reed y me pregunto cómo voy a sacar mi teléfono de ahí. Desvío la mirada hacia la izquierda, donde veo que hay otro bulto. Uno que parece crecer cuanto más lo miro. Uno que recuerdo pegado contra mi cuerpo, duro y caliente...

Se me empiezan a tensar algunas partes del cuerpo y noto un cosquilleo. Aprieto los muslos con fuerza, el uno contra el otro.

—No te gusta —afirma Reed con voz ronca.

—Tú no sabes qué me gusta.

—Ah, sí... Sí lo sé.

Entonces, rápido como un lince, me rodea la cintura con un brazo y me besa en la boca.

Le agarro la cabeza para apartarlo, pero, en cambio, lo mantengo en el sitio. Nos besamos al mismo tiempo que intentamos matarnos el uno al otro con los labios, la lengua y los dientes. Me sujeta los brazos con las manos, y yo entierro los dedos en su pelo. La barra de acero que hay dentro de sus vaqueros ya no es un recuerdo, sino una realidad, y todo mi cuerpo se deleita con ello. Ay, Dios, cuánto he echado de menos esto... Tener sus labios pegados a los míos. Su cálido cuerpo contra el mío. Lo he echado de menos y me detesto por ello.

Me aparto de su boca de un tirón.

—Deja de besarme —ordeno.

Reed curva las comisuras de la boca hacia arriba y dice:

—Entonces suéltame.

Y cuando no lo hago de inmediato, él vuelve a besarme y su lengua se desliza dentro de mi boca, abierta. Esta vez, baja la mano hasta la cinturilla de mis *leggings* y tira de ellos hacia abajo. Busco a tientas el botón de su camisa. Quiero tocarle la piel. Él gime y me impulsa hacia arriba, y yo, de algún modo, le rodeo las piernas con la cintura.

Siento el frío metal del capó del coche bajo mi trasero desnudo. Los dedos de Reed me apretujan los muslos y la rigidez que sentí antes es tan evidente que me duele. Me revuelvo entre sus fuertes brazos porque quiero algo, busco algo, me esfuerzo por alcanzar ese algo. Pero es escurridizo.

Su boca abandona la mía y desciende hasta mi cuello y, luego, hasta el hombro.

—Eso es, nena. Eres mía —gruñe contra mi piel.

Sí, soy suya. Su... ¿*nena*?

—No. No, no lo soy. —Me retuerzo debajo de él, sin aliento y avergonzada, y me subo los *leggings* con ahínco—. Tú ya tienes un nene.

Reed se endereza con total lentitud, sin molestarse en bajarse la camisa o en abotonarse los vaqueros que, al parecer, le he desabrochado.

—Por última vez, Ella... no he dejado preñada a esa mujer. ¿Por qué cojones no me crees?

Suena tan sincero que casi lo creo. Pero «casi» es la palabra clave. De repente, recuerdo todas aquellas veces en las que mi madre me suplicó que le diera a su último novio infiel una última oportunidad. «Ha cambiado, cariño. Es diferente. Fue un malentendido. La mujer era su hermana en realidad».

Nunca entendí por qué no se daba cuenta de las mentiras, pero ahora me pregunto si quizá quería creer tanto en el amor que se convencía a sí misma de que su novio baboso decía la verdad solo para tener a alguien a su lado.

—Por supuesto que lo niegas. ¿Qué más vas a decirme? —Exhalo aire con cierto nerviosismo—. Hagamos como si esto no hubiera sucedido.

—¿De verdad crees que podría olvidarlo? —pregunta con un tono de voz grave y tenso—. Me has devuelto el beso. Todavía me deseas.

—No te emociones tanto. Habría besado a cualquiera ahora mismo. Y lo he hecho, ¿acaso no te acuerdas? Si, en lugar de ti, estuviera Wade aquí, también lo habría besado.

Reed frunce el ceño.

—Wade es un buen tío. No le rompas el corazón para vengarte de mí. Tú no eres así.

—Tú no sabes cómo soy.

—Sí, sí lo sé. Tú misma lo has dicho: te veo, tal y como eres. Veo tu dolor y la soledad que sientes. Veo tu orgullo y cómo te impide pedir ayuda a la gente. Veo tu gran corazón. Quieres salvar al mundo, incluso a un cabrón como yo. —Titubea—. Me he cansado de tonterías, Ella. En mi mundo, solo existes tú. Si me ves hablando con alguna otra chica, quiero que sepas que hablo de ti. Si me ves caminando junto a alguien, desearía que ese alguien fueses tú. —Da un paso hacia mí—. Tú eres la única persona que me importa.

—No te creo.

—¿Qué puedo hacer para que cambies de opinión?

Lo empujo. Está demasiado cerca de mí y necesito espacio.

—¿Quieres que te suplique? Porque lo haré.

Reed empieza a arrodillarse en el suelo.

—¡Tío! ¡Royal es un calzonazos! —se jacta una voz, gritando.

Tras ese comentario, se oye un montón de risas ebrias. Un grupo de tíos pasan junto a nosotros con paso tambaleante de camino a uno de los laterales de la mansión.

Agarro a Reed antes de que se arrodille por completo. Por mucho que lo odie, odio más a los chicos del Astor. Pero a Reed no parece molestarle lo más mínimo que estos imbéciles lo hayan oído. Se limita a sonreír con suficiencia y les enseña el dedo corazón.

Las lágrimas anegan mis ojos y aparto la cara para que no lo vea.

—Odio este lugar —susurro—. Astor es oficialmente el peor colegio de todo el mundo.

Se produce un silencio y, al cabo de unos instantes, Reed suspira con cierto pesar.

—Venga. Te llevo a casa.

Como mi coche está fuera de servicio, agacho los hombros, derrotada, y me subo a su todoterreno, pero me aseguro de sentarme lo más lejos posible de él.

—¿Qué le ha pasado a tu jersey? —pregunta, recio—. Está empapado.

—Jordan.

Aferra el volante con las manos tensas.

—Me ocuparé de ella.

—¿Cómo?

—Déjamelo a mí.

Miro por la ventana y hago oídos sordos a la esperanza que empieza a apoderarse de mi corazón. Al fin y al cabo, es Reed Royal. Es el tío que se tiró a la novia de su padre. No tiene moral ni principios. Solo se preocupa por sí mismo y lo que pueda conseguir.

Así que no, no voy a permitirme sentir esperanza. Mi corazón no podría soportarlo una vez más.

Capítulo 18

Reed

Ganarme de nuevo a mi chica me está costando más de lo que pensé en un principio. Y también es mucho más difícil de lo que creía. Pensé que el beso que nos dimos en la fiesta de Shea era una muestra de que Ella estaba empezando a cambiar de opinión. Aunque al final tuvo el efecto contrario. Ella sigue sin creerme y, a menos que le entregue una prueba de paternidad, no sé cómo voy a convencerla.

Papá no ha dicho nada sobre la prueba, pero se la hará, ¿verdad? No puede casarse con esa serpiente sin estar seguro primero de que el bebé de Brooke es suyo.

Durante el triste fin de semana, toda mi familia me ignora, a excepción de Brooke y mi padre. Ella, Easton, los gemelos y Gid; todos están enfadados conmigo.

Sé que me lo merezco. Al cien por cien. Acostarme con Brooke fue la decisión más estúpida que he tomado en mi vida. El hecho de haber sido siempre exigente con respecto a las tías hace que me sienta peor, porque no debería haber incluido a alguien como Brooke en mi reducida lista. Debería haberme resistido a ella. Debería haber resistido las ganas de querer castigar a mi padre. Sé por experiencia que hago tonterías como esta solo porque, al final, termina castigándome a mí.

Pero lo hice, y es algo que no puedo cambiar. Puedo odiarme por ello, puedo sentirme como una mierda cada vez que lo recuerdo, pero no puedo reescribir el pasado.

Y Ella no puede echármelo en cara para siempre, ¿verdad?

—La estás mirando fijamente.

Me giro y encuentro a Wade, con los ojos en blanco. Sí. Me ha pillado. Estaba mirando fijamente la mesa de Ella. Está sentada con Val al otro lado del comedor, y sé que ha elegido ese sitio a propósito. Intenta poner tanta distancia entre nosotros como es humanamente posible.

Y se ha sentado de espaldas al resto de la cantina. A mí. Quiere que sepa que lo nuestro se ha acabado, pero ambos sabemos que eso no es cierto. Antes me odiaba y, aun así, se enamoró de mí. Nada ha cambiado entre nosotros realmente. Seguimos peleándonos, seguimos acechándonos como buenos oponentes equiparados, pero aquí estamos, en el cuadrilátero, juntos. Y eso es lo único que importa.

—Puedo mirarla. —Frunzo el ceño en su dirección—. Tú, en cambio, no. Así que mantén los ojos apartados de mi chica. Y los labios también.

Wade sonríe.

—Eh, no es mi culpa que me metiera la lengua hasta la campanilla.

Gruño.

—Vuelve a sacar el tema y te daré una paliza.

—Nunca le harías daño a tu *quarterback* —me provoca Wade entre risas. Luego, se pone de pie—. Os veo luego, hermanos. Hay alguien que me espera en el baño.

Todos los chicos ponen los ojos en blanco. Wade es conocido por sus líos en los baños.

—Hola, East —dice alguien sentado en el extremo contrario de la mesa—. He oído que te has tirado a Savannah Montgomery.

Enderezo la espalda al instante. ¿En serio? Primero Abby, ¿y ahora Sav?

Abby me abordó en la fiesta para disculparse por haberse acostado con East. Dice que estaba enfadada conmigo y que fue su forma de desahogarse. Fue difícil contener las ganas de decir «Me importa una mierda con quién te acuestas». Pero es verdad, no me importa. Yo ya había terminado con Abby antes de que Ella entrara en escena y, sinceramente, no me importa a quién se tira.

El que sí me importa es East. Mi hermano está fuera de control y no hay nada que pueda hacer para detenerlo. Eso es lo que me quita el sueño por las noches. Bueno, eso y Ella.

Hablando de Ella, uno de mis compañeros de equipo de repente menciona su nombre. Descarto cualquier pretexto para no mostrarme interesado y me giro para quedar frente a los dos jugadores de fútbol americano que cotillean.

—¿Qué pasa con Ella? —pregunto.

Neiman Halloway, un estudiante de segundo año de la línea ofensiva, hace una mueca.

—Acabo de oír que lo ha pasado bastante mal en Oratoria.

—¿Qué ha pasado?

Me cruzo de brazos y atravieso a ambos jugadores con la mirada. Si no empiezan a hablar, llevarán en la cara la marca de las bandejas durante el resto del día.

Neiman carraspea.

—No estaba cuando ha ocurrido, pero mi hermana va a clase con ella. Me ha contado que Ella ha tenido que dar un discurso hoy sobre gente a la que admira o algo así. Ha hablado de su madre, y... ah... —Se detiene, removiéndose incómodo en su silla.

—Escúpelo. No voy a pegarte un puñetazo por contarme lo que ha pasado en clase, pero puede que sí te dé una paliza si me haces perder el tiempo.

Desde el otro extremo de la mesa, East también nos escucha con atención, pero no me mira a los ojos cuando lo busco con la mirada.

—Vale. Muy bien. Supongo que algunos chicos se metieron con ella, ya sabes. Le dijeron cosas como que ellos también admiraban a las *strippers*, sobre todo cuando les ponían las tetas en la cara. Y mi hermana me ha contado que una de las chicas pastel preguntó si Ella tenía en casa vídeos de su madre enseñándole a mamársela a los clientes.

Notó que mi expresión se ensombrece y que el enfado que refleja mi cara aumenta con cada palabra que pronuncia. Me recuerdo a mí mismo que él es solo el mensajero y que no puedo matarlo.

Neiman está más blanco que un fantasma.

—Y luego una chica le dijo que su madre murió de vergüenza porque Ella es una puta.

Percibo un movimiento de soslayo y me giro. Ella y Val atraviesan el brillante suelo de madera de la cantina con las bandejas vacías en las manos.

Estoy tentado a seguirla, pero por mucho que quiera consolarla, sé que no quiere saber nada de mí. Además, el consuelo no hace milagros.

Wade tenía razón: las cosas tienen que cambiar en este colegio. Antes de que Ella se marchara, nadie, excepto tal vez Jordan, se habría atrevido a hablar a Ella de ese modo.

Devuelvo la atención a los chicos.

—¿Eso es todo? —pregunto con la mandíbula tensa. Los dientes me rechinan.

Neiman y su amigo intercambian una mirada de preocupación. No, supongo que no es todo. Me preparo para escuchar el resto.

Su amigo retoma la historia.

—Cuando salíamos de clase, alguien le preguntó a Daniel Delacorte si a Ella se le cayeron billetes de dólar cuando se abrió de piernas para él. Él dijo que no, que es demasiado barata. Que solo le caían centavos.

Coloco los puños sobre las rodillas porque tengo miedo de perder el control y destruir todo este puto colegio.

—Mándale un mensaje a tu hermana —espeto a Neiman—. Quiero nombres.

Neiman saca el teléfono más rápido que cuando se abalanza sobre un defensa contrario que va a por nuestro *quarterback*. Escribe un mensaje y esperamos durante casi un minuto a que su hermana responda. Cuando el móvil suena, yo ya estoy preparado para asesinar a alguien.

—Skip Henley es quien dijo lo de los billetes de dólar...

Neiman no ha terminado la frase, pero yo ya estoy de pie. Mi visión periférica me muestra que East también lo está, pero levanto una mano para detenerlo.

—Déjamelo a mí —gruño.

Percibo algo —¿respeto?— en su mirada. Ja. A lo mejor la relación con mi hermano no es del todo insalvable.

Inspecciono el comedor hasta que doy con mi objetivo. Skip Henley. El chaval lleva ya un tiempo en mi radar. Es un bocazas y le gusta alardear de las chicas con las que se ha acostado ofreciendo detalles denigrantes.

Cruzo la estancia en dirección a la mesa de Henley, que se queda en silencio cuando llego a él.

—Henley —digo con frialdad.

Skip se gira con pies de plomo. Tiene aspecto de niño pijo con ese pelo engominado y repeinado y esa cara afeitada de niño bien.

—¿Sí?

—¿Tú tienes Oratoria antes del almuerzo?

Asiente.

—Sí. ¿Y qué?

—Este es el trato. —Me doy un golpecito en el pecho—. Te voy a dejar que me pegues. Donde quieras. Y luego voy a propinarte tal paliza que ni tu propia madre te reconocerá cuando acabe contigo.

Él mira a su alrededor, desesperado por encontrar una vía de escape. Pero no va a escapar de mí. Sus amigos fingen que no lo conocen. Todos los que están sentados en la mesa desvían la mirada, juguetean con el teléfono y picotean sus almuerzos. Skip está solo y lo sabe.

—No sé qué crees que he hecho, pero...

—Oh, ¿necesitas que te lo recuerde? Por supuesto. Deja que te eche una mano, hermano... has hablado mal de Ella Harper.

El miedo se refleja en sus ojos durante un segundo, pero luego se transforma en indignación. Se da cuenta de que no tiene muchas opciones, así que decide plantarme cara. Menudo estúpido.

—¿Y qué? Decía la verdad. Todos sabemos que tu chica se ha pasado tanto tiempo tumbada que ya tiene la palabra «esperma» tatuada en la piel...

Lo levanto de la silla antes de que acabe la frase. Lo agarro por el cuello de la camisa y acerco su cara a la mía.

—O tienes muchos huevos o tienes muchas ganas de morir. Yo apuesto más bien por lo segundo.

—Que te jodan —grita Henley, y me escupe en la cara—. ¿Crees que mandas en esta escuela, Royal? ¿Crees que puedes traer a una zorra a nuestra casa y obligarnos a aceptarla? ¡Mi bisabuelo conoció al general Lee! No voy a asociarme con basura como ella.

Luego, se me lanza al cuello con un rugido, y yo dejo que me aseste el golpe. Es flojo, como él. Como todos los acosadores. Por eso lo son. Porque son idiotas inseguros que intentan sentirse mejor consigo mismos.

Su puño rebota en mi mandíbula porque no sabe cómo dar un puñetazo. Entre risas, agarro al gilipollas por la garganta y lo arrastro hacia mí.

—¿Tu papi no te quiere lo bastante como para enseñarte a pelear, Skippy? Mira y aprende. Esto es un puñetazo. —Le endiño dos seguidos—. ¿Ves cómo se hace?

Oigo una fuerte carcajada a nuestra espalda. Reconozco la risa de Easton. Mi hermano está disfrutando del espectáculo.

Henley gime de dolor y se aleja de mí. El olor a orina invade el ambiente.

—Dios, ¡se ha meado en los pantalones! —grita alguien.

Asqueado, agarro a Skip por la nuca, le hago una zancadilla y le estampo la cara contra el suelo. Le clavo la rodilla en la espalda antes de inclinarme hacia él.

—Dirige una sola palabra más a Ella o a alguno de sus amigos y te esperarán más que un par de puñetazos en la cara, ¿lo pillas?

Asiente al mismo tiempo que gimotea lastimeramente.

—Vale. —Lo empujo y me pongo de pie—. Eso va para todos vosotros —anuncio a todo el comedor—. Todos vais a empezar a controlar vuestros actos desde hoy, o lo que le he hecho a este imbécil va a parecer una puta fiesta del té.

Todo el comedor está en completo silencio, y las miradas nerviosas y colmadas de miedo que observo a mi alrededor me embargan de satisfacción. Wade tenía razón sobre otra cosa: estos chavales necesitan un líder, alguien que evite que se devoren entre ellos.

Puede que no haya solicitado el puesto, pero es mío, me guste o no.

En vez de ir a clase, me dirijo al servicio de hombres de la primera planta, junto al gimnasio. No hay ninguna regla escrita que diga que este baño sea solo para los jugadores de fútbol americano, pero, en realidad, es así.

Y Wade hace buen uso de él. Él tiene Política y Gobierno a esta hora, pero desde que su madre empezó a acostarse con el profesor, no ha puesto un pie en el aula. Dice que después de todos los carbohidratos del almuerzo, o bien se echa una siesta o se tira a alguien, y que lo segundo es más divertido.

Hago ruido cuando entro para alertar a los ocupantes de que no están solos, pero Wade no se da por aludido. Oigo unos cuantos gemidos intercalados con un «sí, Wade, por favor, Wade» pronunciado a un ritmo que me resulta bastante familiar.

Aburrido, me apoyo contra los lavabos y observo como una de las puertas cerradas de uno de los retretes tiembla con fuerza cuando Wade empieza a darlo todo. Por el sonido de su voz, me imagino que quien lo acompaña en este encuentro postalmuerzo es Rachel Cohen.

Wade tiene la capacidad de atención de un cacahuete, pero cuando está con una chica, lo da todo. No se puede pedir más. Miro el reloj. No quiero perderme la próxima clase.

Aporreo la puerta.

—¿Ya casi habéis terminado, niños?

El ruido se detiene durante un momento y, acto seguido, oigo un grito ahogado de sorpresa y un susurro de consuelo.

—No pasa nada, nena... —Oigo un crujido y, luego, dice—: Eso es. Estás en la gloria, ¿eh? No te preocupes por Reed... Ah... te gusta, ¿a que sí? Quieres que abra la puerta... ¿no? Vale, pero está fuera. Puede oírte. Joder, te encanta, ¿verdad? Sí, nena, córrete para mí.

Un suave gemido se escapa de los labios de la chica y luego oigo más movimiento, seguido de un largo y grave gemido. El final llega cuando escucho el sonido de la cisterna.

La puerta se abre y miro a Wade a los ojos al tiempo que le doy unos golpecitos a mi reloj de pulsera. Él asiente y termina de abrocharse los pantalones; luego estrecha a Rachel entre sus brazos y le da un beso húmedo y ruidoso.

—Joder, nena, ha sido espectacular.

Ella suspira contra su cuerpo. Reconozco ese sonido. Cuando tonteaba con Ella, hacía el mismo ruidito. Me muero por volver a escucharlo. Me cabrea un poco que no me deje acercarme a ella, que haya levantado una muralla a su alrededor.

Carraspeo con fuerza.

Wade medio arrastra a Rachel hasta la puerta.

—¿Te veo después de clase? —pregunta la chica con una mirada esperanzada.

—Pues claro, nena. —Hace una pausa y, luego, gira la cabeza hacia mí.

Yo niego, y Wade se encoge de hombros como si dijera que no pasa nada por preguntar.

—Me pasaré después de cenar. Mantén esto calentito para mí, ¿vale? —Le da un golpecito en la corta falda del uniforme—. Pensaré en ti toda la tarde. Va a ser duro.

Incluso después de todos los años que llevo con Wade, todavía no sabría decir si es sincero o si es solo un buen actor.

—Te refieres a que vas a estar duro —arrulla.

Vale, ya es suficiente.

—Wade —digo con impaciencia.

—Hasta luego, Rach. Tengo que hablar con Reed, si no, te prometo que tendríamos otra ronda.

Ella vacila y Wade tiene que empujarla literalmente hacia la puerta para que se marche. Cuando la puerta se cierra, coloca la papelera delante y se acerca a mí. Yo abro los grifos para evitar que algún oído indiscreto nos oiga.

Voy directo al grano.

—El viernes, en la fiesta de los Montgomery, alguien llenó el coche de Ella de miel, y acabo de tener un encontronazo con un gilipollas que la ha crucificado en clase de Oratoria. ¿Qué coño está pasando?

—¿En serio? ¿No escuchaste ni una palabra de lo que te dije la última vez que hablamos de esto? Bueno, en realidad, sí... y me dijiste que no te importaba —apunta.

—Bueno, ahora sí me importa. Quiero saber por qué Ella vuelve a ser un objetivo. Todo el mundo sabe que estoy dispuesto a dar una paliza a cualquiera que la mire, así que no entiendo por qué la acosan.

Wade coloca las manos bajo el grifo y se las lava. Se toma su tiempo antes de responder.

—Wade...

—Vale, no me pegues. —Levanta las manos—. Mira qué cara tan preciosa. —Se da un golpecito en la barbilla—. No habrá más Rachels en el baño si este guaperas pierde su atractivo.

Miro fijamente a Wade, que es cinco centímetros más bajo que yo.

—¿Por qué la gente se mete con Ella?

Se encoge de hombros.

—La gente solía tenerte miedo, pero ahora ya no.

—¿Y eso que se supone que significa?

—Significa que Delacorte conserva todos sus dientes a pesar de que intentó violar a tu chica. Jordan dice lo que quiere y no hay represalias. Todos piensan que has terminado con Ella y, como has dejado de dar la cara por otros, ahora no van a devolverte el favor. Para ellos, meterse con Ella es legítimo.

—¿Algo más?

Wade se encoge de hombros, visiblemente arrepentido.

—¿No te parece bastante?

Asiento, frustrado.

—Sí, es bastante.

—¿Vas a hacer algo al respecto?

—¿Tú qué opinas? —Le doy un empujón a la papelera y la aparto de la puerta.

—Creo que si los Royal fuesen un frente unido, todos se relajarían. A nadie le gusta realmente lo que está pasando, pero todos están asustados o son unos vagos. Y, francamente, tío, tú encajas en la segunda categoría.

Aprieto la mandíbula, aunque no se equivoca. Gideon fue un líder mucho más activo que yo. Él prestaba atención. Se enteraba de quién hacía qué y se cercioraba de que todos se comportaran correctamente. Yo solía entregar los mensajes.

Cuando se marchó, todo el mundo presupuso que yo estaba a cargo del colegio y no hice mucho para demostrar si tenían razón o no... hasta ahora.

Giro la cabeza hacia él.

—Tienes razón. He sido un puto vago.

Wade sonríe de oreja a oreja.

—Yo siempre tengo razón. Entonces, ¿qué vas a hacer?

—Todavía no estoy seguro. Pero no te preocupes, las cosas van a cambiar. —Le dedico una mirada mortífera—. Ya estoy trabajando en ello.

Capítulo 19
Ella

Vuelvo a casa y me voy directa a mi habitación. Me tiro encima de la cama y me coloco en posición fetal. Lo único que quiero es fingir que este día horrible nunca ha sucedido. Cada vez que pienso que no puedo sentirme más humillada, los idiotas del Astor Park me demuestran lo contrario.

Sin embargo, no voy a llorar. No derramaré ni una lágrima por ellos. No voy a permitir que tengan ese poder sobre mí.

Aun así, la clase de Oratoria ha sido horrible. Los insultos hacia mi madre han sido casi más de lo que podía soportar. No puedo creer que el profesor se quedase parado como un monigote durante cinco minutos antes de mandar callar a los estudiantes.

Quizá debería haber ido a casa de Val, como ella quería. Podríamos habernos sentado en su cama, haber comido algo de helado y cotilleado sobre quién le gusta. Eso suena mucho mejor que quedarme enfurruñada en mi habitación toda la noche.

Además, si hubiera ido a su casa, no me tensaría cada vez que escucho pisadas en el pasillo. No puedo creer que besase a Reed la otra noche. No, hice más que besarlo. Me bajó los pantalones y posó las manos en mi trasero. ¿Quién sabe lo lejos que le habría dejado ir si no me hubiera llamado *nena*?

¿Qué pasaría si realmente fuese el padre del bebé de Brooke? ¿Cómo podría vivir en la misma casa que Reed, Brooke y el bebé que el pobre Callum criaría como suyo sin saberlo?

Dios. ¿Cuándo se ha convertido mi vida en una telenovela?

Me estrujo la cara entre las manos hasta que siento que los dientes chocan contra mis mejillas. Ese dolor no hace que el que siento en mi corazón desaparezca. Echo... echo de menos a Reed. Me enfado conmigo misma por reconocerlo, pero no lo puedo evitar. Todo lo que le conté sobre cómo creía que me *veía...* todavía lo creo. Cuando Reed posa sus intensos ojos azules en los míos noto que me ve el alma. Que ve más allá de la fuerte coraza exterior tras la que me escondo. Ve mis miedos y mi vulnerabilidad, y no me juzga por ello.

Y, sinceramente, pensé que yo también lo veía a él. ¿Eran imaginaciones mías? Aquellos momentos en los que reíamos cuando bajábamos la guardia, esa mirada sincera cuando me dijo que deseaba convertirse en una persona digna de mí, esa sensación de paz que me sobrevino cuando ambos nos dormimos...

¿Acaso me lo imaginé todo?

Cojo mi libro de Matemáticas de la mochila y me obligo a concentrarme. Después, me recompenso con dos episodios de *The Bachelor*, pero el programa no tiene gracia si Val no está sentada a mi lado haciendo comentarios sarcásticos sobre los participantes.

—Ella —dice Callum desde el pasillo. Luego, llama a mi puerta—. La cena está lista. Baja.

—No tengo hambre —respondo.

—Baja —repite—. Tenemos invitados.

Frunzo el ceño y miro la puerta. Normalmente Callum no suele ser tan estricto conmigo, pero ahora mismo su tono de voz es severo y paternal.

—Comeremos en el patio —añade, y después lo oigo llamar al resto de las puertas y avisar a la tropa.

Nos avisa a todos. Parece un poco... preocupado.

Yo me levanto con cautela y me pregunto quiénes son nuestros «invitados». Es obvio que una es Brooke, porque la bruja ha venido casi todas las noches desde que ella y Callum nos dieron la noticia del bebé.

Pero, ¿quién más podría haber venido? Por lo que sé, el único amigo de Callum era Steve, y está muerto.

Salto del colchón con un suspiro, me quito el uniforme del colegio y me pongo algo más apropiado para la cena. Desgraciadamente, me olvido continuamente de ir de compras, así que solo puedo ponerme uno de los vestidos que adquirí cuando fui de compras con Brooke.

Salgo al pasillo al mismo tiempo que Easton y Reed. Ignoro a ambos, y ellos se ignoran mutuamente. Bajamos por las escaleras en un silencio sepulcral.

Al llegar al patio entiendo al instante el porqué de la preocupación de Callum. Tenemos dos invitadas a la cena: Brooke... y Dinah O'Halloran.

Reed se tensa a mi lado. Pasea los ojos azules de una zorra rubia a la otra.

—¿Qué estamos celebrando? —inquiere con frialdad.

Brooke nos sonríe de oreja a oreja.

—¡El compromiso, tonto! —Se echa el pelo hacia atrás—. Por supuesto que no es algo oficial, porque habrá una fiesta de compromiso cuando ultimemos los detalles. En algún sitio decadente, como el Palace o el King Edward. ¿Qué te parece, Dinah? ¿Queremos un lugar moderno o más distinguido?

Dinah levanta la nariz en señal de desagrado.

—El hotel King Edward ha perdido su atractivo, Brookie. Antes era más exclusivo, pero ahora que han reducido sus tarifas, la clientela es de clase más baja.

Callum nos observa a los chicos y a mí.

—Sentaos —ordena—, estáis siendo unos maleducados.

Echo un vistazo a los asientos disponibles. Brooke y Dinah están a ambos lados de Callum, y Sawyer y Sebastian, con expresión taciturna, han tenido la suerte de ocupar los asientos en el otro extremo de la mesa.

Reed y Easton rodean las sillas vacías junto a las mujeres y se dejan caer al lado de los gemelos. Eso me deja con dos opciones nada atractivas, pero decido que Dinah no es tan mala como Brooke y, a regañadientes, escojo la silla que hay junto a ella.

Me acomodo justo cuando Gideon atraviesa la cristalera.

—Buenas noches —murmura.

Callum asiente en señal de aprobación.

—Me alegra que hayas podido venir, Gid. —Percibo un cierto tono cortante en su voz.

Y el tono de Gideon es más cortante todavía cuando dice:

—Tampoco me has dado elección, ¿eh, papá? —Se le tensa la mandíbula cuando se da cuenta de que el único asiento libre está al lado de Brooke. Su futura madrastra.

Ella da palmadas en la silla.

—Siéntate, querido. Deja que te sirva un vaso de vino.

—Beberé agua —responde él con firmeza.

Un silencio incómodo invade la mesa cuando todos nos acomodamos. Todos los chicos Royal tienen el ceño fruncido. Callum los observa, decepcionado.

Aunque, ¿qué esperaba? Sus hijos apenas han hablado con él desde la noticia del embarazo. He visto que los gemelos se encogen cada vez que Brooke enseña su brillante anillo de diamantes. Easton está más borracho que sobrio. Por lo visto, para que Gideon vuelva a casa, tiene que obligarlo. Y Reed se acostó con la novia de Callum dos, tres o cien veces.

Así que sí. Callum está loco si cree que esta gran y feliz cena familiar no será un desastre.

—Muchísimas gracias por invitarme esta noche —le comenta Dinah a Callum—. Hacía siglos que no venía al palacio de los Royal.

La mordacidad de sus palabras revela cómo se siente ante la falta de invitaciones. Esta noche está preciosa, a pesar de su ponzoñosa mirada de color verde. Tiene el pelo dorado recogido y lleva unos pendientes de diamantes largos y un vestido blanco con escote en V que muestra su bronceado y su pecho.

Entiendo por qué atrajo a mi padre. Dinah parece un ángel *sexy*. Me pregunto cuánto tiempo tardó en darse cuenta de que era en realidad un demonio.

Callum ha debido contratar un *catering* para la cena, porque tres mujeres vestidas de uniforme que no reconozco caminan por el patio y comienzan a servirnos la comida. Me hace sentir incómoda y tengo que agarrarme a la silla para no levantarme y ayudarlas.

A continuación los nueve empezamos a comer. ¿La comida está deliciosa? Ni idea. No me doy cuenta de qué me llevo a la boca. Intento no vomitar. Brooke parlotea sobre el nuevo bebé Royal y siento náuseas.

—Si es un niño, me gustaría que su segundo nombre fuese Emerson, en recuerdo al padre de Callum, que en paz descanse —le cuenta Brooke a Dinah—. ¿No crees que suena bien? Callum Emerson Royal júnior.

¿Tiene pensado llamar Callum al bebé? ¿Por qué no Reed? Me gustaría confesar lo que sé. Pero agarro mi vaso de agua con fuerza porque solo pensar que Reed puede ser el padre biológico de este niño me hace rabiar. Y me da ganas de vomitar. Es simplemente horrible.

Reed afirma que la última vez que estuvo con Brooke fue hace más de seis meses y ella no está embarazada de tanto tiempo. Así que quizá *no* se acostaron la noche que los pillé. Él dice que no. Brooke también dice que no.

¿Es posible que digan la verdad?

«Sí, Ella, y el último novio de mamá solo le cogía la mano a su hermana. Idiota», pienso.

—¿Ella?

Levanta la cabeza y veo que Callum me mira fijamente.

—Perdona, ¿qué decías?

—Brooke te ha hecho una pregunta.

Clavo los ojos en Brooke a regañadientes, que me guiña el ojo.

—Te he preguntado si propones algún nombre de niña.

—No —respondo—. Lo siento. No se me dan bien los nombres.

—¿Chicos? —pregunta a los Royal—. ¿Alguna sugerencia?

Ninguno contesta. Los gemelos fingen estar demasiado concentrados en la comida, pero Reed, Gideon y Easton la ignoran por completo.

Ya que soy la única que ha contribuido a la conversación, si se le puede llamar contribución a diez palabras, paso a ser el centro de atención de los adultos con rapidez.

—Me decepciona que no visites el ático más a menudo —comenta Dinah—. Me gustaría conocer a la hija de mi marido.

Dice «hija» como si fuese un insulto. Las facciones de Callum se endurecen, pero su boca permanece cerrada.

—No me has invitado. —Intento sonar indiferente.

La mirada de Dinah se oscurece.

—No necesitas invitación —responde con dulzura—. La mitad del ático es tuyo, ¿recuerdas?

—Supongo.

Se encoge de hombros ante mi vaga expresión y se da la vuelta hacia Gideon.

—¿Qué tal la universidad, querido? Hace siglos que no te veo. Cuéntame qué has hecho.

—Me va bien —responde él, cortante.

—Tienes una competición de natación pronto, ¿no? —Dinah pasa los dedos por el tallo de su copa—. Creo que Brooke lo había mencionado.

Noto cómo se le tensa un músculo de la barbilla antes de contestar:

—Sí, así es.

Brooke habla y sus ojos se iluminan.

—Quizá deberíamos ir a animarlo. ¿Qué te parece, Callum?

—Ah, sí. Suena... genial.

Reed resopla en voz baja.

Callum le lanza una mirada de advertencia.

Ahora mismo odio a casi todas las personas sentadas en la mesa.

La tensión se incrementa hasta que siento que las paredes cada vez están más cerca de mí y me ahogo. Y estamos al aire libre, maldita sea.

—Ojalá hubieras conocido a tu padre —comenta Dinah—. Steve era un hombre tan... formidable. Y fiel. Tan fiel. ¿Verdad, Callum?

Callum asiente y se sirve otra copa de vino. Estoy bastante segura de que ya va por la segunda botella. En cambio, Brooke bebe agua con gas.

—El mejor hombre que he conocido —dice Callum con voz ronca.

—Aunque no se le daba muy bien administrar el dinero —dice Dinah. Entrecierra sus ojos verdes cuando posa la mirada en mí durante un momento—. ¿Te pareces a tu madre o a tu padre, Ella?

—A mi madre —replico con brusquedad, ¿pero cómo podría saberlo?

—Claro —murmura—. Después de todo, Steve no sabía nada de ti. No exististe para él durante la mayor parte de tu vida, literalmente.

«Muy buena pulla subliminal, Dinah», pienso. ¿Pero sabes qué? Crecí entre arpías que se asustaban con frecuencia de que su único punto fuerte, su físico, empeorara con rapidez. Puedo soportar cualquier cosa que me diga.

Yo sonrío.

—Pero volvió en sí. Es decir, me dejó todo lo que pudo.

«Y me hubiese dejado más si tú no tuvieses un ejército de abogados asegurándose de que cada moneda libre caiga en tu bolsillo», añado para mis adentros.

Esboza una amplia sonrisa y me enseña los dientes a modo de respuesta.

—El otro día me acordé de ti. —«Por favor, no lo hagas», pienso—. Y en lo parecidas que somos. Cuando yo era joven, mi madre no estaba bien, y nos mudábamos tan a menudo como tú. Tomó decisiones desacertadas. A menudo eran... —Se detiene y bebe un sorbo de su copa.

Escuchamos sus palabras en contra de nuestra voluntad y se nota que le encanta ser el centro de atención.

—Muchas veces la gente que entraba y salía de mi vida no siempre fue la mejor influencia. A veces esos hombres querían cosas de mí que no se deberían pedir nunca a una niña.

Dinah me mira con expectación. Supongo que es como uno de esos ancianos pastores sureños que necesitan una afirmación como respuesta para asegurarse de que su mensaje se ha comprendido.

—Qué pena —respondo.

Sin embargo, tiene razón. Su historia es parecida a la mía. Pero me niego a compadecerme de ella. Su vida ahora dista mucho de la de entonces.

—Lo es, ¿cierto? —Se limpia la comisura de la boca con una servilleta—. Me encantaría aconsejarte, de una chica perdida a otra. No necesitas esperar algo que realmente quieres en la vida, porque, si lo haces, acabarás como nuestras madres: utilizada y, al final, muerta. Y estoy convencida de que eso no es lo que quieres, ¿verdad, Ella?

Callum deja el tenedor sobre la mesa con más fuerza de la necesaria.

—No creo que este sea un tema de conversación adecuado.

Dinah hace un gesto con la mano para indicar lo contrario.

—Es una conversación de chicas, Callum. Imparto a Ella algo de sabiduría que he conseguido a base de mis duras experiencias.

También me avisa de que intentará llevarse todo lo que Steve me ha dejado en herencia.

—¿Estamos en un telefilme o qué? —interrumpe Easton antes de que pueda replicar—. Porque no tengo ganas de ver esto ahora mismo.

—Ni yo —añade Sawyer—. ¿Dónde está el postre?

—Bueno, si estáis aburridos de la historia de la vida de Ella y la mía, ¿qué me decís de vosotros, chicos? Sé que a Easton y los gemelos les gusta ir de flor en flor. ¿Y vosotros dos? ¿Reed? ¿Gideon? ¿Salís con alguien especial u os dedicáis a romper corazones como vuestros hermanos? —dice entre risas, aunque nadie la acompaña.

—Ambos estamos solteros —contesta Gideon a regañadientes.

Eso llama la atención de Brooke. Retuerce un mechón de pelo entre los dedos y me lanza una mirada traviesa al tiempo que los camareros colocan los postres sobre la mesa.

—¿Y tú, Ella? ¿Has encontrado ya a alguien especial?

Ahora Callum también me mira. Da la casualidad de que este es el momento en que decide levantar la vista de su botella de vino.

Bajo la cabeza y poso la mirada en el postre como si el tiramisú de mi plato fuese lo más interesante que he visto en mi vida.

—No, no salgo con nadie.

Hay otro momento de calma en la conversación. Engullo el dulce tan rápido como puedo y observo de soslayo que todos los chicos Royal hacen lo mismo.

Gideon nos gana. Deja el tenedor en su plato vacío y arrastra la silla hacia atrás.

—Necesito hacer una llamada.

Su padre frunce el ceño.

—Están a punto de servir el café.

—No me apetece café —murmura Gideon, que se marcha del patio todo lo rápido que puede.

Reed abre la boca para hablar, pero Callum lo silencia con los ojos. «*No vas a ir a ninguna parte*», parece decir con la mirada. Y Reed se deja caer sobre su asiento, enfadado.

Los camareros regresan con bandejas de lujosos cafés *latte* con diseños sobre la espuma. El mío tiene una hoja. El de Brooke tiene un árbol, pero debería ser una horca.

—Disculpadme —dice Dinah mientras sirven el café—. Necesito ir al tocador.

Reed sostiene mi mirada y ambos ponemos los ojos en blanco; me arrepiento de compartir ese momento de camaradería al instante porque una media sonrisa se asoma en sus labios.

Esta vez Easton y yo ganamos a los hermanos y nos bebemos el *latte* en tiempo récord. Dejamos la taza en la mesa y hablamos a la vez.

—Ayudaré a las camareras con los platos...

—Llevaré la bandeja...

Nos fulminamos con la mirada durante un momento, pero la necesidad mutua de irnos volando inspira otro momento íntimo.

—Ella y yo nos ocuparemos de esto —dice Easton, y yo asiento en señal de agradecimiento.

Callum no tarda en protestar.

—El servicio está perfectamente capacitado para...

Pero Easton y yo ya estamos recogiendo los platos y las tazas. Al tiempo que nos damos prisa por llegar a la cristalera, escucho el gruñido molesto de Reed y siento un cosquilleo por la espalda.

—Los genios pensamos igual —murmura Easton.

Frunzo el ceño.

—Ah, ¿así que ahora somos amigos otra vez?

Su expresión refleja la culpabilidad que siente. Cuando llegamos a la cocina, deja los platos en el fregadero, echa un vistazo disimulado a los camareros del *catering* y baja la voz.

—Siento lo que dije en la fiesta de Sav. Estaba... borracho.

—No vale que lo utilices como excusa —replico—. *Siempre* estás borracho y nunca antes me habías dicho algo así.

Se el enrojecen las mejillas.

—Lo siento. Soy un gilipollas.

—Pues sí.

—¿Me perdonas?

Pone la cara de niño pequeño con la que normalmente consigue que la gente se rinda, pero no pienso perdonarlo con tanta facilidad. El comentario que hizo la otra noche fue miserable. Y me hizo daño. Así que niego con la cabeza y salgo de la cocina.

—Ella. Venga, espera. —Llega a mi lado en el pasillo y me coge del brazo—. Sabes que digo estupideces sin pensar.

Me sonrojo.

—Dijiste delante de la gente de la fiesta que soy básicamente una zorra, Easton.

Él gime.

—Lo sé. La cagué, ¿vale? Sabes que eso no es lo que pienso de ti. Tú... —Sus facciones se arrugan—. Me caes bien. Eres mi hermanita. No te enfades conmigo, por favor.

Antes de responder, un sonido suave atrae mi atención. Parecía un gemido. ¿O era un suspiro?

Miro hacia el final del pasillo. Solo hay tres habitaciones en esta sección de la casa: un pequeño tocador, la alacena y un vestidor.

—¿Has oído eso? —pregunto a Easton.

Él asiente con seriedad.

Algo me obliga a cruzar el pasillo. Me detengo frente a la alacena, pero no oigo nada tras la puerta. Tampoco oigo nada en el vestidor. Pero cuando llegamos a la puerta del baño...

Easton y yo nos quedamos paralizados cuando escuchamos el gemido. Por cómo suena, se trata de una mujer. Se me congela la sangre, porque hay seis mujeres en la mansión Royal ahora mismo y sé dónde están cinco de ellas. Brooke está en el patio. Las camareras, en la cocina. Yo aquí.

Lo que significa...

Me giro hacia Easton con los ojos abiertos como platos y no puedo evitar sentir náuseas.

Él debe de haberlo adivinado porque abre la boca ligeramente.

—Easton —susurro cuando agarra la manilla.

Se lleva el dedo índice de la mano libre a los labios. A continuación, para mi sorpresa, gira la manilla y abre la puerta un par de centímetros.

Y eso es todo lo que necesitamos. Un par de centímetros es suficiente para entrever a la pareja que está en el baño. La cabeza rubia de Dinah. La oscura cabellera de Gid. La forma en que la agarra por las caderas. El cuerpo de ella arqueándose hacia el de él.

Easton cierra la puerta del baño en silencio, repugnado, y se tropieza hacia atrás como si le hubiese dado un sopapo.

No hablamos hasta que estamos a una distancia prudencial.

—Dios mío —susurro horrorizada—. ¿Qué *demonios* hace Gideon...?

Easton me tapa la boca con la mano.

—Calla —exclama en voz baja—. No hemos visto nada. ¿Entendido?

Le tiembla la mano cuando la deja caer. Me lanza una última y dura mirada, se da media vuelta y desaparece en el vestíbulo. Unos segundos después, la puerta de la entrada se cierra de un portazo.

Capítulo 20

El teléfono suena a medianoche. No estoy dormida. Cuando cierro los ojos, lo único que veo son las cabezas de Gideon y Dinah, y las manos de él en el trasero de ella. Se parece mucho a la imagen que tengo del recuerdo de Brooke y Reed, y me pregunto si Reed sacó la idea de liarse con ella de su hermano.

Estiro el brazo y cojo el móvil de la mesita de noche. En la pantalla, veo la foto de Val, tirándome un beso con los labios fruncidos.

—Hola, tía, ¿qué tal? —susurro.

Recibo silencio como respuesta.

Me levanto.

—¿Val?

Después de una exhalación entrecortada y un sollozo, mi amiga dice:

—Ella, soy yo. Val.

—Lo sé. He visto tu nombre en el móvil. ¿Qué pasa? ¿Dónde estás? —Salgo de la cama y me pongo unos *leggings* al tiempo que espero a ver qué dice.

—Fuera de un almacén en South Industrial Boulevard. Hay una juerga.

—¿Qué ha pasado? ¿Necesitas que te recoja?

—Sí. Siento haberte llamado. —Suena destrozada—. Me han traído porque he oído que Tam había venido a la ciudad, pero no lo he encontrado. La persona que me ha traído se ha ido y no hay muy buen ambiente.

Suspiro, pero no la juzgo. Al fin y al cabo, ¿no me besé con Reed hace un par de noches? Me avergüenza tanto que no he sido capaz de confesarlo a mi mejor amiga.

—Llegaré lo antes posible —prometo.

Ella empieza a decir algo, pero se detiene.

—¿Qué? —pregunto mientras agarro las llaves del tocador.

—Es que... es un área peligrosa. Será mejor que no vengas sola.

¿Se refiere a Reed? Sí, claro. Me cortaría una pierna antes que pedirle ayuda.

—Voy a ver si Easton está en casa.

—Vale. Te espero aquí.

Encuentro mis zapatos, abro la puerta y me detengo de golpe cuando veo a Reed sentado, apoyado contra la pared. La puerta se cierra con un estruendo antes de que me dé cuenta y el sonido lo despierta.

Sus ojos adormilados se clavan en mi ropa, mi mochila y las llaves.

—¿Adónde vamos? —pronuncia despacio, alerta al instante.

—Yo voy a por algo de comer. —Es una mentira horrible, pero la mantengo—. ¿Está Easton en casa? —pregunto como si nada—. Quizá él también tenga hambre.

Reed se levanta.

—Puede que sí. Aunque tendrás que llamarlo, porque lo último que sé es que iba a tomar algo con Wade y los chicos.

Mierda.

—¿Y tú por qué no has ido? ¿Por qué merodeas por mi habitación como un pervertido?

Me mira con incredulidad.

—¿No es evidente?

Cierro la boca porque *es* evidente, pero lo más importante es que tengo miedo de que al abrir la boca de nuevo se me escape un torrente de preguntas. ¿Cuánto tiempo ha estado haciendo esto? ¿Lo hace porque tiene miedo de que me marche o porque quiere estar lo más cerca posible de mí? Estoy incluso más asustada de las respuestas.

Y tengo que recoger a Val, así que me doy la vuelta y me dirijo al piso de abajo. Reed me acompaña sin decir una palabra.

Me persigue como una sombra silenciosa cuando cruzo el gran vestíbulo, con su lámpara gigante, el comedor que nunca se usa y la cocina donde una vez me senté en su regazo y deseé poder comérmelo a él en lugar de lo que Sandra había preparado para desayunar.

—Sube, Reed. No te necesito.

—¿Y con qué coche irás?

Me detengo y él casi me pisa.

—Oh.

Mi coche, lleno de miel y purpurina e infestado de hormigas, no es una opción. Lo aparqué en el garaje que Callum nunca usa porque necesitaba tiempo para encontrar un sitio que lo pudiera limpiar y no tenía ni idea de cómo explicar lo ocurrido a Callum.

Reed se inclina, me quita las llaves del coche de la mano y se las guarda.

—Venga. Voy contigo.

Tengo la advertencia de Val presente, pero no quiero pedir nada a Reed.

—¿No me dejas tu coche?

—Primero, no es un coche, es un todoterreno. Segundo, no.

No tengo tiempo para discutir. Val me necesita. Y, por lo visto, yo necesito a Reed. Pero no tengo que ser agradable con él, así que resoplo y camino dando zapatazos hacia el vestíbulo. Una vez allí, cojo la primera chaqueta que veo. En cuanto me subo la cremallera, me doy cuenta de que es la de Reed. Genial. Ahora su olor me inunda la nariz.

—Vale, pero cuando lleguemos tienes que quedarte en el coche.

Reed gruñe a modo de respuesta, lo que puede significar tanto un sí como un «no voy a discutir contigo hasta que te metas en el coche».

—Entonces, ¿adónde vamos? —pregunta cuando me abrocho el cinturón. Le doy la dirección y me mira con ironía—. No había caído que el muelle es el único sitio para comprar comida rápida a las dos de la mañana.

—He oído que es el mejor sitio de la ciudad —respondo con altivez.

—Ambos sabemos que no vas a comprar comida. ¿Quieres decirme qué ocurre?

—La verdad es que no.

Espero que conteste algo como «mi coche, mis reglas», pero, en lugar de eso, permanece en silencio. Aferra los dedos al volante de cuero. Lo más probable es que imagine que es mi cuello y que si aprieta con la fuerza suficiente acabaré confesando y diciendo: «Joder, Reed, no me importa que te hayas tirado a la novia de tu padre y que puedas haberla dejado embarazada. Ven a mi habitación y haz que pierda la virginidad».

Bueno, si es que todavía quiere acostarse conmigo. Es decir, él *afirma* que lo atraigo, ¿pero qué significa eso? ¿Se reduce todo a su orgullo? ¿Acaso para él mi rechazo es un ataque a su ego y por eso me persigue para recuperar su imagen?

No puedo confiar en mi instinto. Al fin y al cabo, me abrí a Reed cuando él era todavía un capullo conmigo. Está claro que no puedo confiar en él ahora que es amable.

Debería haber hecho caso cuando me dijo que me alejara, pero estaba sola, era estúpida y había algo en él que me atraía. Pensé... no sé qué pensé. Quizá mis niveles de estrógeno estaban muy altos y las hormonas me afectaron a la cabeza. O puede que esté programada para actuar así. Me pasé la vida viendo a mi madre tomar malas decisiones en lo que respecta a los hombres. ¿Acaso resulta sorprendente que yo haga lo mismo?

Reed estira la mano y me aprieta la rodilla.

—Si piensas tanto, te vas a hacer daño en el cerebro.

Al entrar en contacto con él, se me acelera el pulso, así que muevo la rodilla y me separo de él. Reed capta el mensaje y vuelve a aferrar el volante mientras yo contemplo el salpicadero e intento deshacerme de la culpabilidad que me carcome.

—El problema que tengo no es que piense demasiado, sino que no pienso lo suficiente —murmuro.

—No tienes problemas, Ella. Al menos, no los que crees. Eres perfecta tal y como eres.

El piropo hace que un calor me invada el vientre. El Reed dulce y amable es más poderoso y peligroso que el Reed gilipollas. No puedo lidiar con esto ahora mismo. Estoy cansada y con la guardia baja.

—No seas amable conmigo. Tú no eres así.

Reed me sorprende al reír. No suelta una carcajada, sino una risa amarga.

—Ya no sé quién soy. Creo que estoy perdido. Y mis hermanos también lo están.

Siento que el corazón me da un vuelco. Oh, no. El Reed vulnerable es incluso más peligroso. Me esfuerzo por cambiar de tema.

—¿Es eso lo que le pasa a Easton?

—Si supiese lo que le pasa a East no te acompañaría en mitad de la noche a salvarlo del problema en el que está metido. Así que si tienes alguna idea para ayudarlo, por favor, soy todo oídos.

—No vamos a rescatar a Easton ahora mismo —confieso—. Y si quieres ideas para ayudarlo, pregunta a otra persona. No tengo la menor idea de qué le ocurre.

Solo sé que una vez me contó que tenía una adicción. Echa muchísimo de menos a su madre, adora a sus hermanos y lo que ha visto esta noche en el baño le repugna.

Estoy a punto de preguntar a Reed si sabe lo de Gideon y Dinah, pero, al igual que con otras cosas que ocurren en la casa de los Royal, siento que cuanto menos sepa, mejor.

—Creo que no le gusta que lo excluyamos —digo a regañadientes—. Por un lado, están los gemelos y, por otro, Gideon y tú. Quizá siente que no forma parte de ninguno de esos dos grupos.

Sé cómo se siente, y puede que eso explique por qué Easton se descompuso al ver a Dinah y Gideon. Por qué se lía con Abby y Savannah. Por qué bebe y fuma hasta la saciedad. Puede que esa sea la forma que tiene Easton de acercarse a sus hermanos.

Reed gruñe.

—Supongo que nunca lo había visto así.

Repiquetea los dedos contra el volante y cambia de tema con brusquedad.

—Todavía no le has contado a mi padre lo de tu coche.

—¿Cómo lo sabes?

—Porque, de lo contrario, estaría caminando por toda la casa sin parar y haciendo mil llamadas. Y tu coche lleno de hormigas no estaría guardado en el garaje, donde papá no lo ve.

—He intentado buscar un sitio para limpiarlo.

—Yo me encargaré de ello.

La respuesta que pudiera tener queda en el olvido cuando llegamos al sitio. Hay coches que salen precipitadamente del aparcamiento y escuchamos el tenue sonido de unas sirenas a lo lejos. Cuando Reed aminora la marcha, abro la puerta y salgo. Echo a correr y grito:

—¡Val! ¡Val! ¿Dónde estás?».

Una figura esbelta sale de un matorral que hay a un lado de la acera y se abalanza sobre mí.

—Dios mío. ¡Pensé que nunca llegarías! —me solloza Val al oído.

Yo me alejo de ella y veo que un hematoma se empieza a formar junto a su ojo izquierdo y que tiene una marca enrojecida en la frente.

—¿Qué te ha pasado? —exclamo.

—Te lo contaré en el coche. Vámonos, por favor.

—Claro. —La rodeo con el brazo, pero, cuando empezamos a caminar hacia el coche, Val se tropieza y casi me hace caer con ella.

Reed aparece junto a nosotras y levanta en brazos a Val. Señala el coche.

—Vamos.

Esta vez no dudo y le hago caso. Las sirenas se aproximan y hay gente a nuestro alrededor que escapa con rapidez y nos empuja.

Reed se apresura a llegar a su todoterreno. Mete a Val en el asiento trasero mientras yo sujeto la puerta. Me subo a su lado al tiempo que Reed se sube al asiento del conductor.

—No me llevéis a casa. Por favor, esta noche no podría aguantar a Jordan —gime Val.

—Claro que no. Puedes quedarte conmigo.

Reed asiente para hacerme saber que me ha oído, pone el coche en marcha y se dirige hacia el norte, en dirección a casa.

—¿Quién te ha hecho eso, Val? —pregunta—. Le daré una paliza.

Val apoya la cabeza en el asiento. Está exhausta, tanto emocional como físicamente.

—No tienes que contárnoslo si no quieres.

Le froto el brazo. Lleva un conjunto bonito: una camiseta que deja su vientre al descubierto y unos pantalones cortos bordados. La ropa parece intacta. No veo señales de heridas a excepción de las que tiene en la cara.

—No pasa nada. —Esboza una lánguida sonrisa—. Me he encontrado con una ex de Tam. Ha sido una pelea tonta, así que si vas a dar una paliza a alguien, tendrá que ser a mí.

Cierra los ojos y unas lágrimas silenciosas le recorren las mejillas. Me acerco a ella y la rodeo con el brazo para abrazarla durante el resto del camino.

Al llegar a casa, la ayudo a subir a la habitación y ella cae rendida en mi cama. Le quito los zapatos, la camiseta y los pantalones cortos y cojo una botella de agua de la mininevera. Val la coge con una sonrisa de agradecimiento.

—¿Quieres una camiseta del equipo de Astor o esta vieja de Iron Man?

Val echa un vistazo adrede a la camiseta del equipo de fútbol americano, pero señala la otra.

—Iron Man, por favor.

Se la tiro y me alegra que no pregunte por qué tengo aún una de las viejas camisetas de entrenamiento de Reed. Mi respuesta sería que es cómoda. Es decir, lo es de verdad, pero cualquiera con dos dedos de frente adivinaría que me la he quedado por otras razones.

Val se mete bajo las sábanas justo cuando Reed aparece con un bote de pastillas.

—Valium —dice al entrar por la puerta que he dejado abierta.

No pregunto por qué se la han recetado. Simplemente tomo una del bote y se la doy a Val.

—¿Necesitáis algo más?

—No, gracias —respondo.

Reed cambia el peso de una pierna a otra y, después, se marcha a regañadientes.

Val se duerme casi al instante, pero yo estoy demasiado nerviosa como para caer rendida. Me acurruco a su lado durante un tiempo, hasta que un sonido en el pasillo me llama la atención. Tengo cuidado de no despertar a mi amiga al cruzar la habitación y abrir la puerta.

En efecto, Reed está sentado junto a la puerta de mi habitación.

—Vete a la cama —susurro.

Él abre un ojo.

—Ya lo estoy.

—No hay ninguna cama en el pasillo.

—No la necesito.

—Vale.

Estoy a punto de dar un portazo, pero, en el último momento, me acuerdo de Val. Cierro la puerta con suavidad, me apoyo contra ella y me obligo a recordar por qué no lo quiero. Fue cruel conmigo. Durante semanas, las imágenes de él y Brooke juntos me atormentaron. Quería acurrucarme en algún sitio y morir, pero, en lugar de eso, tenía que levantarme todos los días pronto para encontrar trabajo.

Y ahora está sentado al otro lado de la puerta de mi habitación e intenta convencerme de que ha cambiado.

Vuelvo a abrir la puerta y salgo dando pisotones.

—¿Por qué estás aquí?

Las palabras se me escapan como una súplica en lugar de sonar acusatorias.

Reed se levanta. Lleva una camiseta sin mangas negra y unos pantalones de chándal de cintura baja. Sus bíceps se tensan cuando estira un brazo hacia mí.

—Sabes por qué.

El fuego en sus ojos me excita y alimenta mi enfado al mismo tiempo.

—No me toques.

Él deja caer el brazo. Odio la decepción que siento cuando lo hace. «¡Espabila, Ella!», grito para mis adentros.

—Vale —responde con voz ronca—. Tócame tú.

Mis ojos se abren como platos cuando empieza a quitarse la ropa en medio del pasillo.

¿Reed desnudo, con su torso tonificado, sus fuertes piernas y esa fina línea de vello que apunta a la pretina de sus pantalones? No. No. ¡No!

—Ponte esto —ordeno, y le tiro la camiseta a la cara.

—No —responde, y la agarra en el aire y me la tira.

Y después me acerca a él.

Cada centímetro de su cuerpo está duro. Cada centímetro.

Anticipo otro momento en el que nos enrollamos de manera frenética, como en el camino de la casa de Savannah, pero Reed me sorprende. Me acaricia la mejilla con suavidad y empieza a respirar con agitación. Entonces, sus dedos viajan hasta mi pelo y se entierran en él. Unos instantes después, me gira la cabeza para besarme a la perfección.

Es el beso más dulce que me ha dado jamás. Lento. Suave. Noto la ligera caricia de sus labios, la forma vacilante en que enrosca su lengua con la mía. Siento cómo tiembla, aunque no sé si es a causa de los nervios, porque está excitado, o por ambas cosas.

Me chillo a mí misma que debo moverme y apartarme de él. Si pido ayuda, quizá deje de besarme como si fuese la persona más importante del mundo para él.

Pero no hago nada de eso. Mi estúpido cuerpo se rinde al suyo. Mis estúpidos labios se abren para él.

«Aprovecha lo que te dé y, luego, haz que se marche», susurra una pequeña voz en mi interior. Úsalo.

¿Acaso no es una excusa conveniente?

Pero mi incipiente deseo me nubla la mente y me rindo un poco más. Reed se aprovecha de ello para levantarme en brazos y llevarme a su habitación. Cierra la puerta y me echa sobre su cama.

—Te he echado de menos —susurra, y yo abro los ojos. Noto que los suyos brillan de emoción—. Dime que tú a mí también.

Trago las palabras antes de que salgan de mi boca.

La decepción en su cara desaparece con rapidez.

—Está bien, no tienes que decírmelo. Puedes demostrármelo.

Retira la mano de mi pelo y se mueve entre mis piernas. Cuando arquea los dedos, no puedo evitar empujar las caderas contra su cuerpo. Él gruñe de placer en mi boca y me frota la zona que palpita. Me hace gemir.

Odio que todavía tenga este poder sobre mí. Odio no sentir que controlo nada. Odio estar aquí. Que mi madre ya no esté conmigo. Odio haberme enamorado de Reed.

Las lágrimas empiezan a surcar mis mejillas y caen justo donde nuestras bocas se encuentran.

—¿Estás llorando?

Reed se separa de mí con brusquedad.

Soy incapaz de no agarrarlo con fuerza. Es como si una parte de mí dijese que he perdido demasiadas cosas a lo largo de mi vida como para no aferrarme a los restos que Reed Royal quiera ofrecerme.

Sin embargo, no puedo evitar llorar. Las lágrimas caen con rapidez y furia. Reed las enjuga, pero enseguida aparecen más.

—Nena, deja de llorar, por favor. Por favor —suplica.

Lo intento. Aguanto la respiración, pero mi cuerpo se estremece por las lágrimas que todavía no he derramado.

—Ya vale. No volveré a tocarte. Te lo prometo. Ella, me mata verte así.

Apoya mi cabeza contra su pecho y me acaricia el pelo. Volver a estar bajo control de mí misma me lleva más tiempo del que quiero admitir y, mientras tanto, Reed se disculpa y me promete de nuevo que se mantendrá alejado de mí.

Me digo que eso es lo que quiero, pero sus palabras solo consiguen que llore con más fuerza.

Por fin, me recupero lo bastante como para separarme de él.

—Lo siento —susurro.

Él me devuelve la mirada con tristeza.

Me levanto de la cama y me alejo de ella para tener la distancia que necesito. Cuanto más me separo de Reed, más se aclara mi cabeza.

—Necesitamos evitarnos el uno al otro. Ni yo soy buena para ti ni tú para mí.

—¿Qué significa eso?

—Sabes lo que significa.

Él se levanta y coloca los brazos en jarras. Desvío la mirada de su torso desnudo y de su perfecto rostro. Me ayudaría mucho que se afeara de la noche a la mañana.

—¿Entonces no te importará que tenga algo con otra persona? Que bese a otra chica. Que otra chica me toque.

Casi vomito sobre la alfombra de color crema. Me obligo a respirar por la nariz. Y a mentir.

—Sí.

Siento el peso de su mirada durante lo que parece una eternidad. Quiero lanzarme a sus brazos y rogar que se quede, pero, por el bien de mi propia supervivencia, mantengo la cabeza gacha y los pies plantados en el suelo.

—No, no es cierto —murmura Reed en voz baja—. Estás dolida y me alejas de ti, pero no pienso rendirme.

Camina hacia mí y yo me preparo. Pero él solo me besa en la frente y me deja sola en su habitación.

Sus últimas palabras permanecen en el aire. Yo me dejo caer al suelo y me abrazo las rodillas contra el pecho. Me duele que no haya intentado presionarme. Sé que me hubiese rendido. Me afecta que todavía prometa que luchará por mí.

No, eso no es cierto. Me afecta ser consciente de que me recuperará, haga lo que haga.

Capítulo 21

Regreso a mi habitación y consigo dormir dos horas antes de que suene la alarma para ir a clase. Saco una mano de debajo de la colcha y busco a tientas mi móvil. Pulso «posponer» y miro hacia el otro lado. Val está metida en la cama, aunque tiene una pierna fuera de la colcha y un abrazo colgando del borde del colchón.

Le sacudo el hombro.

—Despierta, Bella Durmiente.

—No. No quiero —murmura.

—Las clases empiezan dentro de... —Mi mente necesita un rato para calcular—... una hora y diez.

—Entonces, despiértame dentro de veinte minutos.

Me obligo a salir de la cama. Cojo una botella de agua del pequeño frigorífico que tengo en mi habitación y me meto en el baño. Parpadeo unas cuantas veces hasta que veo mi reflejo en el espejo con nitidez.

No hay rastro alguno en mi piel de las caricias de Reed. No tengo ninguna marca en el cuello, en las zonas que succionó al besarme. No hay pruebas físicas de mi debilidad. Llevo un dedo a mi labio inferior y finjo que es el de Reed.

Val aparece detrás de mí y me salva de mi estúpida imaginación. El moratón que tiene encima del ojo tiene un aspecto horrible.

—Sé que anoche le dijiste a Reed que te peleaste, pero si alguien te ha hecho daño, lo mataré. —Y no bromeo.

—Entonces necesitas empezar por mí, porque esto... —Se señala la frente—... es el resultado de dar un cabezazo a la ex de Tam.

Yo me encojo.

—Quizá podrías utilizar una botella de cerveza la próxima vez. —La miro a los ojos a través del espejo—. No me dijiste

167

que había una fiesta en clase. ¿Por qué no me pediste que fuera contigo? Te habría acompañado.

—Me enteré ayer por la noche. Recibí un mensaje de una chica que va al Jefferson, el antiguo instituto de Tam, y me juró que lo había visto. Ni siquiera me detuve a pensar lo que hacía. Me vestí, Jordan me llevó porque iba de camino a la casa de Gastonburg y lo siguiente que recuerdo es estar en una estúpida pelea de gatas con una desconocida por culpa de Tam.

—Dijiste que era una ex, no una desconocida. ¿Era de su universidad?

Val hace una mueca, como si le hubieran golpeado en el estómago.

—No. Creo que me ha estado engañando durante años. Por eso dije que era su ex.

—Oh, no.

La rodeo con un brazo y ella se aferra a mi pecho.

—Soy tan estúpida...

«No eres la única«, pienso.

Entonces, me aclaro la garganta y confieso:

—Anoche besé a Reed.

—¿En serio? —Su voz parece reflejar esperanza.

—Sí. Se ha dedicado a dormir junto a la puerta de mi habitación últimamente. Es raro, ¿a que sí?

Val se separa de mí para que contemple su mirada de sorpresa.

—Muy raro...

Está de acuerdo conmigo, pero no suena convincente.

Me apoyo contra la encimera.

—No, yo tampoco creo que lo sea. Debería, pero en lugar de eso creo que es... extrañamente dulce que esté tan obcecado en asegurarse de que no me marcho de nuevo como para dormir delante de la puerta de mi habitación, en el suelo.

Me froto la frente y me avergüenzo por mostrar mi debilidad.

—Ayer dio una paliza a Skip Henley por ti.

Parpadeo, sorprendida.

—¿Qué?

Val se remueve y, de repente, parece avergonzada.

—No te he dicho nada porque sé que no te gusta hablar de Reed, pero... sí. Pegó a Skip Henley en mitad de la cafetería por meterse contigo en clase de Oratoria.

Un torrente de emociones fluye en mi interior. Alegría. Satisfacción, porque los comentarios hirientes de ayer fueron brutales. Y después siento culpa, porque... mierda, porque he intentado alejarme de Reed desde que llegué y, mientras, él ha dormido en el pasillo, junto a la puerta de mi habitación, para protegerme y se ha peleado con otros chicos para defenderme.

Puede que... Dios, ¿se merece otra oportunidad?

—Pensé que te sentirías mejor si lo sabías —añade Val al tiempo que se encoge de hombros—. Al menos Reed no te ha puesto los cuernos y trata de evitar todo contacto contigo. No es un mentiroso como Tam. —Val me aprieta el hombro—. ¿Tienes un cepillo de dientes de sobra? Siento que tengo un animal muerto en la boca.

Me inclino y rebusco en el armario que hay debajo del lavabo. Encuentro una cesta con unos preciosos jabones y un paquete de cepillos de dientes nuevos. Le doy uno y echo pasta dentífrica a mi cepillo eléctrico. Mientras Val se lava los dientes y la cara, vuelvo a la habitación y observo el armario, repleto de la ropa que eligió Brooke. Aunque no fijo la vista en nada. Solo pienso en la frase «Reed no te ha puesto los cuernos».

Cuando Val lo ha dicho, mi primer instinto no ha sido negarlo.

Porque tiene razón.

Ya no creo que Reed me haya engañado. No sé si el bebé es suyo. Pero... si creo que no me engañó, entonces debería creerlo cuando dice que no es el padre del hijo de Brooke.

Y Val también tiene razón en otra cosa: Reed no es un mentiroso. Lo único que no ha hecho mientras hemos estado juntos es mentirme. Fue muy sincero cuando me dijo que planea irse de Bayview después de graduarse, que no se le dan bien las relaciones y que destruye a la gente a su alrededor.

Y no se refería a chicas o a cosas por el estilo. Al reflexionar sobre sus palabras, me doy cuenta de que hablaba de sus padres. Los quería a rabiar y ambos le han fallado.

Su madre se suicidó y abandonó a cinco hijos que tuvieron que lidiar con la pérdida. Su padre ahoga las penas en el alcohol y en mujeres horribles. No es de extrañar que Reed me dijese que el sexo es solo sexo y que lo usaba como un arma. Lo usa para castigarse a sí mismo y a los demás. Vive de acuerdo con el legado que le han dejado sus débiles padres, sin embargo, lucha una batalla interior, y fue eso lo que hizo que me acercara a él.

—Vas a babearte encima —exclama Val al salir del baño.

Me paso una mano por la cara con culpabilidad y corro al lavabo a escupir la pasta de dientes y a enjuagarme la boca. Una cosa es que admita delante de Val que todavía siento algo por Reed, y otra historia es admitir que estoy planteándome perdonarlo. Una historia cuyo final no conozco.

—¿Qué crees que habrá hoy en mi taquilla? —pregunto cuando me coloco a su lado, frente al armario—. ¿Basura? ¿Restos de comida? ¿Tampones usados?

Val señala su hematoma.

—¿Y esto? Parezco una chica de una campaña contra la violencia de género.

—Eso puedo cubrirlo yo. Ya lo he hecho antes —explico al contemplar su expresión iracunda—. No a mí misma ni a mi madre, pero sí a algunas de las chicas con las que ella trabajaba.

—Uf.

—Lo sé.

Me doy la vuelta.

—¿Sabes qué? Creo que voy a hacer novillos otra vez e ir al centro comercial. ¿Qué te parece?

Val esboza una gran sonrisa.

—Creo que me apetece un *pretzel* gigante y comer yogur helado.

Chocamos puños.

—¿Fingimos estar enfermas?

—No. Hacemos novillos, sin más. Vamos al centro comercial, comemos porquerías y nos gastamos dinero hasta llegar al límite de nuestras tarjetas. Luego, vamos a Sephora para que nos hagan un cambio de *look*. Y, por último, vamos al muelle y nos hinchamos a marisco hasta que solo seamos atractivas para la fauna marina.

Respondo con una sonrisa de oreja a oreja y digo:

—Me *encanta* la idea.

—¿Qué tal las compras?

Me doy la vuelta cuando escucho la voz de Brooke. Estaba a punto de prepararme algo para picar, pero, como siempre, su presencia me quita el apetito. Dejo a un lado el bol de patatas fritas y me alejo de la encimera.

Brooke se acerca a mí calzada con sus zapatos de tacón de diez centímetros. Me pregunto si seguirá llevando tacones cuando esté de ocho meses, caminando como un pato sobre ruedas con su enorme barriga. Es probable. Es lo bastante vana como para arriesgarse a tropezar y caer, a pesar de estar embarazada.

Uf. ¿Por qué pienso en el embarazo de Brooke? Solo me provoca náuseas.

—¿No me hablas? ¿En serio? —dice Brooke entre risas de camino a la nevera—. Esperaba más de ti, Ella.

Pongo los ojos en blanco.

—Como si te importase qué tal me ha ido el día. Solo nos ahorro tener que charlar de cosas que a ninguna nos importan.

Brooke coge una jarra de agua y se echa un vaso.

—De hecho, tenía ganas de hablar contigo.

Ajá. Claro.

—Callum y yo hablamos la otra noche y creemos que sería una buena idea que Dinah y tú planeaseis mi fiesta del bebé.

Se me tensa toda la espalda. Está de coña, ¿no?

—Sería una oportunidad para que las dos os conocierais un poco más —añade Brooke—. Callum está de acuerdo.

Sí, claro. Estoy segura de que esto no ha sido idea de Callum. El día que me llevó a conocer a la viuda de Steve bebió hasta casi quedarse en coma y me rogó no hacer caso de nada de lo que dijera Dinah O'Halloran.

Brooke me observa, expectante.

—¿Qué te parece, cielo?

—¿Que qué me parece? —repito con dulzura—. Me parece que me gustaría ver los resultados de la prueba de paternidad antes de perder el tiempo organizando una fiesta del bebé.

Su delicada mandíbula se tensa.

—Eso ha estado fuera de lugar.

—No lo creo. —Apoyo la cadera contra la encimera y me encojo de hombros—. Puede que hayas hecho creer a Callum que es un bebé Royal, pero yo tengo mis dudas, cielo.

—Oh, claro que es un Royal. ¿Pero estás tú segura de qué Royal comparte la mitad del ADN de este bebé?

Se da una palmadita en la barriga y sonríe.

Cierro los puños. Ha metido el dedo en la llaga, y lo sabe.

«No puedes pegar a una mujer embarazada», dice una voz en mi interior con firmeza.

Me deshago de la ira que crece en mí y obligo a mis dedos a relajarse.

Brooke asiente en señal de aprobación, como si hubiese hecho vudú para meterse en mi cabeza y supiese lo mucho que quiero golpearla.

—Entonces… sobre la fiesta del bebé —continúa como si este momento horrible no hubiese tenido lugar—… deberías pensar en ayudar a Dinah. No le gustó cómo la trataste durante la cena.

—Apenas le dirigí la palabra.

—Exacto. —Brooke frunce el ceño—. No te gustaría tener a Dinah como enemiga, Ella.

Yo levanto una ceja.

—¿Qué significa eso?

—Significa que no lleva bien que le falten el respeto, y tu comportamiento y el de los chicos la ha enfadado.

«No parecía enfadada cuando se estaba tirando al hijo de Callum en el baño del pasillo», estoy a punto de confesar.

—Cuando he hablado con ella esta mañana, incluso ha mencionado la palabra que empieza por «i» —añade Brooke.

Abro la boca. ¿Dina me ha llamado i…?

—Impugnar —dice Brooke entre risas, observando mi expresión asustadiza.

Yo la miro con indiferencia.

—Dinah ha amenazado con impugnar el testamento de Steve —me explica—. Y si lo lleva a cabo te garantizo que te mantendrá en los juzgados durante años. Para cuando termine, no os quedará dinero a ninguna de las dos, los abogados se lo llevarán todo. Ya le he advertido que no lo haga, pero siempre ha sido muy terca y la ha ofendido mucho la forma en que la has tratado.

—¿Por qué le importa? —Niego con la cabeza, molesta—. No la conozco, ni tampoco conocí a Steve.

Brooke bebe un sorbo de agua.

—Alégrate por eso último, por no haber conocido a Steve.

Frunzo el ceño. Por mucho que odie hablar con una arpía como ella, no puedo negar que cada vez que alguien menciona a mi padre biológico me pica la curiosidad.

—¿Por qué?

—Porque, a pesar de lo que Callum Royal piense, Steve fue un amigo horrible.

Dado que lo más probable es que su fuente sea Dinah, cuyo nivel de maldad se acerca al de Brooke, no creo ni una sola palabra de lo que dice, pero sonrío y asiento porque es la forma más fácil de dar por acabada la conversación.

—Si tú lo dices...

—Es la verdad. Tienes suerte de que haya muerto. No me gustaría ver en absoluto lo que le haría a una chica joven e inocente como tú.

Su tono directo, que no se parece en nada a la dulzura que emplea habitualmente para hablar, hace que se me erice el vello del cuello.

—Sé que Dinah está enfadada por lo del testamento, pero yo no he tenido nada que ver.

Brooke hace una mueca con la boca.

—Steve se lo habría dejado a una tortuga para no tener que dejárselo a Dinah. Que te lo legara a ti fue la sorpresa. Si hasta Callum pensó que el dinero iría a sus hijos.

Eso hace que me paralice. ¿Por eso no le caigo bien a Gideon? ¿Porque piensa que le he robado su herencia?

—Los chicos ya tienen un montón de dinero —señalo.

Brooke niega con la cabeza con fingida consternación.

—No se puede tener suficiente dinero en esta vida. ¿Acaso no lo has aprendido ya? —Deja la taza en la encimera, entre nosotras—. Aún no es tarde, Ella. Dinah y yo podemos ser tu familia. No necesitas quedarte aquí, con estos hombres. Son veneno. Te usarán y te harán daño.

La miro con incredulidad.

—Nadie me ha hecho más daño que tú. Intentas destrozar esta familia y no entiendo por qué. ¿A qué juegas? ¿Qué tienes en contra de ellos?

Ella suspira como si yo fuese tonta.

—Quiero sobrevivir, y he intentado enseñarte cómo hacerlo a ti también. He intentado que te marches una y otra vez.

Todo lo que hacía cuando estabas aquí era para ayudarte. —De repente, su dulce tono de voz cambia y adquiere un tono duro y mordaz—. Pero veo que eres como el resto. Estás tan cegada por las sonrisas brillantes de los Royal que no ves tu propia salvación. Mi madre me decía que no hay más ciego que el que no quiere ver.

—¿Y tú crees que estoy ciega porque no creo que los Royal vayan a acabar conmigo?

—Eres ignorante y estás perdida en tu deseo juvenil, lo cual es triste, pero... —Se encoge de hombros con delicadeza—. No te puedo hacer sabia. Tendrás que aprender esas duras lecciones tú sola.

—No estás hecha para ser profesora. Y deberías preocuparte en cuidar de ti misma, porque cuando reciba los resultados del test de paternidad, Callum te cortara el grifo.

Cojo mi bol de patatas fritas y me dirijo a la puerta.

—Cuídate tú también —responde—, porque no voy a ser tu paño de lágrimas cuando Reed te rompa el corazón. Aunque quizá deberías intentarlo con Gideon. Sé de buena tinta que es un animal en la cama.

No puedo evitar que la sorpresa se refleje en mi cara.

Brooke estalla en carcajadas.

—Eres tan infantil. El horror que veo en tu cara es adorable. Te daré un último consejo: ignora a los chicos Royal. Son dañinos. Deja que Dinah y yo te ayudemos con tu dinero, y todos viviremos felices para siempre.

—Confiaría antes en Reed que en ti.

No se inmuta ante mi replica. En lugar de eso, sonríe y continúa caminando como si no hubiera dicho nada.

—Juega bien tus cartas y podrás ser una dama de honor en mi boda. ¿A que será divertido?

Ja. Antes caminaría quince kilómetros sobre un camino de lava con los pies desnudos que ser su dama de honor.

—No, gracias.

Su mirada me quema en la espalda cuando salgo de la cocina y me encuentro con la cara sonriente de Reed.

—Sabía que todavía sentías algo por mí —murmura.

Quiero negarlo y decirle que está loco, pero las palabras mueren en mi garganta. No puedo decir lo que quiere escuchar. Me siento demasiado... vulnerable por todas las cosas que tengo en la cabeza. No estoy lista para mantener esta conversación con él.

—Ahora mismo me acabas de defender —me presiona cuando no respondo.

Yo niego con la cabeza.

—No te he defendido. Me he defendido a mí misma.

Capítulo 22

Reed

«Me he defendido a mí misma».

Han pasado dos días y todavía sigo dando vueltas a las palabras que me dijo Ella. Tampoco puedo dejar de pensar en lo que pasó en mi habitación. En sus lágrimas. En la forma en que insistió en que no éramos buenos el uno para el otro.

Tiene razón. Bueno, parte de razón. Sin duda, ella es buena para mí, ¿pero yo...? Me comporté como un capullo cuando apareció en casa por primera vez. Me desquité con ella y la traté como una mierda porque no me gustaba la idea de que mi padre trajera a la hija bastarda de Steve a nuestra casa y se ocupara de ella cuando no prestaba atención a sus propios hijos. Se notaba que papá se preocupaba por ella, así que mis hermanos y yo hicimos lo contrario, la marginamos.

Y sí, cambié de opinión. Me rendí a la atracción. Bajé la guardia más y más hasta quedar a su merced por completo. Pero, incluso después de haberme enamorado de ella, oculté algunos secretos. La alejé de mí más de una vez. Dejé que se marchase en lugar de explicarle lo de Brooke de inmediato.

Dije a Ella que la recuperaría, pero, ¿cómo demonios lo haré? Le pegué un puñetazo en la mandíbula a Henley por ella; pero ¿qué puedo ofrecer a alguien como ella? Sabe cuidar perfectamente bien de sí misma.

Pero lo cierto es que la razón de que siempre pelee sus batallas y se defienda a sí misma es porque... nadie lo ha hecho nunca por ella.

Eso está a punto de cambiar.

—¿No vas a dejarme en casa primero? —gruñe Wade desde el asiento del copiloto de mi todoterreno.

Fulmina con la mirada todos los coches que hay en el aparcamiento que hay junto The French Twist.

—¿Por qué diablos tendría que hacerlo? —La pastelería está literalmente a cinco minutos del colegio, y la mansión de Wade está a veinte en la otra dirección—. Solo serán cinco minutos.

—Me espera alguien en mi casa.

—¿Quién? —le hago confesar.

—Rachel. —Sonríe, avergonzado—. Y su amiga Dana.

Yo río con disimulo.

—Entonces no deberías haber chocado tu Porsche anoche. Pero lo hiciste, así que ahora no te queda otra que ser mi perrito hasta que vuelvas a tener coche.

Wade me enseña el dedo corazón.

—Llego tarde a un trío por ti, Royal. Nunca te lo perdonaré.

—Qué pena me das… —Dejo las llaves puestas en el contacto y abro la puerta—. Espérame aquí. No tardaré.

—Más te vale.

La pastelería está sorprendentemente vacía cuando entro. Lo normal es que esté a rebosar a estas horas, pero solo veo a un par de alumnos del Astor Park y a tres señoras en una mesa en la esquina.

La antigua jefa de Ella frunce el ceño cuando se acerca al mostrador.

—Royal —dice con educación—. ¿En qué puedo ayudarte?

Tomo aire, incómodo.

—Vengo a disculparme.

Levanta las cejas con incredulidad.

—Ya veo. Seré sincera, no pareces el tipo de chico que sepa el significado de esa palabra.

—Créame, sé cómo pedir perdón. —Sonrío lánguidamente—. Estoy seguro de que esas han sido las únicas palabras que he dicho últimamente.

La mujer esboza una sonrisa reticente.

—Mire, es culpa mía que Ella se marchase —explico deprisa—. No sé si se lo contó, pero ella y yo estábamos saliendo.

Lucy asiente.

—No me lo dijo, pero sabía que estaba con alguien. Nunca la había visto tan feliz como la última semana antes de que se marchara.

Siento que la culpa me atraviesa como una flecha. Sí, Ella era feliz. Hasta que le arranqué esa felicidad y la convertí en algo desagradable. Como siempre.

—La cagué. —Me obligo a armarme de valor y a mirar a Lucy a los ojos—. Ella no estaba enferma. Se escapó porque no le di otra opción. Pero se siente fatal por haberla decepcionado.

—¿Te ha enviado ella a decirme esto? —inquiere Lucy, que vuelve a fruncir el ceño.

Ahogo una risa.

—¿Está de coña? Me mataría si supiese que estoy aquí. ¿Ha conocido a alguien con más orgullo que Ella Harper?

Lucy frunce los labios, como si evitase reírse.

—A ella le encantaba este trabajo —continuo con seriedad—. Nadie de la familia, yo incluido, quería que trabajase. Es, esto... por el estatus. —Soy un idiota. Me doy cuenta de que los ricos somos lo peor—. Pero Ella buscó un trabajo a pesar de eso porque es ese tipo de persona. No le parecía bien aceptar limosnas o estar sentada de brazos cruzados como el resto de los chicos del Astor Park. Y a Ella le gustaba mucho como jefa.

—Yo estaba muy contenta de que trabajara conmigo —admite Lucy a regañadientes—. Sin embargo, eso no cambia el hecho de que me dejó sola durante más de dos semanas.

—Eso fue culpa mía —repito—. En serio, soy yo a quien debe culpar. Y me siento fatal por ello. Odio haberle quitado un trabajo que le gustaba de verdad. Así que le pido, por favor, que recapacite sobre el hecho de haberla despedido.

—Ya he contratado a alguien como sustituto, Reed. No puedo permitirme tener dos empleados.

La decepción se apodera de mí.

—Lo entiendo.

—Pero...

Y con solo esa palabra, siento un rayo de esperanza.

—¿Pero qué?

—Kenneth solo puede trabajar por la tarde —confiesa Lucy, y es evidente que eso no le gusta—. No he encontrado a nadie que pueda trabajar a partir de las cinco y media de la mañana, como Ella hacía. —Sonríe—. No muchos adolescentes quieren levantarse al alba.

—Ella sí —replico al instante—. Se toma el trabajo muy en serio. Ya la conoce.

Lucy parece pensativa.

—Sí, supongo que sí.

Apoyo ambas manos en la encimera y la observo.

—¿Entonces le dará otra oportunidad?

La mujer no contesta de inmediato, pero al cabo de unos instantes dice:

—Lo pensaré.

Ya que eso es todo lo que puedo pedir, le estrecho la mano, le agradezco que haya hablado conmigo y me marcho de la pastelería con una sonrisa en la cara.

Por primera vez desde la noticia del compromiso de papá y Brooke y su embarazo, ella no está en casa. La prometida de mi padre y su malvada secuaz, Dinah, estarán en París durante dos semanas para buscar el vestido de novia. Cuando papá nos lo cuenta, los gemelos sueltan un grito de felicidad. Nuestro padre los fulmina con la mirada y, acto seguido, anuncia que cenaremos todos juntos en el patio. Yo me encojo de hombros y me dirijo al exterior, porque no tendré problemas para cenar mientras Brooke y Dinah no coman con nosotros.

Nuestra ama de llaves, Sandra, coloca dos grandes cazuelas en la mesa del patio que ya está preparada para siete personas.

—Me marcho —le dice a Callum—, pero he dejado bastante comida en el congelador para que tengáis hasta el fin de semana.

—Oh, Sandy, no. ¿Te marchas de vacaciones otra vez? —pregunta Sawyer, consternado.

—No lo llamaría vacaciones exactamente. —Suspira—. Mi hermana acaba de tener un bebé y me marcho una semana a San Francisco para ayudarla. Preveo muchas noches en vela en mi futuro.

—Tómate todo el tiempo que necesites —le aconseja papá con una sonrisa—. Una semana más si lo necesitas.

Sandra resopla.

—Ya, y luego vendré y me encontraré con que estos dos —dice mientras señala a los gemelos— han vuelto a intentar quemar mi cocina de nuevo. —Entonces, añade con seriedad—: Os veré la semana que viene, Royal.

Papá ríe cuando la mujer rechoncha de pelo oscuro se dirige a la puerta de atrás. Se oyen voces en la cocina y, a continuación, Ella sale por la cristalera.

—Siento llegar tarde —dice sin aire—. Estaba al teléfono. —Se sienta al lado de Callum—. ¡No os imagináis quién me ha llamado! Papá sonríe con benevolencia. Por otro lado, yo escondo mi sonrisa porque no quiero desvelar nada. Pero estoy bastante seguro de saber quién la ha llamado.

—¡Lucy! —Sus ojos azules reflejan entusiasmo—. Está dispuesta a darme una segunda oportunidad en la pastelería, ¿no es increíble?

—¿En serio? —pregunto con indiferencia—. Es una muy buena noticia.

Miro de soslayo a East, que me observa extrañado, pero no dice nada.

—Sí que es una noticia... —responde papá, nada contento.

Ella frunce el ceño.

—¿No te alegras de que haya recuperado mi trabajo?

—Nunca quise que trabajaras —gruñe—. Me gustaría que te concentrases en los estudios.

—¿Otra vez quieres hablar de esto? —Ella suspira en alto y alcanza la cuchara para servir con la mano—. Soy perfectamente capaz de tener un trabajo e ir al instituto al mismo tiempo. Y ahora, ¿quién quiere lasaña?

—Yo —responden los gemelos al unísono.

Al tiempo que Ella sirve la comida a todos, me fijo en que mi padre y mis hermanos observan todos y cada uno de sus movimientos. Los gemelos sonríen. Papá está contento. East, sin embargo, parece triste. ¿No se alegra de que Ella haya vuelto? Perdió la cabeza cuando se marchó, ¿no debería estar contento?

—¿Por qué estás tan callado, East? —pregunta papá cuando empezamos a cenar.

Mi hermano se encoge de hombros.

—No tengo nada que decir.

Los gemelos sueltan una risilla.

—¿Desde cuándo? —bromea Seb.

Vuelve a negar con los hombros.

—¿Va todo bien? —inquiere papá.

—Ajá. Todo va genial en el mundo de Easton.

Su tono alegre me preocupa. Conozco a mi hermano. Sé que ahora mismo está dolido, y, cuando se pone así, pierde el control. Después de que mamá falleciera, le dio fuerte a la bebida.

Luego, empezó con los analgésicos, las apuestas, las peleas y la interminable lista de mujeres con las que se ha acostado. Gideon y yo logramos contenerlo. Tiramos las pastillas por el lavabo. Empecé a pelear más para controlarlo cuando iba al muelle. Pensé que había recuperado el control, pero ahora a vuelto a recaer, y me mata verlo así.

Papá se rinde y se gira hacia Sawyer.

—No he visto a Lauren por aquí desde hace tiempo. ¿Habéis roto?

—No, seguimos juntos.

Eso es todo lo que Sawyer está dispuesto a decir del tema, y papá vuelve a encontrarse con un muro de nuevo.

—¿Reed? ¿Easton? —inquiere—. ¿Cómo va la temporada? Espero ir al partido de este viernes. Ya le he pedido a Dottie que me deje la agenda libre.

No puedo ocultar mi sorpresa. Papá solía venir a todos nuestros partidos cuando mamá estaba viva. Los dos se sentaban tras el banquillo del equipo local y nos animaban como locos, pero no ha pisado el campo desde que falleció. Es como si hubiera dejado de importarle. O puede que nunca le importara y que mamá lo arrastrara a los partidos.

East se muestra igual de escéptico que yo.

—¿Qué pretendes?

La expresión de papá se viene abajo. Creo que le ha dolido de verdad.

—No busco nada —responde con brusquedad—. Sé que hace un tiempo que no veo jugar a mis chicos.

Easton resopla.

Hay un silencio incómodo en la mesa hasta que Ella lo rompe.

—Callum, ¿podemos hablar después de la cena?

—Claro. ¿De qué?

Ella baja la vista hacia su plato.

—Eh… Sobre mi… herencia. Tengo varias preguntas…

—Claro —repite, pero en esta ocasión su expresión es más alegre.

El resto de la cena transcurre con rapidez. Después, los gemelos se marchan a la sala de juegos mientras Ella y mi padre entran en su despacho. East y yo recogemos la mesa. Normalmente bromearíamos y charlaríamos de chorradas para hacer que la tarea fuese menos aburrida, pero East no dice ni una palabra cuando metemos los platos en el lavavajillas y guardamos las sobras en el frigorífico.

Joder. Echo de menos a mi hermano. Apenas hemos hablado desde que Ella volvió. Apenas hablábamos antes de eso. Odio esta situación. Mi vida parece desequilibrada cuando East y yo vamos cada uno por nuestro lado.

Easton cierra el frigorífico y se dirige a la puerta, pero lo detengo antes de que salga de la cocina.

—East —lo llamo con la voz ronca.

Él se da la vuelta despacio.

—¿Qué?

—¿Volveremos a estar bien otra vez?

No sé si son imaginaciones mías, pero creo ver un destello de arrepentimiento en sus ojos. No obstante, desaparece antes de que pueda estar seguro de ello.

—Necesito fumar —murmura.

Mi pecho se deshincha por la derrota cuando vuelve a girarse. Pero no se va. Entonces, dice sin mirarme:

—¿Vienes?

Me doy prisa por seguirlo y espero que no se note lo ansioso que estoy. Pero, joder, es la primera vez que quiere estar cerca de mí en mucho tiempo.

Salimos de casa por la puerta lateral y nos dirigimos a la cochera.

—¿Adónde vamos? —pregunto.

—A ninguna parte. —East quita el pestillo trasero de su camioneta y después salta para sentarse en la parte de atrás de esta. Saca una pequeña cajita de su bolsillo, la abre y extrae un porro ya liado y un mechero.

Al cabo de unos segundos, salto y me siento a su lado.

Easton lo enciende, le da una calada larga y, después, habla, oculto tras los círculos de humo que salen de sus labios.

—Has conseguido que Ella recupere su trabajo.

—¿Quién te ha dicho eso?

—Wade. —Me pasa el porro—. He ido a su casa después de clase.

—Pensé que iba a hacer un trío.

—Al final ha sido un cuarteto.

Exhalo una nube de humo.

—¿Sí? Creía que últimamente solo te interesaba tirarte a las ex de los Royal.

Mi hermano se encoge de hombros.

—Nadie dijo que fuese inteligente.

—Tampoco que fueras rencoroso —señalo con tranquilidad—. Lo entiendo. Estás cabreado conmigo y por eso te liaste con Abby. ¿Pero Savannah…? Sabes que Gid todavía está pillado. East tiene la decencia de sentirse culpable.

—No pensé en Gid cuando tonteé con Sav —admite—. La verdad es que no pensé en nada.

Le devuelvo el porro.

—¿Vas a ser sincero y contárselo a Gid?

Mi hermano sonríe con frialdad.

—Seré sincero con Gid cuando él decida serlo conmigo.

¿Qué demonios significa eso? No digo nada más al respecto porque no he venido aquí para arreglar la relación de Gideon y East. He venido para salvar *mi* relación con él.

—Estaba equivocado.

East frunce el ceño, confundido.

—¿Equivocado sobre qué?

—Sobre todo. —Me tiende el porro y le doy una buena calada que me deja algo mareado. Al respirar, confieso todo lo que he hecho este año—. No debería haberme tirado a Brooke. No debería habértelo ocultado. No debería habérselo ocultado a Ella. —La marihuana no solo despeja mi mente, sino que me suelta la lengua—. Se marchó por mi culpa. La alejé.

—Sí, fue culpa tuya.

—Lo siento.

No contesta.

—Sé que te asustaste cuando se fue. Que te dolió. —Me doy la vuelta y observo su perfil tenso. Entonces, yo también me tenso cuando se me pasa algo por la cabeza.

—¿La quieres? —pregunto con voz ronca.

Gira la cabeza hacia mí.

—No.

—¿Estás seguro?

—No la quiero. No como tú.

Me relajo un poco.

—Aun así, te importa.

Claro que sí. A todos nos importa, porque esa chica entró en nuestra casa como un vendaval y devolvió la vida a las cosas. Trajo hierro y fuego. Nos hizo reír de nuevo. Nos dio un propósito; al principio, nuestro objetivo era destruirla. Después, nos pusimos de su lado, y decidimos protegerla y quererla.

—Me hacía feliz.

Asiento con impotencia.

—Lo sé.

—Pero entonces se marchó. Huyó sin mirar atrás, como...

«Como mamá», termino la frase por él, y un sentimiento de agonía se instala en mi pecho.

—Ya —murmura East—. ¿No es para tanto, vale? Ha vuelto, así que ahora todo va bien.

Miente. Sé que todavía le asusta la posibilidad de que Ella coja sus cosas y se vuelva a marchar.

A mí también. Apenas me ha hablado desde la noche que nos besamos. La noche que lloró. Lloró tanto que me rompió el puto corazón. No sé cómo hacer que las cosas mejoren. No sé cómo ayudar a East ni a Gideon.

Pero lo que sí sé es que esto no es solo por Ella. Los problemas de abandono de East van más allá de eso.

—Mamá no va a volver —me obligo a decir a mí mismo.

—¿No me digas, Reed? Está muerta. —Easton empieza a reír, aunque no está divertido en absoluto—. Yo la maté.

Joder.

—¿Cuántos porros te has fumado hoy, hermanito? Porque estás delirando.

Tiene una mirada sombría.

—Nunca he estado tan cuerdo. —Vuelve a reír, pero ambos sabemos que no disfruta con esto—. Mamá seguiría aquí si no fuese por mí.

—Eso no es cierto, East.

—Sí lo es. —Da una larga calada y exhala otra nube gris—. Fueron mis analgésicos, tío. Los tomó y sufrió una sobredosis.

Lo observo con brusquedad.

—¿De qué cojones hablas?

—Descubrió dónde los escondía. Pocos días antes de morir. Estaba en mi habitación colocando ropa. Tenía esa mierda guardada en el cajón de los calcetines. Los encontró. Se enfrentó a mí, me los requisó y me amenazó con mandarme a rehabilitación si volvía a encontrar recetas. Pensé que había tirado las pastillas por el desagüe, pero...

Mi hermano se encoge de hombros.

—East... —Mi voz se apaga. ¿Lo cree en serio? ¿Lo ha creído durante dos años enteros? Tomo aire despacio—. Mamá no sufrió una sobredosis de analgésicos.

Él entrecierra los ojos.

—Papá dijo que sí.

—Eso fue solo una de las cosas que tomó. Vi el informe de toxicología. Murió por una combinación de mierdas. E incluso si solo se hubiera tomado los analgésicos, ella podría haber obtenido una receta fácilmente. —Le quito el cigarrillo de la mano y le doy una buena calada—. Además, ambos sabemos que fue culpa mía. Tú mismo lo dijiste, fui yo quien la mató.

—Lo dije para hacerte daño.

—Funcionó.

Easton me mira.

—¿Por qué crees que fuiste tú?

La vergüenza trepa por mi columna vertebral.

—Sentía que no era lo suficientemente bueno —admito—. Sabía que estabas enganchado a las pastillas. Sabía que a Gid le pasaba algo. La noche antes de que mamá falleciera, papá y ella discutieron por una pelea que tuve. Odiaba que me pelease, en cambio, a mí me gustaba demasiado hacerlo. Ella lo sabía, y lo odiaba. Yo... yo solo le añadía estrés.

—No fuiste la razón de que muriese. Estaba mal antes de eso.

—¿Sí? Bueno, tú tampoco lo eres.

Nos quedamos callados durante varios minutos. Es incómodo y me empieza a picar la piel. Los Royal no nos sentamos para hablar de nuestros sentimientos. Los enterramos. Fingimos que nada nos afecta.

East termina el porro y mete la colilla en su pequeña caja.

—Me voy dentro —murmura—. Me iré a dormir pronto.

Apenas son las ocho, pero no digo nada.

—Buenas noches —me despido.

Él se detiene junto a la puerta lateral.

—¿Quieres que te lleve al entrenamiento mañana?

Casi me atraganto ante la repentina oleada de felicidad. Joder, soy un maldito sensiblero, pero... no hemos ido en coche juntos desde hace semanas.

—Claro. Hasta mañana.

Entra en casa. Yo me quedo sentado en su camioneta, pero la alegría y el alivio me duran poco. Siempre supe que arreglaría las cosas con East. También espero arreglar las cosas con Ella, con los gemelos y con Gid. Mis hermanos nunca se enfadan conmigo durante mucho tiempo, por mucho que joda las cosas.

Pero sentarme aquí y confesar cosas con Easton me recuerda que todavía oculto un secreto a mi padre. Peor aún, estaba tan desesperado por asegurarme de que el secreto permaneciese siendo tal que lo animé a que volviera con Brooke.

De repente, tengo ganas de vomitar, aunque las emociones y la marihuana no tienen nada que ver. Brooke ha vuelto porque he sido demasiado cobarde como para admitir mis errores. ¿Por qué no la mandé a la mierda? ¿Y qué si le dice al mundo que soy el padre de su hijo? Un test de ADN y la historia se vendría abajo.

En lugar de eso hice un trato con ella. Metí prisa a mi padre para que volviese con ella porque no quería que se enterara de lo que había hecho. Para que Ella no se enterase. Pero ahora Ella sabe la verdad. Tomo aire y pienso que quizá es hora de que papá también la sepa.

Capítulo 23

Ella

Después de una conversación inútil y frustrante con Callum, subo dando pisotones por las escaleras y me tiro a la cama. Callum se siente molesto porque tengo trabajo y quiero devolver la herencia. Me ha sermoneado sobre ello durante veinte minutos antes de que lo interrumpiese para preguntarle si intenta controlarme a mí porque es incapaz de controlar a sus hijos. Sí, todo ha ido muy bien.

No entiendo la importancia que le da. Es mi herencia, ¿no? Y no la quiero. Mientras tenga el dinero de Steve, la gente como Dinah y Brooke siempre intentará quitármelo. Entonces, que lo hagan. ¿Qué más me da?

Solo me permito una hora de conmiseración antes de enviar un mensaje a Val.

«Q haces?»

«BBQ con la fam. Terrible».

«Jordan t molesta?»

«No. Sta arriba haciend maletas. Visita a la abuela (part padre). La mandan allí d vez n cuando xq la vieja sta forrada. Por como hablan de ella s 1 saco d piel relleno d billetes», dice, y no puedo evitar reírme.

«Parece q vivirá para siempre».

«Seguro. Creo q tiene 80».

«Todos estos $$$ me ponen nerviosa. M da la sensación d q si los Royal no tuviesen tanto serían + felices».

«Nena, nadie es + feliz siendo pobre».

Le doy vueltas a esto último. Cuando mamá estaba viva, yo era feliz. Sí, teníamos problemas y a veces parecían insuperables, pero también había mucha risa en nuestras vidas. Nunca dudé de que me quería con toda su alma. Es ese amor absoluto lo que echo de menos. El amor puro, dulce y sólido que me ofrecía y que me mantuvo caliente por las noches y me llenaba el estómago durante el día.

«Aunq fueses rica tampoco hay garantía d felicidad».

«Estudios actuales demuestran q se puede comprar la felicidad».

«Ok! M rindo. Compremos algo d felicidad con mis $».

«Fuimos felices comprando l otro día. Vamos al centro comercial si t apetece. Pero no sta noche. Sta noche tengo q sufrir. D hecho, mi tía me fulmina con la mirada. Hablamos luego».

Dejo caer el teléfono en la cama y miro al techo. Supongo que el dinero puede mejorar las cosas hasta cierto punto. Puede que lo mire de forma equivocada. Quizá puedo comprar la felicidad de los Royal si compro a Brooke. Ella quiere una seguridad que se convierta en la cuenta bancaria Royal, ¿no? ¿Y si pudiera hacer que se marchase ofreciéndole mi herencia? Callum no la quiere. Podría vivir sin ella. Creo que... mmm, creo que puede ser una buena idea. Solo desearía tener alguien a quien contársela.

Mis dedos tamborilean contra la colcha de la cama. *Hay* alguien que conoce a Brooke mejor que yo, y vive en esta casa.

Uf. ¿Es esta una excusa para hablar con Reed? Quizá. Me deshago del pensamiento y me levanto para buscarlo.

No resulta fácil. Los Royal se han separado. Lo más probable es que Seb y Sawyer estén en casa de Lauren. La puerta de Easton está cerrada y tiene la música tan alta que no me oye cuando llamo a la puerta. O puede que sí y me ignore. Echo un vistazo a la habitación de Reed, al final del pasillo. La puerta está abierta, pero él no está.

Deambulo por la gran casa hasta oír ruido. Proviene del gimnasio. Un golpe rítmico me hace bajar las escaleras, hasta llegar al sótano. La puerta está abierta y veo que Reed golpea un gran saco con los puños. El sudor le cae por la cara y hace que su torso brille. Uf. Está tan bueno...

Digo a mis hormonas que se tranquilicen y abro más la puerta. Reed gira la cabeza en mi dirección de inmediato.

—Hola —saludo en voz baja.

Él agarra el saco, se echa hacia atrás y se limpia la cara con una mano envuelta en esparadrapo. Tiene los ojos enrojecidos y me pregunto si alguna parte de la humedad que le cubre la cara podría no ser por el ejercicio físico.

—¿Qué tal? —pregunta, y se le quiebra la voz.

Con la excusa de beber agua, agacha la cabeza y coge una botella.

—Los gemelos se han ido. Y la puerta de la habitación de Easton está cerrada con pestillo.

Él asiente.

—Los gemelos han ido a ver a Lauren. Easton está... —Se detiene como si buscase las palabras adecuadas—. Easton está...

—Vuelve a detenerse y sacude la cabeza.

—¿Qué pasa? —inquiero—. ¿Está bien?

—Mejor que hace un par de horas.

—¿Y tú... estás bien?

Al cabo de un momento, niega con la cabeza despacio.

A pesar de las alarmas que resuenan en mi cabeza, doy un paso hacia él. Esto está mal. Mi muralla defensiva se ha venido abajo. Noto cómo me rindo ante él. Él me atrae con sus besos adictivos, su fuerza y la vulnerabilidad que ha dejado de ocultarme.

—¿Qué ha pasado?

Lo observo tragar saliva.

—Yo... —Se aclara la garganta—. He intentado decírselo.

—¿Decirle qué a quién?

—A mi padre. He ido a su estudio. Estaba preparado para contarle lo que hice.

—¿Lo que hiciste...? —repito como una idiota.

—Lo de Brooke —escupe—. Le iba a contar lo de Brooke. Pero he sido un gallina. Me he quedado en la puerta y no he podido llamar. Imaginaba que sentiría asco y decepción... así que me he rajado. Me he dado la vuelta, he venido aquí y ahora golpeo el saco y finjo que no soy un cobarde y un cabrón egoísta.

Un suspiro asciende por mi garganta.

—Reed.

—¿Qué? —murmura—. Sabes que es cierto. Por eso me odias, ¿no? ¿No es porque soy un gilipollas egoísta?

—Yo... no te odio —susurro.

Percibo un destello de algo en sus ojos. ¿Sorpresa? ¿Esperanza, quizá? Después desaparece y la tristeza invade su mirada.

—Dijiste que nunca me perdonarías —me recuerda.

—¿Por qué? —Mis labios se tuercen y esbozo una sonrisa amarga—. ¿Por acostarte con alguien antes de estar conmigo? ¿Por intentar que me alejara de ti?

Él se frota los labios, inseguro.

—Por todo. Por no contarte lo de Brooke. Por no estar ahí cuando me necesitabas. Por aprovecharme de ti la noche que Daniel te drogó...

—Sabía lo que hacía aquella noche —lo interrumpo—. Si hubiese dicho que no en algún momento, no me habrías tocado. Quería que pasase, así que, por favor, no me hagas sentir mal y convertirlo en algo que no es.

Él tira la botella a un lado y acorta la distancia entre nosotros.

—Vale. No siento lo que ocurrió esa noche. Tengo muchas cosas por las que disculparme, pero no voy a mentirte. Aquella fue una de las mejores noches de mi vida. —Levanta una mano y me acaricia la mejilla—. Y, después de aquello, viví los mejores días de mi vida, porque tenía ganas de abrazarte todas las noches.

Sé lo que quiere decir. Después de que ambos bajásemos la guardia las cosas entre nosotros fueron... perfectas. Nunca había tenido un novio de verdad, y cada segundo que pasé con Reed, cuando nos besábamos, hablábamos o nos dormíamos juntos, fue nuevo y maravilloso, y me encantó.

—Echo de menos a mi madre —confiesa, acongojado—. No me di cuenta de ello hasta que llegaste. Creo que eras como un espejo. Te miraba y contemplaba lo fuerte que eres, y me di cuenta de que yo no tenía la misma fuerza que tú.

—Eso no es cierto. No te valoras lo suficiente.

—¿Y no es probable que tu me valores demasiado?

No puedo evitar reír.

—No creo que haya sido así desde hace tiempo.

Reed sonríe con cierto remordimiento.

—Sí, ahí me has pillado. —Después su cara recobra seriedad—. Me gustaría hablarte de mi madre. ¿Te parece bien?

Asiento despacio. No sé lo que está pasando entre nosotros ahora mismo, pero sea lo que sea... me siento bien. Algo de este chico siempre me ha hecho sentir bien, incluso cuando no se portaba bien conmigo, incluso cuando juré no volver a enamorarme de él.

—Vale, me ducho y, luego, hablamos. No vayas a ninguna parte —murmura al alejarse—. ¿Me lo prometes?

—Te lo prometo.

Se dirige al baño adjunto. Val o yo habríamos tardado veinte minutos en ducharnos, pero Reed acaba literalmente en dos. Todavía está empapado cuando sale con una toalla en la cintura y otra en la mano que usa para secarse el pelo corto.

El agua se desliza por su cuerpo y traza un interesante recorrido a lo largo de su pecho y sus abdominales, hasta detenerse en el tejido que le cubre la cintura. La toalla parece estar bien sujeta, pero estoy bastante segura de que se le caería con un ligero tirón.

—¿En tu habitación o en la mía?

Alzo la cabeza. Él sonríe, pero no dice nada. Chico listo.

—En la mía —respondo.

Reed extiende la mano y dice:

—Tú primero.

Capítulo 24

Cuando llegamos arriba, Reed se mete en su habitación para cambiarse y yo me hago con un par de refrescos de mi mininevera y lo espero. Al regresar le doy una Coca-Cola, él se sienta a mi lado en la cama y se gira para quedarnos cara a cara.

—Sabes que mi padre engañó a mi madre, ¿verdad?

Yo me muestro dubitativa. Según Callum, nunca tocó a otra mujer mientras estuvo casado con Maria, pero, por alguna razón, sus hijos se resisten a creerlo.

Reed percibe la duda en mi rostro.

—Es cierto. Le era infiel mientras viajaba por todo el mundo con el tío Steve, el cual, por cierto, le puso los cuernos a Dinah desde el primer día.

Me trago una bola de infelicidad. Odio oír cosas así de mi padre, y es raro porque ni siquiera lo conocí.

—Aunque a Dinah no le importaba. Se casó con el tío Steve por su dinero, todos lo sabíamos. Además, ella también le era infiel. Pero mamá era diferente. A ella le importaba.

—¿Tenía pruebas de que Callum la engañara? —pregunto con vacilación.

—Él estaba fuera todo el tiempo, siempre con Steve, un tío al que le costaba no sacársela cada dos por tres.

Yo me encojo.

—Eso no son pruebas, Reed. Es una sospecha. ¿Por qué estás tan seguro de que es culpable?

—Porque lo es —persiste Reed. Quiero rebatirlo un poco más, pero no me da la oportunidad—. Mamá estaba deprimida y tomaba muchas pastillas.

—He oído que hubo una confusión con sus recetas. Su médico fue a la cárcel o algo así, ¿no?

—No hubo ninguna confusión —responde con amargura—. Tomaba pastillas para tratar la depresión y el insomnio, pero empezó a automedicarse y a tomar más pastillas de las que debía. También bebía... —Le tiembla la voz—. Poco a poco, empeoró, pero papá nunca estaba en casa, así que nos tocó cuidarla a nosotros.

—Es un asco no poder hacer nada por alguien —murmuro, y pienso en cómo tuve que cuidar de mi madre cuando estaba enferma.

Sus ojos brillan al darse cuenta de que sé exactamente lo que se siente cuando ves a alguien que quieres sufrir una enfermedad y sabes que no puedes hacer una mierda para ayudar a esa persona.

—Sí. Es lo peor del mundo.

—¿Cómo sabes que no fue un accidente? —pregunto.

Él toma aire despacio.

—Nos dijo a Gid y a mí que nos quería, pero que no podía más. Que lo sentía mucho. —Hace una mueca dolorosa—. Pero esas palabras no significan nada, ¿no?

Cierra los ojos, repugnado, como si recordase cuántas veces me ha dicho eso mismo a mí desde que regresé a Bayview.

El adiós de Maria hizo más mal que bien. Si hubiese muerto sin profesar su amor y su arrepentimiento, quizá Gideon y Reed habrían podido convencerse a sí mismos de que su muerte fue un accidente. En lugar de eso, cargan con la culpa de no haber hecho lo bastante para mantenerla con vida.

Me doy cuenta de que Maria fue tan mala como Callum. Igual de egoísta. Igual de necesitada. No debería sorprenderme que sus hijos tengan sus mismos defectos.

—Lo odié por lo que le hizo. Todos lo hicimos. Y seis meses después de que falleciese, empezó a traer a Brooke a casa. Quise matarlo. Era como si escupiese en la tumba de mamá.

Suelto aire temblorosa y me pregunto cómo pudo ser Callum tan estúpido. ¿No podía haber esperado un poco más antes de exhibir a su novia delante de sus hijos?

—Estuvieron juntos un año y entonces Brooke empezó a tontear conmigo —admite Reed—. La cagué. Sé que la cagué. Lo irónico es que lo hacía para devolvérsela a mi padre, pero nunca tuve agallas de decírselo.

—¿Por qué no dijiste nada aquella noche? —espeto—. ¿Por qué me dejaste pensar lo peor?

Levanta la cabeza y me mira a los ojos.

—Estaba avergonzado. Sabía que tenía que confesarte lo de Brooke y tenía miedo de que me odiases por ello. Después me contó que estaba embarazada. Sabía que no podía ser mío, pero... me quedé paralizado. No podía moverme. Literalmente. Lo intenté, pero no podía. Y después me enfadé, conmigo mismo, con ella y contigo.

Me tenso.

—¿Conmigo?

—Sí, por ser todo lo que deseé que fueras. —Su voz se vuelve ronca—. Mira, la gente conoce a los Royal por su dinero, su físico y ya está. Nos rendimos ante el primer signo de presión. El negocio de papá está a punto de quebrar, empieza a ser infiel. Mamá empieza a automedicarse y después... muere. Yo... —Traga saliva—. Yo estaba enfadado con mi padre, así que me acosté con su novia.

Aprieto la mandíbula con fuerza y los dientes me rechinan, pero no digo nada.

—En cuanto oí el portazo fue como si me hubiesen liberado de la cárcel. Corrí detrás de ti. Estuve toda la noche buscándote.

Pero yo ya me había ido, me senté en un autobús y estaba decidida a alejarme todo lo que pudiese de Bayview.

—Lo siento. —Me toma la mano y entrelaza sus dedos con los míos—. Siento haberte hecho daño. Siento no haberte contado la verdad antes.

Suelto aire, temblorosa.

—¿Reed?

—¿Sí?

—Te perdono.

Su respiración se entrecorta.

—¿Sí?

Asiento con la cabeza, y la mano de Reed tiembla cuando me levanta el mentón.

—Gracias.

Me acaricia el pómulo con el pulgar, dibujando un arco en mi piel, y me enjuga una lágrima. No me había dado cuenta de que estaba llorando.

La emoción que me sube por la garganta me dificulta hablar:

—Quiero olvidar...

Él me besa antes de que termine la frase. Unos labios cálidos se posan contra los míos y yo abrazo sus fuertes hombros y lo acerco a mí. Su respiración me hace cosquillas en los labios.

—He echado de menos esto. Te he echado de menos.

A continuación, me vuelve a besar. Por todas partes. Me roza las mejillas, la garganta y los párpados cerrados con los labios. Explora mi cuerpo con dulzura y calma, y yo lo disfruto. Uno de sus muslos se cuela entre mis piernas y presiona mi zona más sensible.

—Reed —susurro, pero no sé lo que quiero.

Él sí.

—Esta noche no.

Aprieto los muslos alrededor de su pierna. Su cuerpo vibra contra el mío y él deja escapar un gemido. Después se mueve, se echa a mi lado y coloca mi cabeza sobre su pecho.

Estar de nuevo en sus brazos es genial. También había echado de menos eso. Pero tengo miedo de que este momento de felicidad no dure, porque todavía hay demasiados obstáculos en nuestras vidas.

—¿Reed?

—¿Mmm?

—¿Qué vamos a hacer con lo de Brooke?

—No lo sé.

—¿Y si le doy mi herencia?

Su respiración se detiene.

—Papá nunca te permitiría hacer eso.

—Lo sé. —Me desplomo sobre la cama—. He intentado dársela a él. Brooke me dijo que Callum esperaba que Steve os dejara algo.

Reed me mira.

—Por favor, dime que se ha negado.

—Se negó.

—Bien. No necesitamos ese dinero. Es tuyo. Nosotros tenemos más que suficiente.

—Brooke dice que nunca se tiene suficiente.

—Brooke es una zorra que se apropia del dinero de los demás.

La frustración crece en mi interior.

—¿Por qué ha vuelto con ella? ¿Solo porque está embarazada? Vivimos en el siglo veintiuno. Incluso Callum sabe que no tiene que casarse con ella solo porque la haya dejado preñada.

Reed se tensa, y levanto la cabeza de inmediato.

—¿Qué has hecho? —pregunto.

—Hice un trato con ella —admite—. Ella mantendría la boca cerrada sobre lo de que es bebé el mío, lo cual es mentira, y a cambio yo hablaría con mi padre.

—Dios mío. Era una idea terrible.

—Lo sé. Soy un idiota, pero estaba desesperado. Habría accedido a cualquier cosa a esas alturas.

—Obviamente —respondo en un tono sombrío.

Ambos nos quedamos callados durante un segundo.

—Necesitamos encontrar una forma de deshacernos de ella. —dice en voz baja y de forma inquietante—. No puedo vivir con esa mujer aquí. No quiero que esté cerca de ti.

Yo me muerdo el labio porque me preocupa lo que le pueda pasar a Reed si se descubre la verdad. Callum ya piensa que es demasiado permisivo con los chicos. Si descubre lo de Reed y Brooke, será otra señal de que necesita tomar las riendas con más fuerza. No sé si estoy en desacuerdo con la manera de pensar de Callum. Los chicos Royal podrían mejorar con un poco de disciplina en sus vidas. El problema es que no sé qué camino tomaría Callum. ¿Los mandaría a una escuela militar?

No me imagino vivir en este museo gigante sin los chicos. Supongo que yo también soy un poco egoísta.

—No hagas nada de lo que puedas arrepentirte —le aviso.

Me estrecha con más fuerza.

—No voy a prometer nada que no pueda cumplir. Sabes que haría cualquier cosa por ti. Por nosotros.

Me acerco más a Reed. Acabo de recuperarlo y no quiero discutir. Al menos, no esta noche. Entrelazo los dedos con los suyos.

—¿Estás seguro de que a todos les parece bien que me quede con la mitad de la empresa de Steve?

—Sí, ¿por qué?

—Porque no le caigo bien a Gideon.

—Nena, es todo lo contrario. Gid piensa que no soy lo bastante bueno para ti.

¿Eso es lo que le pasa a Gideon? Nunca ha sido malo conmigo, pero siempre se ha mantenido distante.

—¿Por qué piensa eso? —pregunto, incómoda.

—Su vida no es perfecta ahora mismo. Tiene... problemas.

¿Problemas? ¿Tirarse a la viuda de mi padre es uno de ellos? Me pregunto si Reed lo sabe.

—¿Qué problemas?

—No está pasando por un buen momento.

Sí, esto no me gusta. Soplo para quitarme un mechón de pelo de la cara.

Creo que necesitamos dejar de tener secretos entre nosotros. Reed alza la mano libre.

—Te juro que, si pudiera contártelo, lo haría. Pero son los problemas de Gideon, no los míos.

Me reincorporo y me siento junto a él.

—Se acabaron los secretos —digo, esta vez con más firmeza—. ¿Quieres que empiece? Vale, empezaré yo.

—Empezar con qué...

—Easton y yo pillamos a Gideon y Dinah juntos —lo interrumpo.

Él también se reincorpora.

—¿Lo dices en serio? ¿Y me lo cuentas ahora?

Observo su expresión.

—No pareces sorprendido. —Mi tono se vuelve más serio—. ¿Por qué no te sorprende, Reed? ¿Lo sabías?

Él vacila.

—¡Lo sabías!

Reed se encoge de hombros.

Me aparto el pelo de los ojos enfadada.

—¿Por qué está con Dinah? —inquiero—. ¿Y por qué le importa si estamos juntos? La noche que te pillé con Brooke, Gideon me pidió que nos viésemos, ¿te lo contó? Por eso fui a tu habitación aquella noche, para contártelo.

—No, no me lo contó —responde Reed, con el ceño fruncido—. ¿Qué te dijo?

—Que me alejase de ti. Que me harías daño y que demasiada gente había salido herida. ¿Qué quería decir con eso?

Él vuelve a encogerse de hombros.

—Reed, te juro que si no me dices lo que pasa no volveremos a estar juntos. No puedo soportar más mentiras. Lo digo en serio.

Él exhala y, luego, contesta:

—Justo después de que mamá falleciese, Gideon y yo fuimos a una gala benéfica a la que papá se suponía que tenía que asistir, pero se rajó. Estaba demasiado ocupado haciendo algo con Steve. Nos emborrachamos.

Gruño molesta.

—¿Qué tiene que ver aquello con todo esto?

—Querías saber lo que le pasa a Gid. Pues te lo estoy contando. —Reed refunfuña—. Dinah fue a esa gala benéfica.

—Oh.

Me muerdo el labio. Dios, quizá, después de todo, no quiera saber los detalles.

—Sí. Había estado tonteando con Gid durante algún tiempo, lo pilló al salir del baño y ellos... eh, se liaron un rato.

—Reed, ¿sacaste de ahí la idea de «voy a tirarme a la novia de mi padre»?

Su expresión de culpabilidad lo delata.

—Quizá —suspira—. Bueno, después de eso no dejó a Gid en paz. Lo acorralaba constantemente y soltaba comentarios sórdidos como que le gustaban las cosas frescas, jóvenes y maduras.

No puedo evitar poner cara de asco.

—Es muy desagradable.

—Y que lo digas. Quería más. Como si estuviese obsesionada con él. De hecho, lo está. Después de esa fiesta, intentó seducirlo de forma descarada. Me contó cosas horribles que no querrías saber. Pero él se enamoró de Savannah y no quiso tener nada que ver con la cazafortunas de Steve. Así que una noche Dinah le pidió a Gid que fuese a su casa. Le dijo que tenía que enseñarle algo; mi padre y Steve estaban fuera de la ciudad, como siempre. Gid fue al ático. —Reed se detiene—. Cuando volvió, me dijo que se había acostado con Dinah.

—Puaj. ¿Por qué?

—Porque ella lo chantajeó —responde Reed sin emoción.

—¿Lo dices en serio? ¿Con qué?

—Fotos. Consiguió el teléfono de Gid, supongo que se lo dejó en la cocina o algo cuando Dinah vino algún día a casa. Husmeó entre sus cosas y encontró fotos que Gid y Sav se habían enviado.

—¿Subidas de tono?

—Sí.

—¿Y qué? —Sigo confusa—. La gente se manda fotos como esas todo el tiempo.

—Las autoridades están tomando medidas contra eso. Hubo dos chicos de Raleigh acusados de siete delitos de pornografía infantil cuando los padres de la chica descubrieron que se habían estado mandando mensajes subidos de tono. A la chica le retiraron la beca de la Universidad de Carolina del Norte. Si solo hubiera estado en juego el cuello de Gid, lo más probable es que la hubiera mandado a la mierda, pero Dinah juró que involucraría a Sav y que incluso enseñaría las fotos al colegio entero.

Ahora me siento incluso peor.

—¿Entonces Dinah lo chantajeó para que se acostara con ella?

—Así es. Hace más de un año. Él rompió con Sav, y eso la destrozó.

Pienso en Savannah, una chica fuerte e irritable. Sus sonrisas son finas y sus palabras, hirientes. Si quería a Gideon de verdad, entonces el dolor que ha sufrido ha debido de ser terrible.

—Es horrible.

Reed hace una mueca.

—Me va a matar por habértelo contado.

—Me alegro de que lo hayas hecho —respondo con dureza—. Porque ahora podemos trazar un plan.

—¿Un plan para qué?

—Para salvar a Gideon de Dinah. No podemos dejar que le haga esto. De lo contrario, perderá la cabeza.

—A veces siento como si esto fuese un plan ideado por Dinah y Brooke. Como si nos hubiesen separado y hubiesen decidido destruirnos, uno a uno. También a Steve. —Reed niega con la cabeza—. Parece una locura cuando lo digo en voz alta.

—¿Crees en serio que Brooke y Dinah han planeado esto?

—Son amigas. Creo que papá se tiraba a Brooke antes de que mamá muriese, pero no sé nada sobre ellas. Steve se presentó con Dinah un día y ella llevaba un anillo en el dedo. Aunque casarse con ella no le impidió acostarse con otras mujeres.

—¿Qué más sabemos sobre Dinah? ¿Y dónde crees que tiene las pruebas contra Gid? ¿Crees que se las ha enseñado a alguien?

—Lo dudo, porque a Gid lo habrían arrestado hace tiempo.

—Si podemos conseguir esas fotos, Dinah no tendrá nada para chantajear a Gideon. —Pienso en ello—. ¿Cómo las encontramos? ¿Sería tan tonta como para tenerlas en el ático? ¿Lo bastante inteligente como para hacer copias?

—No lo sé. Pero puede que tengas razón. Si encontramos todo lo que tiene para chantajearle y nos deshacemos de ello, podríamos olvidarnos de este tema para siempre.

—¿Y qué pasa con Brooke?

—Brooke... —repite con asco—. Necesitamos una prueba de paternidad. No entiendo por qué papá no se las hace.

—Yo tampoco.

Me muerdo el dedo hasta que Reed me lo saca de la boca.

—Vas a comértelo si sigues pensando en ello. ¿Podemos dejar de hablar de Brooke y Dinah? Por lo menos durante un rato.

—¿Por qué?

Su mirada se vuelve *sexy*.

—Porque ahora mismo tenemos mejores formas de pasar el tiempo.

—¿Haciendo qué...?

Antes de que termine, me da la vuelta y posa sus labios sobre mi cuello.

—Esto, por ejemplo —susurra.

Yo jadeo.

—Oh... vale.

Sus dedos encuentran un trozo de piel desnuda sobre mi cintura. Aunque una chica con más voluntad habría podido contener un escalofrío, yo nunca he sido capaz de resistirme a Reed. Y, ahora, me parece inútil intentarlo. Sobre todo cuando me gusta tanto que me toque.

Reed entierra la nariz en mi cuello y continúa su recorrido por mi cintura como si fuese feliz solo con hacer eso. Y, durante un rato, es lo único que necesito yo también. Dejo que el silencio nos invada y disfruto de sus simples caricias. En este momento de paz me doy cuenta de que es la primera vez en mucho tiempo que he estado tan tranquila con una persona.

—¿Me perdonas de verdad? —pregunta.

Yo acaricio su pelo oscuro y brillante. Cuando miro a Reed, su cuerpo ejercitado y sus marcados rasgos, a veces olvido que tiene un corazón tan frágil como el mío. Pero se supone que los tíos no son sensibles, así que esconden sus sentimientos tras una imagen seria y grosera o un comportamiento idiota.

—De verdad.

—¿Aunque me comporte como un gilipollas?

—¿Has acabado de comportarte como un gilipollas conmigo? —Le tiro del pelo un poco más fuerte de lo necesario.

Él agacha la cabeza como si dijese «me lo merecía».

—Hace tiempo. Justo después de nuestro primer beso. Ni siquiera he mirado a otra chica desde que te conocí, Ella.

—Bien. Y si me tratas como la diosa que soy y no me engañas, entonces sí, no me importa.

—Soy complicado.

Lo que significa que quiere con fuerza y teme que le vuelva a dejar plantado como ya he hecho, como hizo su madre.

—Sí... pero eres mi chico complicado —susurro.

Su risa se amortigua cuando su boca se pasea por mi clavícula y me besa con suavidad el pecho. El delicado encaje de mi sujetador parece al instante rugoso y áspero. Me muevo, impaciente. Él se desliza hacia abajo y su pecho presiona la suavidad de mi abdomen. Entonces, se apoya en mi entrepierna excitada.

Le agarro del pelo; no estoy segura de si quiero que vuelva a mi boca o que siga el camino hacia abajo. Pero Reed tiene sus propios planes. Levanta el dobladillo de mi camiseta despacio. Yo la agarro y me la quito por la cabeza con impaciencia.

Él sonríe.

—¿Te he dicho ya lo mucho que me gustan tus pijamas?

—Son cómodos —respondo a la defensiva.

—Ajá —murmura, pero la sonrisa de superioridad permanece en su cara cuando echa las manos hacia atrás y se quita su camiseta.

Me olvido de la respuesta mordaz que iba a soltar y coloco una mano sobre su torso.

Él cierra los ojos y se estremece. Tiene las manos en los costados; las abre y las cierra continuamente. ¿Me está esperando? Me gusta esto, que se controle hasta que le diga que siga.

—Tócame —exclamo en voz baja.

Sus ojos se abren de par en par y el calor que emiten me hace jadear. Me echa hacia atrás y ataca mis pantalones de yoga como si le hubiesen ofendido personalmente. Yo levanto las caderas y me los quito porque no quiero que haya nada entre nosotros dos. Quiero sentir su cuerpo pegado al mío.

Entonces, me desabrocha el sujetador. Después su boca me cubre y mi cuerpo entero empieza a temblar. Cuando me besa un pezón, dejo escapar un sonido desesperado y ahogado, y le clavo los dedos en los hombros.

Estaba equivocada. El contacto con su piel no me alivia. Hace que me sienta más salvaje, más excitada y más descontrolada que nunca. Y cuanto más baja, más me excito.

—Reed —gimo y echo la cabeza hacia atrás.

—Chsss —responde—. Déjame.

¿Que le deje qué? ¿Bajar hasta que me abra las piernas con los hombros como nunca había imaginado? ¿Hasta que pose la boca justo *ahí* y su lengua me haga sentir que estoy en el paraíso? ¿Dejar que me toque de forma que una vez creí que me haría sentir incómoda?

Él gime perdido en su propio placer y yo dejo que me convierta en un cuerpo incapaz de pensar. Arqueo la espalda, retuerzo los dedos y agarro las sábanas cuando un torrente de puro éxtasis me invade.

Al cabo de un rato, se levanta y me deja jadeando y temblando. Se echa a mi lado y me doy cuenta de su excitación a través de los calzoncillos.

Reed sonríe cuando me pilla.

—Ignóralo. Se me pasará en un rato.

Me acerco a él.

—¿Por qué querría ignorarlo?

Se tensa cuando poso una mano sobre él.

—Quería que esta noche fuese para ti —protesta, pero sus ojos arden de deseo cuando introduzco la mano en sus bóxers.

—Bueno, yo quiero que sea para los dos —susurro.

Me encanta sentirlo en mi mano y, por su respiración agitada y sus ojos entrecerrados, creo que disfruta de cada segundo.

—Ella… —Empuja las caderas—. Joder. Más rápido.

Observar su cara es lo más excitante. Tiene las mejillas sonrosadas y los ojos perdidos. Cuando lo beso, su lengua se entrelaza con la mía hasta que ambos nos quedamos sin aliento.

La excitación que sentía en la entrepierna vuelve a aparecer y Reed parece notarlo, porque sus dedos me encuentran. Tratamos de volvernos locos el uno al otro. Y funciona. Me agarro a él con fuerza porque, si voy a perderme, quiero llevarlo conmigo. Su boca se posa en la mía y nos movemos en perfecta sincronía hasta que me dejo llevar y me ahogo en un mar de felicidad.

Capítulo 25

—¿Has visto a Reed? —pregunta Callum a alguien en el pasillo. Al oír su voz tan cerca de mi puerta, me levanto de inmediato. Un brazo fuerte me detiene y me devuelve al colchón.

—Lo más seguro es que haya ido al entrenamiento de fútbol —responde Easton.

—Vaya, es temprano. ¿No deberías estar tú también allí?

—Esa es mi intención, pero alguien me está interrogando sobre el paradero de mi hermano —replica Easton con mordacidad.

Callum gruñe, se ríe o bufa. No soy capaz de distinguir qué hace exactamente. Sacudo los hombros de Reed hasta que abre los ojos.

—Es tu padre —susurro.

Él cierra los ojos a modo de respuesta y frota la mejilla contra mi mano.

Callum vuelve a hablar.

—Me han llamado de Franklin Auto Body y me han dicho que Reed ha llevado un coche, pero veo su todoterreno ahí fuera. El coche de Ella no está. No habrá vuelto a escaparse, ¿no?

Detecto un leve tono de cansancio en su voz. Me pregunto si le hice sentir mal al hablarle sobre la herencia. Quizá piensa que él me ha hecho sentir mal a mí, y por eso le preocupa que me haya escapado.

—No, hubo un pequeño incidente con el coche de Ella. Algo relacionado con miel, pero estaba demasiado avergonzada como para contártelo. Reed lo ha llevado a que lo limpien.

—¿Algo relacionado con miel?

—Sí, no te preocupes, papá —exclama Easton, y después sus pisadas se extinguen por el pasillo.

Echo un vistazo al reloj y calculo que es hora de moverme si quiero llegar a tiempo a la pastelería. Lucy me ha dado una segunda oportunidad y no pienso volver a cagarla. Paso por debajo del brazo posesivo de Reed y me doy cuenta de que estoy en ropa interior.

Andar casi desnuda delante de Reed me da mucha más vergüenza que quitarme la ropa frente a un montón de extraños. Encuentro su camiseta en el extremo de la cama y me la pongo con rapidez.

Reed se coloca boca arriba y lleva una mano debajo de la cabeza. Me observa con interés mientras camino por la habitación y me preparo.

—No hace falta que te tapes por mí —dice despacio.

—No me he tapado por ti. Lo he hecho por mí misma.

Ríe, y el sonido es ronco, leve y *sexy.*

—Todavía eres virgen, señorita inocente.

—No me siento muy inocente —replico.

—Tampoco lo pareces.

Me posiciono frente al gran espejo que cuelga sobre mi escritorio. Estoy completamente despeinada. Como si una familia de animales salvajes se hubiese instalado en mi cabellera.

—¡Dios mío! ¿Así es como se le queda a la gente el pelo después de acostarse con alguien?

Aunque, ¿se considera sexo cuando no llegas hasta el final?

A mis espaldas, Reed se levanta. Está demasiado guapo para ser tan pronto. Me aparta un poco de pelo y me besa el cuello.

—Estás preciosa y muy *sexy,* y si me quedo aquí un poco más, perderás la virginidad al igual que has perdido las bragas que llevabas ayer.

Acto seguido, me da una palmadita en el culo y sale de mi habitación vestido solo con sus calzoncillos. Doy gracias a Dios por no oír a Callum gritar horrorizado.

Cuando Reed se marcha, me humedezco el pelo en el lavabo, me pongo unos vaqueros, unas zapatillas de deporte y una camiseta de encaje negro bastante atrevida que me ponía a menudo cuando trabajaba en la estación de servicio en la que estaba antes de que Callum me encontrara.

Reed pasa por delante de mi habitación cuando salgo. Se detiene, me recorre el cuerpo con la mirada y levanta un dedo.

—Quédate aquí.

No lo hago, porque como ya le he dicho un millón de veces, no soy un perro.

Lo sigo a su habitación y lo encuentro rebuscando en el armario.

—¿Qué haces?

—Buscar un uniforme.

Pongo los ojos en blanco.

—No hay que ponérselo los viernes.

El viernes es el único día que nos permiten no llevar el uniforme al colegio, aunque el director Beringer parece preferir que nos vistamos con algo que anime al equipo de fútbol los días que hay partido.

—Eso no quiere decir que puedas vestirte así y provocar el caos en el colegio.

Reed aparece con una camisa de cuadros azules y blancos.

—No puedo esperar que te vistas con mi jersey, ¿verdad?

Hago una mueca. No estoy preparada para declarar al mundo entero que he vuelto con Reed Royal. Ya tengo bastante mierda con la que lidiar en el colegio, y no estoy segura de cuánto complicará esto las cosas.

Reed suspira, pero no discute.

Dejo que me ayude a meter los brazos en la camisa y le acerco a la cara el brazo para que vea que me queda grande.

—¿Cómo se supone que tengo que llevar esto?

Él hace un gesto circular con el dedo índice.

—Enróllate las mangas. ¿No se supone que llevar ropa ancha está de moda? No pasa nada si le robas la ropa a tu novio.

Al oír la palabra «novio» siento que mi temperatura corporal aumenta unos cinco grados, pero no puedo dejar que Reed sepa el efecto que tiene sobre mí o lo usará en mi contra todo el tiempo.

—Están de moda los vaqueros anchos, pero vale. Solo por esta vez —gruño al tiempo que me enrollo las mangas para poder llevar la camisa en la pastelería sin manchar los puños de harina.

Cogemos algo para picar de la cocina antes de salir.

—¿Qué quieres hacer este fin de semana? —pregunta Reed cuando nos ponemos de camino a la pastelería.

—No quiero ir a ninguna fiesta que organice alguien del Astor. —Arrugo la nariz—. Deberíamos hacer algo con Val porque Tam es un gilipollas y no quiero que esté sola.

—Hay una granja que tiene un gran laberinto de maíz y un concurso de tiro de calabaza a la que podríamos ir.

—¿Podríamos? ¿Te refieres a ti y a tus hermanos? —pregunto, esperanzada.

—Claro, todos nosotros. Descargaremos nuestra testosterona con las calabazas y, luego, tú y yo podemos ir a liarnos en los maizales.

—Pareces muy seguro de ti mismo.

Sonríe de forma burlona.

—Esta mañana tenía arañazos en la espalda.

—¡No es cierto! —exclamo y, después, tomo aire—. ¿En serio? —pregunto en voz baja y me miro las uñas.

Reed no deja de sonreír, pero es inteligente y cambia de tema.

—¿Cómo está Val?

Escondo las manos bajo los muslos.

—No está bien. Echa de menos a su ex.

Ojalá se diera cuenta de que está mejor sin el infiel de Tam, pero no soy de las que aconseja sobre relaciones. En la habitación trasera de los clubs nocturnos se arruina más de una amistad cuando una mujer intenta mencionar las obvias imperfecciones del novio de una amiga.

De repente, me asalta un pensamiento. Reed tiene un año más que yo. El año que viene seguiré en el Astor Park y él se irá. Una vez dijo que quería poner un océano de por medio entre él y Bayview. Ahora sé por qué, pero pensar en que se marchará es algo devastador.

—¿Voy a tener que preocuparme por ti cuando te marches a la universidad? —pregunto nerviosa.

—No. —Apoya una mano sobre mi rodilla y me aprieta—. El chico de Val quiere intentar un montón de cosas, pero yo ya… —Se detiene para buscar las palabras correctas—. No quiero que lo que voy a decir sobre tu padre suene mal, pero Steve tuvo a todas las mujeres del mundo y ninguna lo hizo feliz. No necesito acostarme con muchas mujeres para saber lo que quiero.

Ay, sus palabras… sus palabras son como rayos de sol que atraviesan los poros de mi piel con dulzura. Al instante, rezo para no haber cometido un error al aceptar darle otra oportunidad. No creo que pudiera sobrevivir si volviera a romperme el corazón.

Reed se detiene en la puerta de la pastelería y se inclina para colocar una mano sobre mi nuca. Antes de poder protestar me besa con fuerza y posesividad.

—Te veo en el aparcamiento —gruñe contra mi boca.

No espera que responda y se marcha con velocidad a entrenar. Me doy una colleja mental por disfrutar de su actitud cavernícola, pero no puedo dejar de sonreír al entrar en la pastelería.

La mañana pasa volando. Pensé que me deprimiría, que echaría de menos la compañía de Reed y que se me haría eterna, pero, en lugar de eso, me siento llena de energía. Quizá tenga algo que ver con el hecho de que casi me he acostado con Reed. Me pregunto cómo me sentiré después de llegar hasta el final. ¿Como una superheroína? ¿Cómo si fuese capaz de saltar sobre altos edificios y levantar con un dedo aviones que caen del cielo?

Ni siquiera me importa encontrar un par de bragas usadas en mi taquilla. Es decir, voy a tener que empezar a llevar guantes de goma a todos lados, pero ni siquiera quienes me atormentan en el Astor Park pueden hacer que me venga abajo.

—¿Te acostaste con alguien anoche? —pregunta Val cuando dejamos las bandejas del almuerzo sobre la mesa.

¿Tengo alguna señal en la frente?

—¿Por qué lo dices?

—Tienes una expresión enfermiza de felicidad que la gente suele mostrar cuando se acuesta con alguien.

—No, no me he acostado con nadie —le prometo.

—Pero has hecho algo. —Me inspecciona con cuidado, como si hubiese algún rastro que ponga de manifiesto que Reed me ha tocado—. ¿Con él? —Señala con la cabeza hacia la caja, donde Reed está pagando su almuerzo. Mi expresión debe de haberlo confirmado porque gime y dice—: Entonces es cierto. Has vuelto con él. ¿Por qué?

Me irrito.

—¿Qué? ¿Ahora vas a dejar de ser mi amiga? —inquiero con ironía.

Su expresión se suaviza al instante.

—¡No! Claro que no. Pero no lo entiendo. Dijiste que no podías perdonarlo.

—Supongo que estaba equivocada —suspiro—. Lo quiero, Val. Quizá eso me convierta en la tía más estúpida del planeta, pero quiero que las cosas con él funcionen de verdad. Yo... lo echo de menos.

Ella deja escapar un sonido de frustración.

—Yo también echo de menos a Tam. Mira las tonterías que hice la otra noche. ¿Y para qué? No podemos volver con estos gilipollas. De lo contrario, no seremos capaces de mirarnos a la cara.

—Lo sé, y créeme, si estuviese en tu lugar, yo también pondría los ojos en blanco.

Me muerdo la comisura del labio. No puedo revelar los problemas de Reed porque son privados, pero quiero que Val me entienda. El único motivo por el que me presiona es porque le importo, y se lo agradezco.

—¿Y entonces por qué? ¿Se le da bien arrastrarse y pedir perdón?

¿Por qué he perdonado a Reed? No fue porque su vida ha sido triste y me haya hecho sentir bien, porque esas no son razones para estar con alguien que trata a una chica como Reed me trata a mí.

Mi conexión con él es... complicada. Ni siquiera yo la entiendo a veces. Solo sé que lo comprendo profundamente, que su pérdida me recuerda a la mía. Que su felicidad está ligada a la mía. Que su esfuerzo por encontrarle el sentido a este loco mundo me resulta extrañamente familiar.

Intento explicárselo a Val con cuidado.

—He vuelto con él porque no sé si hay alguien a quien entienda mejor o que me comprenda a ese mismo nivel. No lo sabías, pero un par de semanas después de que llegase me dio un ataque y empecé a pegar a Reed en el coche.

Val frunce los labios.

—¿En serio?

Me alegra verla sonreír. La amistad de Val es tan importante para mí como lo que está ocurriendo ahora mismo en mi vida.

—De verdad. Me apartó con una mano mientras me llevaba a casa. E incluso cuando me decía que me odiaba, me llevaba al instituto todos los días. No sé cómo explicarlo, pero siento que somos iguales. Algunos días estoy con las hormonas revolucionadas y sensible, y, otros, él es un gilipollas, pero estamos hechos del mismo material. Somos igual de inestables.

—¿Has intentado salir con otro tío?

—No. Pero creo que si lo hiciera, no funcionaría. Él no sería... Reed.

Ella suspira, aunque es un sonido cargado de aceptación.

—No voy a fingir que lo entiendo, pero después de la otra noche, decidí que voy a pasar página.

—Puede que sea mejor esperar hasta que desaparezcan los moratones. ¿Qué dijiste a tu familia?

—Les dije que me choqué contra una puerta. Es cierto en parte, excepto que la puerta era la cara de una tía.

—¿Iremos al partido esta noche?

Picotea algo de comida de su bol vegetal de quinoa.

—No sé. Creo que voy a pasar de los chicos del Astor.

—¿Qué me dices del tío bueno sentado al lado de Easton?

Echa un vistazo detrás de mí.

—¿Liam Hunter?

—Parece... intenso.

—Lo es. Y lo más seguro es que esté en la cima de mi lista de tíos a los que evitar. Es como Tam. Un chico pobre con un gran peso sobre sus hombros que quiere tener éxito. Me usaría como un pañuelo y después me tiraría. —Le quita el tapón a la botella de agua—. Lo que necesito es un niño rico que no sienta apego por la gente, solo por las cosas. Si no se encariñan conmigo, yo no me encariñaré con ellos.

Empiezo a contestar que no funciona así, que puedes enamorarte de gente a la que no soportas. El ejemplo somos Reed y yo. Me enamoré de él cuando me intentaba alejar y me trataba fatal. Seguí queriéndolo a pesar de descubrir cosas horribles. Pero Val no me escucha. Todavía está cegada por su dolor, y solo oye su voz.

—Si necesitas usar a un niño rico, yo soy el indicado.

Ambas nos damos la vuelta y vemos a Wade pasar junto a nuestra mesa.

Val lo analiza con frialdad. Noto que le gusta lo que ve, pero no me sorprende. Wade está bueno.

—Si te usase, tendrías que abstenerte de otras tías.

—¿A qué te refieres? —inquiere él, confundido. La fidelidad es un concepto extraño para él.

—Quiere decir que mientras os uséis el uno al otro, no podrías salir de esa relación de follamigos —explico.

Él frunce el ceño.

—Pero...

Val lo interrumpe.

—Olvídalo, Wade. Te haría cosas que te volverían loco, y después no serías capaz de volver a disfrutar porque me compararías con el resto de chicas. Y ellas nunca estarán a mi nivel.

Él abre la boca, y yo sonrío porque es la primera vez que veo que alguien tiene ese efecto sobre Wade.

—Sabe cosas —afirmo, aunque no sé de qué hablo.

—Sabes cosas —repite él con voz ronca.

Val asiente.

—Así es.

Wade se pone de rodillas al instante.

—Oh, querida dama. Por favor, permitidme que introduzca mi miembro en su cueva del placer y la lleve a los cielos que solo los inmortales conocen.

Val se levanta y coge su bandeja.

—Si esa es tu forma de decir guarradas, tienes mucho que aprender. Ven conmigo.

Ella se marcha.

Wade se gira hacia mí y repite sin voz «decir guarradas», emocionado como un niño.

Yo me encojo de hombros, le digo adiós con la mano y él corre tras Val. Literalmente.

—¿Se puede saber de qué iba eso? —pregunta Reed, y deja su bandeja junto a la mía.

—No. La verdad es que no creo que pudiese explicártelo aunque me lo pidieras.

Capítulo 26

En el partido de fútbol, todos parecen conocer a Callum Royal. O, por lo menos, quieren aparentar que lo conocen. La gente se levanta de su asiento en las gradas y lo saluda. Algunos lo paran en la parte de abajo, antes de encontrar un sitio libre. Estrecha varias manos. Más de uno habla sobre la muerte de su esposa, y eso me parece una falta de respeto. Su mujer falleció hace dos años. ¿Por qué sacan el tema? Pero Callum sonríe y les agradece que se acuerden de él y de su familia. Tardamos media hora en subir por las gradas y encontrar un sitio libre en la zona de los padres.

—¿Estás segura de que no quieres sentarte con tus amigas? —Señala una zona central que está preparada con los colores azul y dorado. Entrecierra los ojos—. Todas las chicas que llevan el jersey del equipo se sientan ahí.

Sacudo los hombros, vestida con el jersey de Reed. A pesar de haber frustrado a Reed, no me lo he puesto para ir a clase. Pensé que si me sentaba con Callum, el jersey parecería una muestra de apoyo familiar en lugar de una muestra de apoyo a Reed. Callum lleva el de Easton y le sienta muy bien. El jersey de Reed me queda enorme.

—No, estoy bien. Tenemos que guardarle sitio a Val —recuerdo.

A excepción de Val, la gente del Astor Park me parece gilipollas. Las bromas en el colegio han disminuido, aunque no del todo. Mi taquilla estaba atascada el otro día y no pude abrirla a tiempo para llegar a clase pronto. Gracias a Dios, el profesor aceptó la excusa. Esta semana, en Educación Física, mi ropa interior desapareció y tuve que ir sin ella durante el resto del día.

Cometí el error de contárselo a Reed y él me arrastró a un aula de Música para «verlo con sus propios ojos». Eso me hizo llegar tarde a Biología. Easton, que va conmigo a clase, adivinó al instante por qué y me picó sin piedad.

—¿Tú jugabas al fútbol americano cuando ibas al colegio, Callum? —pregunto mientras observamos el calentamiento del equipo, concentrado en levantar las piernas de forma extraña.

—Sí, jugaba como ala cerrada.

Sonrío. Los términos de fútbol americano suenan tan mal.

Callum me guiña el ojo como si supiese lo que pienso.

—Y tu padre jugaba en la misma posición que Reed. Era apoyador.

—¿Sabías que mi madre tenía dieciséis años cuando conoció a Steve?

Pensé en la diferencia de edad el otro día y no pude evitar horrorizarme un poco. Callum tiene más de cuarenta y ambos fueron al colegio juntos, así que Steve tendría su misma edad. Mi madre tenía diecisiete años cuando me tuvo. Dieciséis cuando quedó embarazada. Así que supongo que Steve era un casanova incluso entonces. Aunque nada de ello hace que me alegre de su muerte.

—No me había parado a pensar en eso nunca, pero tienes razón. —Callum me mira, incómodo—. Las chicas que se paseaban por los bares de la base... era difícil saber su edad a ciencia cierta.

Pongo los ojos en blanco.

—Callum, cuando tenía quince años bailaba en locales nocturnos. Sé que es difícil. Solo he dicho en voz alta algo que se me ha pasado por la cabeza.

—Steve no se habría aprovechado de una mujer. No era así.

—Nunca he dicho que lo fuese. Mamá nunca hablaba mal del donante de esperma.

Callum hace una mueca.

—Ojalá lo hubieses conocido. Era un buen hombre. —Chasquea con los dedos—. Deberíamos ir a visitar a algunos de nuestros antiguos amigos SEAL. No conoces a un hombre hasta que duermes en un agujero en el desierto con él durante siete días.

—Eso suena verdaderamente horrible. —Arrugo la nariz—. Creo que prefiero ir de compras.

Él ríe.

—Vale. Ah, aquí está Valerie.

Se levanta y saluda a Val para que venga y se siente con nosotros.

Sonríe cuando toma asiento a mi lado.

—Ey, tía, ¿qué tal?

—Bien, pero estás aquí para salvarme de las historietas del ejército de Callum.

Val nos mira de forma inquisitiva, y Callum se explica.

—Le contaba a Ella que debería conocer a los compañeros de su padre en la marina.

—Ah. Yo vi a Steve una vez. ¿Te lo había contado?

—No. ¿Cuándo? —pregunto con curiosidad.

—En el baile de otoño del año pasado. —Se inclina para mirar a Callum—. ¿Te acuerdas? ¿No trajiste a los chicos en helicóptero?

Me quedo boquiabierta.

—¿En serio? ¿En helicóptero?

Callum estalla en carcajadas.

—Lo había olvidado. Sí. Estábamos probando un nuevo prototipo y Steve insistió. Recogimos a los chicos y a las chicas con las que fueron al baile y les dimos una vuelta de una hora por la costa antes de aterrizar en los terrenos del colegio. A Beringer le dio algo. Tuve que hacer una donación para rediseñar el paisajismo. —Esboza una amplia sonrisa—. Valió la pena.

—Vaya. No me extraña que las chicas se pisen unas a otras para salir con los Royal.

—Ella —dice Callum con fingida consternación—. Mis hijos son la viva imagen de la virilidad masculina. Es su forma de ser lo que atrae a las mujeres y no su poder adquisitivo.

—Eso te lo creerás tú.

Alguien inicia una conversación con Callum antes de que pueda responder. Cuando se inclina hacia otro lado, Val me da un pequeño codazo.

—Así que todo el mundo vuelve a estar feliz en el palacio de los Royal, ¿no?

—No sé. ¿Parece que nos llevamos bien?

—Esta es la primera vez desde que Maria falleció que Callum Royal asiste a un partido de sus hijos —comenta ella con cierto énfasis—. No soy la única en darme cuenta. Todos os miran de forma diferente.

—¿En qué sentido?

Escudriño al público, pero no percibo la diferencia.

—La gente se ha dado cuenta de que os lleváis bien. Tú le caes bien, pero no de la forma en que la gente piensa. Os reís y él habla bastante. Es diferente. Callum es una persona importante, y muchos de los adultos que están aquí quieren caerle bien.

—O quieren acceso a su cuenta bancaria.

Val se encoge de hombros.

—Es lo mismo. Quizá te sea útil en el colegio. Si los padres de estos capullos supiesen que no se trata bien a la pupila de Callum Royal, se suspenderían muchas pagas.

—Ya no se meten tanto conmigo —admito—. Lo peor esta semana ha sido la desaparición de mi ropa interior.

—Sí, ya he oído que fue algo trágico para ti. —Val pone los ojos en blanco—. Quizá el ladrón esté más cerca de lo que crees.

Sonrío.

—Reed no necesita robarme la ropa para ponerme las manos encima.

—Qué asco —suelta con cariño.

—Tú eres la mejor persona que ha estado en mi cama —le aseguro—. ¿Qué tal con Hiro?

—No sé. Está bueno y eso, pero no me pone.

—¿Y Wade?

Según Val, se han saltado la cuarta clase de hoy para liarse en el armario de suministros de la escuela, pero no me ha dado más detalles.

—Tiene demasiada práctica. Solo dice tonterías. No sé cómo reaccionaria si una chica le dijese que lo quiere. Puede que esa sea su peor pesadilla. Al igual que la nuestra es que nos entren arañas por la boca. —Un escalofrío me recorre el cuerpo—. La suya sería que sus legiones de chicas se levantasen y le dijeran: «Wade, te quiero. Vayamos en serio». Apuesto a que se despierta por la noche sudando y aterrado.

—Veo que has pensado mucho en ello.

—Es mejor que pensar en Tam.

—Cierto.

El público se levanta a la vez cuando empieza a sonar el himno nacional y se interrumpe nuestra conversación. Callum está a mi lado, rígido. Supongo que algunos hábitos tardan en desaparecer. Val está a mi derecha. Mi chico está en el campo. Llevo el apellido Royal estampado en la parte trasera del jersey que he tomado prestado.

Nunca me he sentido tan aceptada. Es raro e increíble, y no puedo dejar de sonreír. Astor Park da una paliza al equipo visitante y, al terminar el partido, lo único que comenta la gente es que las eliminatorias están a la vuelta de la esquina.

Mientras nos dirigimos a la salida, Callum se detiene a unas dos filas del suelo y se inclina sobre varias personas para dar palmadas sobre los hombros de un pequeño hombre enjuto.

—Mark, ¿cómo estás? —pregunta Callum educadamente.

Se me empiezan a tensar los hombros cuando percibo la frialdad en el tono de Callum.

—¿Puedes bajar un minuto? Tengo que hablar contigo.

No es una petición, sino una orden. Todos lo comprendemos porque todos los que están en la fila se levantan a la vez para hacer sitio a Mark.

—Ese es mi tío —me susurra Val al oído.

Nunca he visto a los padres de Jordan, y Callum no nos presenta. En lugar de eso estira un brazo, casi como si creara una barricada, y obliga a Mark Carrington a bajar delante de nosotros. Mark se detiene al final de la grada, pero ve algo en la cara de Callum que lo hace apresurarse a bajar al suelo.

—¿Qué pasa? —murmuro, intentando no abrir demasiado la boca.

Val me mira perpleja. Callum no me ha dicho que me marche, así que lo sigo, y Val camina detrás de mí.

—Ya estamos lo bastante lejos –exclama Callum cuando estamos a unos seis metros de las gradas.

—¿De qué va esto, Royal?

Callum me agarra de la muñeca sin mirar y me obliga a dar un paso adelante.

—Creo que no has conocido a mi pupila. Ella Harper. Es la hija de Steve.

El señor Carrington empalidece, pero me tiende la mano. Se la estrecho, desconcertada.

—Encantado de conocerte, Ella.

—Igualmente, señor. Soy amiga de Val.

La acerco a mí al igual que Callum me ha puesto a su lado. Val saluda ligeramente con la mano.

—Hola, tío Mark.

—Hola, Val.

—Es bonito, ¿verdad? —pregunta Callum—. Que mi pupila y la tuya sean amigas.

Mark asiente con vacilación.

—Sí, tener amigos es bueno.

—Ella es muy importante para mi familia y me alegra que la comunidad del Astor Park la acepte. Me desagradaría enormemente escuchar que alguien la trata mal de alguna forma. Estoy seguro de que tú no lo consentirías, ¿verdad, Mark?

—Por supuesto que no.

—Tu hija es bastante popular en el Astor, ¿no es así?

El tono de voz de Callum es tan suave que podría estar comentando el tiempo, pero hay algo en sus palabras que hace que Mark empalidezca de nuevo.

—Jordan tiene muchos amigos.

—Bien. Sé que su amistad se extiende a Ella al igual que mi benevolencia hacia tu familia.

Mark se aclara la garganta.

—No me cabe duda de que Ella encaja a la perfección dentro del círculo de mi hija.

—Yo también lo creo, Carrington. Ahora, ya puedes ir con tu familia. —Callum mira a Mark para indicarle que se marche y, luego, se gira hacia nosotras—. ¿Por qué no vas a buscar a los chicos mientras aviso a Durand para que traiga el coche?

—Eh… claro —tartamudeo, pero en cuanto empieza a marcharse tengo la necesidad de descubrir lo que sabe, así que suelto la mano de Val y voy tras él—. Callum, espera.

Él me hace caso.

—¿Sí?

—¿Por qué has hecho eso?

Me mira con impaciencia.

—No soy el primero en enterarme de las cosas. Siempre le dejaba eso a Maria, pero, al final, siempre me entero de todo. Me he enterado de que tu coche no estaba en casa porque alguien lo bañó en miel. Sé que East y Reed pelean los fines de semana y sé que no llevas esto por espíritu de equipo. —Agarra los puños del jersey de Reed, después los suelta y, con una sonrisa torcida, me da la vuelta en dirección al campo—. Busca a los chicos, cielo, te veré en casa. No llegues muy tarde y mantente cerca de tus hermanos. —Entonces, se detiene y suspira—. Bueno, supongo que no son tus hermanos, ¿eh?

Dios, espero que no. Confusa, vuelvo al lado de Val.

—¿Acaba Callum de amenazar a mi tío Mark? —pregunta ella igual de confusa.

—¿Eso creo?

—¿Le has contado lo del coche?

Niego con la cabeza.

—No, estaba demasiado avergonzada. Reed se encargó de llevarlo a limpiar. Me lo han devuelto hoy.

—Está claro que Callum sabe algo.

—Es evidente. ¿Pero crees que su charla con tu tío cambiará las cosas de verdad?

—Claro. El tío Mark podría dejar a Jordan sin dinero. Si pensase que algo que ella haya hecho puede amenazar su negocio, a Jordan le caería una buena encima.

—Mmm. Ya veremos. —No estoy convencida del todo.

Val me aprieta la mano.

—Supongo que ahora te toca perder tu propia ropa interior después de Educación Física.

Le saco la lengua.

—¿Y quién dice que llevo ropa interior ahora mismo?

—Por favor, decidme que os vais a besar —interrumpe Easton. Sonríe cuando lo miramos.

—Si lo hiciésemos, no sería por ti —replico.

—Oh, no me importa. Solo quiero verlo. A poder ser, cuando estemos en un sitio un poco más privado, con mucha más luz y mucha menos ropa.

—Tienes que tener más de dieciocho años para presenciar el espectáculo —se burla Val.

—Entonces ya sé lo que quiero para mi cumpleaños. Es en abril. Empezad a planear. Me gustan los disfraces de chica del servicio *sexy*.

—Halloween ya ha pasado, hermano —dice Reed cuando llega a nuestro lado. Se inclina y me da un rápido beso en la mejilla—. ¿Qué planes tenemos?

Easton sacude la pierna con impaciencia.

—Sea lo que sea, decidid rápido. Estoy cansado de estar de pie.

Reed y yo intercambiamos una mirada de preocupación.

—Acabas de jugar un partido —le recuerdo a Easton.

—Exacto. Estoy rebosante de adrenalina y necesito desfogarme. Mis vicios preferidos son el sexo, el alcohol y las pastillas. Ambos me prohibís beber y ponerme ciego, así que solo me queda el sexo.

Easton lanza a Val una mirada penetrante, y ella ríe y levanta una mano.

—Yo no me ofrezco voluntaria. No creo que mi pobre cuerpo pueda soportar todo lo que necesitas moverte. Vayamos a encontrar a alguien para ti. Seré tu guía espiritual en las costas peligrosas de los líos colegiales.

—Dejo mi delicado cuerpo en tus manos. —Easton rodea los hombros de Val con un brazo—. Os toca arreglároslas solos.

Yo alzo una ceja.

—¿A ti también te sobra adrenalina?

Reed guiña un ojo.

—En parte es cierto.

—No tengo ganas de ir a ninguna fiesta.

Una sonrisa traviesa se extiende por su cara.

—¿Ah, no? Tengo algunas ideas sobre cómo celebrar la victoria después del partido. ¿Quieres oírlas?

Le devuelvo la sonrisa.

—Creo que sí.

Capítulo 27

Reed

Llevo a Ella a la playa. Algo que siempre me ha encantado de nuestra casa es lo cerca que está del mar. La playa no es grande: no son más que unos quince metros de arena que se quedan en solo tres cuando la marea se traga la costa desde uno de los lados, mientras que, por el otro, la formación rocosa crea un muro natural desde el patio trasero hasta la orilla.

Pero es nuestra. Silenciosa, tranquila y, lo más importante, privada.

Coloco una pesada manta de lana, la cubro con un cobertor y pongo el resto de las provisiones encima.

—Siéntate mientras yo preparo una hoguera.

Ella se quita los zapatos y los deja al lado de la manta antes de tomar asiento. Vislumbro unas uñas pintadas de un color oscuro antes de que sus pies desaparezcan bajo sus piernas.

Siempre hay una pila de madera que arrastra la marea contra las rocas, y, al cabo de unos minutos, ya he hecho una hoguera lo bastante grande como para que nos dé un poco de luz y de calor. No quiero que mi chica pase frío.

—Verte hacer una hoguera es extrañamente raro —comenta mientras elijo los mejores trozos de madera.

Me giro hacia ella y sonrío.

—Los manitas somos como el porno para las tías. Os gusta que podamos hacer cosas.

—Si fuese una mujer de las cavernas te arrastraría a mi cueva —coincide conmigo.

—¿Así funcionaba por aquel entonces? ¿Los hombres hacían fuego y, luego, las mujeres llegaban, pegaban al hombre con el mejor palo de la pila y se acostaban con él?

—Así es, pero dejamos que los hombres escriban las historias porque sus frágiles egos necesitan un empujón.

Echo un tronco más al fuego para mantener el calor y después me cubro con la manta. Ella alisa el cubrecama sobre mis piernas cuando me tumbo a su lado. Durante un rato, contemplamos el fuego y escuchamos el chisporroteo de la madera al romperse por el calor. Estar tan cerca de Ella es algo simple y placentero. El océano es vasto, el cielo, interminable, y Ella y yo estamos juntos. Por fin.

Sus pies descansan junto a mis pantorrillas cubiertas por los vaqueros. Tengo el brazo colocado alrededor de su espalda y la mano sobre su dulce trasero. Ojalá llevara el uniforme para pasar la mano por debajo y encontrar solo piel desnuda, calor y suavidad.

—Gracias por conseguir que me readmitieran en el trabajo —dice Ella.

—¿Qué te hace pensar que he sido yo?

Me observa con ironía.

—¿Quién más lo habría hecho?

Yo sonrío avergonzado.

—Lo digo en serio, Reed. Gracias.

Alejo la mano de su cuerpo y la coloco bajo la cabeza. Si quiere hablar, hablaremos. Es decir, mi miembro se va a ahogar en mis vaqueros, pero merecerá la pena si es lo que quiere.

—Es lo menos que podía hacer. Fue culpa mía que te despidiera.

—La verdad es que no, pero te lo agradezco de todos modos.

Entonces, la mano de Ella viaja por mi muslo, y yo cierro los ojos. Estoy seguro de que su caricia tiene la intención de animarme, pero solo unos centímetros más a la izquierda y me aliviará. Tomo un par de bocanadas de aire.

—Las cosas en el colegio ya no van tan mal como antes. ¿Eso también ha sido obra tuya? —pregunta.

Mueve la mano hacia arriba y recorre con un dedo mi camiseta de manga larga hacia abajo.

¿Intenta volverme loco a propósito? Giro la cabeza para mirarla, pero ella observa el agua.

Vuelvo a tumbarme y centro la atención en encontrar la Osa Mayor y no en cómo me gustaría que me levantara la camiseta y que trazara un camino sobre mis abdominales con el dedo.

—Pero todavía se meten contigo —admito—. Hablé con Wade y algunos otros chicos. Les dije que quería saber si pasaba algo, pero ambos sabemos que Jordan está detrás de todo esto. Si fuese un tío, la llevaría al aparcamiento y le daría una paliza en la cara hasta que cagase sus propios dientes.

—Sin duda, esa es una bonita imagen...

Yo resoplo.

—¿Preferirías que la llevase al centro comercial y nos comprásemos pulseritas de la amistad a juego?

—No sé. ¿Acaso la violencia soluciona algo? Pegaste a Daniel y yo te ayudé a humillarlo, pero eso no va a hacer que se marche a ninguna parte. Ni siquiera parece... avergonzado.

Las manos de Ella descansan ahora sobre el dobladillo de mi camiseta.

—Es un teatrero —respondo—. Se le da bien fingir que todo va bien, pero lo han echado del equipo de *lacrosse* y su campaña para ser el próximo presidente del consejo estudiantil está acabada. —Yo frunzo el ceño—. Y no es suficiente.

—Pero es un comienzo. —Ella me acaricia el brazo. Su caricia inocente origina un fuego bajo mi piel que me quema más que la hoguera que arde a un par de metros de distancia sobre la arena—. Y hablando de Jordan... tu padre ha amenazado al suyo en el partido de hoy.

—¿Sí? —Soy incapaz de ocultar mi sorpresa.

Ella asiente.

—Dijo algo sobre que no le gustaría en absoluto que me pasase algo malo y que eso afectase su relación comercial.

—Bien hecho. No creía que fuera capaz, ni que supiera lo que ocurre en el Astor.

—Creo que sabe más de lo que creemos. También me ha lanzado indirectas sobre lo nuestro.

Yo sonrío.

—¿Sobre lo nuestro...?

—Que quizá que lleve tu jersey significa algo.

Utilizo su pelo como excusa para tocarla y coloco un par de mechones tras su oreja.

—Sé lo que significa para mí. ¿Vas a decirme lo que significa para ti?

Ella me coge de la muñeca y posa sus labios sobre mi palma. Parece una marca, su marca. Quiero cerrar el puño para que se quede en mi piel para siempre.

—Significa que todas las otras chicas tienen que renunciar a ti. Eres mío. —Levanta sus brillantes ojos y los fija en los míos—. Tu turno.

Tengo que tomar aire de nuevo, esta vez porque siento que tengo el corazón en la garganta.

—Significa que el resto de los tíos tienen que mantenerse lejos de ti. Eres mía. —Con impaciencia, la coloco sobre mi regazo—. Quiero solucionar todos tus problemas. Quiero hacer que Jordan te deje en paz. Quiero que Brooke desaparezca de nuestra vida. Quiero que todo sea perfecto, brillante y hermoso para ti.

—¿Desde cuándo eres tan romántico? —pregunta en un tono de burla.

—Desde que te conocí.

Dios. Si alguno de mis amigos me viese, iniciarían una búsqueda para dar con el paradero de mis pelotas. Pero no me importa. Lo que acabo de decir iba completamente en serio.

Ella acuna mi cara entre sus manos.

—Bueno, no necesito nada de eso —susurra, con sus labios a escasos centímetros de los míos.

—Haría cualquier cosa. Dime qué necesitas.

—A ti. Solo te necesito a ti. Siempre has sido tú.

Me besa. Sus labios rozan suavemente los míos y, con un beso, me promete que me pertenece. Que es mía y siempre lo ha sido. Incluso desde antes de conocernos era mía y yo suyo. Luché contra ello durante demasiado tiempo, pero ahora me rindo. Ahora lo quiero.

Le devuelvo el beso y la coloco encima de la manta para sentir su cuerpo entero contra el mío. Al principio, nuestros movimientos son inocentes. No le quito el jersey ni meto la mano dentro de sus pantalones, aunque desearía hacer ambas cosas. Nos limitamos a besarnos hasta que ella empieza a moverse de forma impaciente debajo de mí.

Abre las piernas y yo me acomodo entre ellas, pegando mi erección contra su suave entrepierna, que me da la bienvenida. Aparta las manos de mi cabeza y las lleva hasta la parte baja de mi camiseta. Yo llevo una mano a la espalda y me la quito.

—¿No tendrás frío? —pregunta, medio en burla medio en serio.

—No creo que tuviese frío ni aunque empezase a nevar. —Le tomo la mano y la aprieto contra mi pecho—. Estoy ardiendo.

Sus dedos se curvan sobre mi pecho y exploran mi cuerpo con cuidado. Sé que no tiene mucha experiencia, pero nunca he estado tan cachondo; nunca he estado tan cerca del límite. Ni siquiera durante mi primera vez. Podría apartarle la mano y poner fin a esto con la excusa de que no soy capaz de controlarme, pero quiero que me toque.

Me coloco sobre ella, apoyado sobre los codos. Me recorre las costillas con los dedos. Me mide el pecho con las manos y siento un enorme placer cuando me doy cuenta de lo grande que soy comparado con ella. Me acaricia los hombros con las palmas de las manos y, luego, desciende por mi espalda. Tiemblo encima de ella, como un animal salvaje listo para liberarme, a la espera de su señal.

Joder. Esta chica me vuelve loco.

Utiliza mi cuerpo como palanca y se alza para pasarme la lengua por el cuello, justo donde se nota mi pulso frenético.

Es demasiado. Giro y me tumbo de espaldas. Mi pecho sube y baja como si hubiese participado en un maratón.

—¿Qué ocurre? —pregunta, y se acurruca a mi lado.

Entrelazo mis dedos con los suyos.

—Háblame. Ayúdame a tranquilizarme.

—¿Estás seguro de que no quieres que te ayude de otra forma?

Eso me hace sonreír.

—Más tarde. Ahora mismo quiero tumbarme y disfrutar de tu compañía.

—¿Siempre es así?

—¿A qué te refieres?

Permanece callada durante un momento y, al cabo de un rato, contesta:

—Siento que mi corazón está a punto de estallar.

—Lo dices como si estuviera matándote.

—A veces lo parece. En ocasiones me asusta lo que me haces sentir.

Aprieto su mano con fuerza entre mis dedos.

—Yo también siento lo mismo, y no, nunca me he sentido así hasta ahora.

—¿Ni siquiera con Abby?

Me doy cuenta de que se arrepiente de hacer la pregunta enseguida, de que se le ha escapado.

Ladeo la cabeza y la observo con atención.

—Ni siquiera con Abby. ¿De verdad quieres hablar de ella?

—Un poco. —Hace una mueca—. Pero no tenemos que hacerlo si no quieres.

La acerco a mí para que no haya ni un solo centímetro de separación entre nuestros cuerpos. No me gusta hablar de Abby con ella. No porque sienta algo por Abby, sino porque no la quería como ella me quería a mí, y eso me hace sentir culpable.

—Empecé a salir con Abby después de que mi madre falleciera —admito—. Hasta ese momento, nunca había tenido una relación seria con una chica. Sí que me liaba con alguna de vez en cuando. No era como East, pero sí que tonteaba con chicas, y perdí la virginidad con una chica de último año cuando tenía quince años. La muerte de mamá me afectó y perdí un poco la cabeza. Pensaba cada cosa... —Me detengo y añado a regañadientes—: Bueno, supongo que todavía es así, pero entonces Abby apareció en mi mundo. Me recordaba a mi madre. Pensé que estar cerca de ella sería como si mi madre hubiese vuelto.

—¿Funcionó?

—Durante un tiempo, pero... no echaba tanto de menos a mi madre. O sea, sí que la echaba de menos, pero sabía que Abby no iba a interesarme para siempre. Es demasiado callada. Demasiado... pasiva, supongo. —Me aburría como una ostra a su lado, pero decir eso sería una grosería, y no quiero que Ella empiece a pensar que he vuelto a comportarme como un gilipollas—. Rompí con ella antes de Navidad. ¿Te das cuenta de que nunca es un buen momento para romper con alguien? Es una locura. Gid siempre decía que no podías romper con una tía antes del baile de invierno ni tampoco justo antes de vacaciones. Pero yo lo hice, porque retrasarlo no nos hacía bien a ninguno de los dos. Ella no era feliz. Se acercó a mí incluso después de dejarlo, y, cuanto más lo hacía, más me arrepentía de haber salido con ella.

Ella frota la mejilla contra mi hombro.

—¿Por qué suena como si te sintieras culpable?

—Porque me siento así —gruño.

—Pues no deberías. No es culpa tuya. Si fuiste sincero con ella y no le prometiste cosas que no tenías la intención de cumplir, sus sentimientos son algo con lo que ella debe lidiar.

—Tú eres la única chica a la que he prometido algo —respondo con brusquedad.

—Hazme una promesa ahora mismo.

—Por ti, prometería cualquier cosa.

—Prométeme que nunca te andarás con rodeos conmigo. Que si te arrepientes de estar conmigo, me lo dirás.

Me giro y me coloco sobre ella. Luego, le sujeto las manos por encima de la cabeza y digo:

—Te prometo lo siguiente: nunca me arrepentiré de un solo segundo que pasemos juntos.

La vuelvo a besar para silenciar su desacuerdo. No es la promesa que ha pedido, pero es la única que puedo hacerle, porque nunca me cansaré de ella.

Me separo de su boca, le beso la mandíbula y desciendo por su suave cuello. No se hace una idea de lo preciosa que es; de cómo su pelo dorado, sus fieros ojos azules y su esbelto cuerpo hacen que a los tíos del colegio se les ponga dura cuando camina por el pasillo. No tiene ni idea porque no es como las otras chicas del Astor. No es superficial, egoísta ni engreída.

Es simplemente... Ella.

—No sabes cuánto me ha excitado que llevaras mi jersey al partido —le susurro al oído con voz ronca antes de morderle el lóbulo

—¿Sí?

—Oh, sí.

Sus dedos danzan con más necesidad y deseo sobre mi piel. Coloco mi muslo entre sus piernas y Ella frota su entrepierna contra mí.

—Quiero aliviarte. —Pego mi cuerpo contra el suyo—. Déjame hacerlo.

—¿Aquí? ¿Ahora?

Está escandalizada a la vez que intrigada.

—No hay nadie en varios kilómetros a la redonda.

Subo el jersey y la camiseta que tiene debajo hasta que su piel queda completamente al descubierto. Dibujo un pequeño círculo con la lengua alrededor de su pezón y ella arquea la espalda hacia arriba, insatisfecha por mi juego.

Entre risas, me llevo el pezón a la boca. Cuando le acaricio la punta con la lengua, ella jadea. Entierra las manos en mi pelo y tira de mí para que me acerque más a ella. Como si necesitase animarme más. No la soltaría por nada del mundo, aunque subiera la marea o se formase un huracán.

Me deslizo hacia abajo cubierto por la colcha y le quito los vaqueros.

—Eres preciosa, nena. Perfecta.

Después, tengo otras cosas que hacer con la boca aparte de hacer cumplidos que no le hacen justicia. A mi lado, sus talones se clavan en la arena. Me agarra los hombros con los dedos mientras la beso y juego con ella hasta que se vuelve loca y es incapaz de pensar con claridad. Yo la tengo tan dura que incluso me duele, pero no me importa. Cuando estoy con Ella se convierte en el centro de mi universo. Me excita tanto verla rozar el éxtasis.

Ella tiembla, se estremece y repite mi nombre. Yo subo por su cuerpo y la abrazo con fuerza hasta que su corazón desbocado se ralentiza. Aprovecho ese tiempo para ordenar a mi propio cuerpo que se controle. Siento una necesidad horrible, aunque es fácil olvidarse de ello cuando tu chica suspira de placer entre tus brazos.

—Empieza a hacer frío. ¿Quieres entrar? —pregunta somnolienta.

La verdad es que no. Me gustaría quedarme aquí con ella hasta el próximo milenio. Me alejo a regañadientes.

—Claro.

La ayudo a vestirse y la beso mil veces. Luego, agarro las mantas, me las echo sobre el hombro y le doy la mano.

—Reed.

—¿Sí?

—Te echo de menos por la noche.

Siento un ardor en el pecho. Antes de que se marchara, dormía en su cama todas las noches. Nunca tenía suficiente.

Le aprieto la mano antes de responder:

—Yo también te echo de menos.

—¿Quieres volver a dormir conmigo?

—Sí.

Solo es una palabra, pero es la respuesta que daría siempre que me pidiera algo.

Capítulo 28

—Das asco —comenta Easton el lunes por la mañana mientras esperamos que Ella llegue a clase tras su turno en la pastelería.

Me paso el dorso de la mano por la cara.

—¿Qué? ¿Tengo sirope en la cara?

Después de entrenar, hemos ido a la cafetería y he comido unas diez tortitas.

—No, es por la sonrisa que tienes en la cara, tío. Pareces feliz.

—Gilipollas.

Le doy una colleja con cariño, pero East me esquiva ágilmente.

Ambos vemos a Ella a la vez. East corre a su encuentro y finge esconderse detrás de ella.

—Sálvame, hermanita. Nuestro hermano mayor se está metiendo conmigo.

—Reed, métete con alguien de tu tamaño —dice ella.

La observo durante unos instantes. Me fijo en todas las cosas que me gustan de ella; desde su hermosa sonrisa hasta la coleta que se balancea de un lado a otro cuando camina. Su uniforme de instituto sin accesorios, con la falda plisada, la camisa blanca abotonada y la americana azul le dan un aspecto de lo más *sexy*. Aunque es probable que sea porque imagino lo que hay debajo de toda esa ropa.

—Tienes razón. East es un poco enclenque. No se lo pondré difícil.

Cuando se acerca, la agarro y la coloco frente a mí. Estamos tan cerca que noto las asas de su mochila contra mi pecho. Me inclino y la beso con fuerza hasta que East empieza a toser a su espalda.

Para cuando Ella se aparta, sus labios ya son de un perfecto tono rosado. Quiero hacer novillos, llevármela al coche y hacer que todo su cuerpo adquiera ese color.

—Cariño, ¿quieres un dulce? —pregunta con una sonrisa pícara.

—Por supuesto —contesto de inmediato—. ¿Dónde está la furgoneta? Estoy listo para que me secuestren. —Finjo mirar alrededor.

—No tengo furgoneta, pero aquí... —Se da la vuelta y agita la mochila. Veo una pequeña caja blanca en su interior—... Hay un dónut para cada uno —dice mientras los saca.

Easton agarra la caja y ya tiene medio dónut en la boca antes de pasármela. Me enseña dos pulgares hacia arriba. Al tiempo que devoro mi tentempié, veo que los gemelos cruzan el césped acompañados de Lauren. Alzan la barbilla a modo de saludo cuando les indico que vengan.

—Lauren, también hay uno para ti.

La chica baja la cabeza con una tímida sonrisa.

—Gracias.

—No hay de qué. —Ella se apoya contra mí mientras me acabo de zampar el dónut—. ¿Qué tal el entrenamiento?

—Bien. Todos estamos ansiosos por las estatales. El año pasado nos quedamos en semifinales. Un tío del St. Francis Prep dejó inconsciente a Wade y los médicos no le permitieron seguir jugando. El suplente no pudo marcar ni queriendo.

Ella resopla.

—No te importa ganar, ¿eh?

—Para nada.

Sonrío. Ambos sabemos que, además de otras cosas, me encanta ganar.

Unos gritos en las escaleras del colegio llaman nuestra atención. Ella entrecierra los ojos.

—¿Qué pasa?

—Seguro que es algo de las eliminatorias. Habrá fiestas y cosas así las próximas semanas. La gente se anima —dice Easton.

Ella chilla de forma poco entusiasta. Ya la convertiremos en una fan de verdad.

—Lo bueno de tener cuatro semanas de eliminatorias es que habrá días que no tendrás que llevar uniforme —informa Lauren—. Como los días azules. Los dorados. Los de los sombreros locos...

—El día del pijama. —Easton alza las cejas una y otra vez.

Wade y Hunter se acercan.

—¿Por qué sonríes? —pregunta Wade a East.

—Por el día del pijama.

—El mejor puto día del año.

Wade y East chocan los cinco.

—¿Te acuerdas de Ashley M? —exclama mi hermano—. Y aquel...

—Picardías rosa —termina la frase Wade—. Me acuerdo. Durante un mes, se me ponía dura cada vez que veía algo de ese color. —Se gira hacia Ella y pregunta—: ¿Y tú qué llevarás?

—Un camisón largo hasta el suelo y bragas de abuela —responde exasperada—. ¿Y vosotros? Supongo que iréis en calzoncillos.

A Wade le encantaría eso.

—Tía, si me dejaran iría en pelotas todo el día. Desnudo las veinticuatro horas. Ese es mi sueño.

Antes de que East o yo podamos contestar y decir que no queremos ver los huevos y la salchicha de Wade en clase, los gritos y murmullos en la puerta principal empiezan a incrementarse.

Hunter, el acompañante de Wade que nunca habla, se acerca a investigar. Los demás lo seguimos porque las clases empiezan pronto.

El ruido no está fuera de lugar, pero el gran corro de estudiantes sí. Lo único que reúne a tanta multitud es el fútbol americano. E incluso para la mayoría de la gente, los partidos son una excusa para reunirse y socializar.

Miro a East y Wade, precavido. Incluso Hunter reconoce que hay algo fuera de lo normal. Todos juntos, caminamos hacia la entrada. Ella coloca la mano en mi espalda y yo la agarro por la muñeca. No quiero perderla. Algo no va bien.

Y el espectáculo que nos da la bienvenida cuando llegamos a la entrada es horrible. Una chica casi desnuda está pegada con cinta adhesiva contra la fachada del edificio. Tiene la cabeza inclinada hacia abajo e, incluso desde la distancia, veo que tiene parte del pelo cortado de forma desigual. Tiene los brazos y las piernas abiertos, como si solo la sujetara contra la pared la cinta adhesiva. Y han utilizado un montón. La cinta adhesiva le cubre el pecho y los muslos, y pone de manifiesto las partes cubiertas por su ropa interior.

Se me revuelve el estómago.

—Joder. ¿Qué coño os pasa? —grita Ella.

Antes de parpadear, Ella se adelanta, deja caer su mochila al suelo y se quita la americana. La chica está demasiado alta como para que la pueda cubrir por completo, pero lo intenta.

Me acerco a Ella a la vez que Hunter, y ambos arrancamos la cinta adhesiva que cubre a la chica mientras Ella levanta la americana. Entonces, Hunter saca un cuchillo de su bota. Empieza a cortar la cinta y yo tiro de ella.

Hay tanta que tardamos cinco minutos en bajar a la chica. East me pasa una chaqueta y yo intento ponerla sobre los hombros de la chica, la cual se aleja y llora con tanta fuerza que temo que vaya a vomitar. O a desmayarse.

Ella me quita la chaqueta.

—Ya está. Toma. Póntela —dice con voz suave—. ¿Cómo te llamas? ¿Puedes decirme tu número de taquilla? ¿Tienes ropa dentro?

La chica ni puede ni quiere contestar. Sigue sollozando.

Cierro los puños a mis costados. Quiero matar a alguien.

Uno de los gemelos habla.

—Tengo algo en el coche. Esperad.

Nos lanzan un par de chaquetas hasta que Ella y la chica están cubiertas.

—Lauren, ven aquí —ordena Ella.

Lauren se apresura a su lado y se pone en cuclillas. Ella mueve a la chica herida con cuidado y se la acerca a Lauren. Cuando termina, se levanta y observa a los estudiantes congregados.

—¿Quién ha hecho esto? —gruñe—. Alguien ha visto algo. ¿Quién ha sido?

Nadie responde.

—Juro por Dios que si nadie dice nada, os responsabilizaré a todos.

—Lo descubriré, Ella —murmura Wade—. Puedo enterarme de cualquier cosa.

—Ha sido Jordan —respondo con seriedad—. Apesta a ella.

—*Ha sido Jordan* —dice la chica, con la voz tomada—. Ella... —Su voz es demasiado leve como para oírla.

Ella se inclina hacia la boca de la chica y la escucha con atención. Cuando se levanta, sus ojos brillan furiosos.

Esta vez soy yo quien se dirige a la gente.

—Jordan Carrington. ¿Dónde está?

—Dentro —grita alguien.

Otra voz continúa.

—La he visto ir a su taquilla.

Ella no espera un segundo más. Se da la vuelta y abre la puerta. Easton y yo la seguimos de cerca, y los gemelos se quedan con Lauren.

Al llegar al pasillo de las taquillas de los alumnos de cuarto curso, Ella echa a correr. Se detiene cuando ve a Jordan reír con las chicas pastel y hacerse *selfies* contra las taquillas.

Jordan baja el teléfono lentamente cuando ve que Ella se aproxima a ella.

—¿Tienes prisa, princesa? ¿No puedes aguantar un segundo más sin tirarte a un Royal?

Ella no responde. En lugar de eso, rauda como un rayo, agarra a Jordan del pelo y la estampa contra la taquilla. El teléfono sale volando. Las chicas pastel se echan hacia atrás. Gastonburg da la vuelta a la esquina cuando oye el grito de Jordan, pero yo le enseño los dientes y desaparece. Cobarde.

Ella no ha terminado aún. Le da un codazo en la nariz y... ¡pam! De repente, la sangre empieza a brotar.

East se encoge.

—Vaya. Eso ha tenido que dolerle.

—Y tanto.

Jordan se libera con un grito, pero Ella sacude los dedos. Entonces, me doy cuenta de que a Jordan le ha salido caro escaparse de ella. Un montón de mechones de pelo oscuros cuelgan de la mano de Ella. Sí. Esa es mi chica.

Jordan saca las uñas, se abalanza sobre ella y le araña la cara. Easton se mueve para interceptarla, pero yo lo aparto.

—Ella lo tiene controlado —murmuro.

Yo también quiero ayudarla, pero sé que esto es cosa de Ella. Si vence a Jordan, no... *cuando* venza a Jordan, nadie volverá a tocarla jamás. Nadie la insultará. Y todos la temerán.

Y yo quiero que sea así. Lo necesitará cuando me marche a la universidad.

Cuando Ella se abalanza, la mayor del grupo de las chicas pastel, se tropieza y pierde el equilibrio. Ella salta por encima y se coloca sobre Jordan. Le sujeta las manos por encima de la cabeza.

—¿Qué ha hecho? —pregunta Ella—. ¿Te ha mirado mal? ¿Llevaba alguna prenda de la marca equivocada? ¿Qué?

—Respira —escupe Jordan al tiempo que intenta alejarse de Ella—. ¡Quítate de encima, puta vaca!

Ella me mira.

—¿Tienes cuerda?

Tiene sangre en la cara. Puede que parte sea de Jordan y parte de ella misma.

Nunca me ha parecido tan atractiva.

—No. Usa mi camiseta. —Me la quito y se la doy.

Ella la mira y después fija sus ojos en mi, indecisa.

—¿Te ayudo? —pregunto con cuidado.

Al asentir, enrollo la camiseta y, como si se tratara de una larga cuerda, ato las muñecas de Jordan.

—¿Qué haces? ¡Para! ¡Esto es acoso! —chilla Jordan mientras se retuerce—. ¡Quítame de encima esta basura!

Una de las chicas pastel se acerca. Yo niego con la cabeza mientras Easton da un paso amenazante en su dirección. Su pequeña muestra de resistencia se disuelve de inmediato.

Ella se levanta y prueba los nudos.

—Sé me da bien hacer nudos. Crecí en el yate de mi padre —le recuerdo.

—¡Suéltame, zorra! —grita Jordan—. Mi padre hará que te detengan enseguida.

—Genial. —Ella arrastra a Jordan hasta la salida—. Estoy deseando que los chicos que han visto lo de esta mañana declaren.

—¿Y a ti qué te importa? Te he dejado en paz, tal y como ordenó el tío al que te follas.

Jordan tira del tejido, pero Ella la sujeta con fuerza.

—Me importa porque eres una niñita rica y consentida que cree que puede hacer daño a quien quiera engañando a su padre con sonrisitas y zalamerías. No eres intocable. Hoy vas a probar de tu propia medicina.

Ella camina implacable hacia la puerta principal y tira de Jordan a su lado. Nosotros la seguimos.

—No puedo creer que dejéis que haga esto. —Jordan se da la vuelta como si East o yo estuviésemos interesados en salvarla—. No es nadie. Es basura.

—No les hables —ordena Ella—. No existes para ellos.

232

Mi hermano sonríe como un tonto. «Amo a esta tía», dice en silencio.

Yo también.

Ella la Vengadora es increíble. Lucha con uñas y dientes por lo que quiere. La clave es ser lo que quiere. Porque pasaría de cualquiera si no pensase que vale la pena.

Algunos profesores asoman la cabeza por las puertas, pero, en cuanto nos ven, vuelven dentro. Saben quién está a cargo de este zoo, y no son ellos. Más de un estudiante ha conseguido que despidan a un profesor por creer que se había cometido una injusticia con el alumno en cuestión.

—¿Y ahora qué? —exclama Jordan—. ¿Vas a mostrar a todo el mundo que eres más fuerte que yo? ¿Y qué?

Cuando llegamos a la puerta principal, Easton se coloca a un lado de Ella, y yo al otro. Abrimos la puerta y el sonido llama la atención de la multitud.

Ella arrastra a Jordan y, luego, se detiene. Todavía hay algo de cinta pegada a la pared, como si fuera una bandera obscena. Ella arranca una tira y tapa la boca a Jordan.

—Estoy harta de que hables sin parar —dice Ella.

La mirada de sorpresa en la cara de Jordan es irrisoria, pero cuando mis ojos se posan en la chica con la que se ha metido, todavía en los brazos de Lauren, el mal humor se disipa.

Ella lleva a Jordan al rellano y un jadeo colectivo hace eco en el patio.

La chica que estaba pegada a la fachada de la entrada está sentada bajo un montón de abrigos. Lauren la rodea entre sus brazos y otras chicas le ofrecen consuelo. Los gemelos, junto a Wade, Hunter y el resto del equipo merodean por las escaleras, se preguntan con quién deberían pelear y se frustran al no hallar un objetivo.

Empatizo con ellos al cien por cien, pero, al igual que le he transmitido a Easton, esto es cosa de Ella, y lucharé con cualquiera para que pueda acabar las cosas de la manera que quiera.

—Mírala. —Ella suelta la cuerda improvisada y vuelve a agarrar del pelo a Jordan—. Dile a la cara por qué se merecía lo que has hecho. Explícanoslo a todos.

—No tengo que justificarme ante ti —responde Jordan, pero su voz no suena tan fuerte como dentro del colegio.

—Cuéntanos por qué no deberíamos desvestirte y pegarte a las puertas con cinta —gruñe Ella—. Dínoslo.

—Jordan creyó que estaba flirteando con Scott —dice la chica, con lágrimas en los ojos—. Pero no es así. Lo juro. Me tropecé, él me agarró y yo se lo agradecí. Nada más.

—¿Y ya está? —Ella se gira hacia Jordan con incredulidad—. ¿Has humillado a esta pobre chica porque pensaste que coqueteaba con el grosero de tu novio? —Sacude a Jordan con furia—. ¿Solo por eso?

Jordan intenta liberarse de Ella, pero es incapaz. Creo que el mundo se acabaría antes de que mi chica la soltase.

Ella se mueve y obliga a Jordan a colocarse de frente al resto de estudiantes. Los brazos de Ella tiemblan por el esfuerzo y noto que no le quedan muchas fuerzas. Arrastrar a Jordan por el pasillo mientras esta se resistía no ha debido de ser fácil, aunque East y yo la apoyáramos y siguiéramos.

—No va a aguantar —murmura Easton.

—Sí, lo hará.

Camino y me coloco tras ella. Puede apoyarse en mí si lo necesita. Estoy aquí para apoyarla. De repente, noto la presencia de mis hermanos a mi lado. Todos estamos detrás de ella.

A Ella le tiemblan las manos. Tiene las rodillas firmes para no caer, pero su voz es clara y fuerte.

—¡Todos tenéis un montón de dinero, y en lugar de apreciarlo, os tratáis unos a otros como basura! Vuestros jueguecitos son asquerosos. Vuestro silencio es desagradable. Sois cobardes, patéticos y endebles. Quizá nadie os ha dicho lo infantiles que sois. Puede que estéis tan saturados por el dinero que tenéis que no veis lo terrible que es todo esto. Pero es horrible. Peor. Si tengo que asistir a este colegio hasta graduarme, toda esta mierda tendrá que parar. Si hace falta, iré tras todos y cada uno de vosotros y os pegaré a la pared con cinta adhesiva.

—¿Tú y quién más? —grita un capullo entre la multitud.

Easton y yo nos movemos hacia delante, pero yo empujo a mi hermano detrás de mí.

—Yo me ocupo.

La gente se aparta y el bocazas se queda en medio solo. Le suelto un puñetazo en la mandíbula y cae como una piedra. Joder, qué bien sienta esto.

Después, sonrío al público y pregunto:

—¿El siguiente?

Todos se dan la vuelta en silencio, y yo me limpio las manos y regreso junto a mi chica y mis hermanos. Son unos cobardes. Wade me lanza una camiseta y yo me la pongo enseguida.

—Ha sido el perfecto toque final —murmura Ella.

—Gracias. Lo había reservado para la ocasión idónea. —La tomo de la mano, amoratada—. La familia que lucha unida permanece unida.

—¿Es ese el lema de los Royal? Pensé que era otro diferente.

La adrenalina ha desaparecido y siento cómo tiembla. La acerco a mí. Ella apoya la cabeza bajo mi barbilla, entre mis brazos.

—Puede que antes de que llegaras fuera otro, pero ahora es ese.

—No está mal. —Con una mirada cargada de ironía, observa a la multitud disolverse entre los restos de cinta adhesiva que hay en las escaleras y las gotas de sangre que han manchado la piedra caliza—. Entonces, ¿es esta nuestra primera cita?

—Ni hablar. Nuestra primera cita fue... —Mi voz se apaga. ¿Cuál fue nuestra primera cita?

—No hemos tenido ninguna cita, tonto.

Me pega un puñetazo, o, al menos, lo intenta. Tiene los brazos débiles, como si fueran de gelatina.

—Mierda. Creo que tienes razón.

—No te atormentes por ello. Nunca he tenido una cita. ¿Sigue haciendo la gente esas cosas?

Yo sonrío porque, por fin, puedo hacer algo por ella.

—Oh, nena, tienes mucho que aprender.

Las noticias de lo ocurrido durante la mañana no tardan mucho en llegar a oídos del director. Apenas llego a mi primera clase, el profesor me informa de que tengo que ir al despacho de Beringer. Al llegar, descubro que también han sacado de clase a Ella y a Jordan, y que han llamado a nuestros padres. Joder. Esto no me gusta.

El despacho está abarrotado. Ella y yo nos sentamos a un lado, con mi padre entre nosotros. Jordan, con una expresión pétrea, está a mi lado. Noto cómo vibra por el miedo y la rabia.

La víctima de Jordan, una chica de primero que se llama Rose Allyn, está sentada al otro lado de la sala. Su madre se queja sin parar sobre el hecho de perderse una reunión importante por estar aquí.

Por fin, Beringer entra y cierra la puerta con estruendo. Ella se sobresalta al oír el ruido y tanto papá como yo apoyamos una mano en ella para que se calme. Papá le apoya la mano en la espalda y yo, en la rodilla. Nuestros ojos se encuentran y, por una vez, veo aprobación en ellos. A papá le dará igual lo que Beringer tenga que decir. Lo que le importa es que he apoyado a la familia y que no he actuado como el capullo egoísta que soy la mayor parte del tiempo.

Beringer se aclara la garganta y todos lo miramos. Se sentiría como en casa en la sala de juntas de papá con ese traje de mil dólares que viste. Me pregunto si se compró ese traje con el dinero que le pagó mi padre tras pegar a Daniel y lo que se comprará con los sobornos que obtendrá después de la reunión de hoy.

—La violencia nunca es la respuesta. Una sociedad civilizada empieza y acaba con una conversación, no a puñetazos.

—Pensé que el dicho era que una sociedad armada era una sociedad educada —interrumpe papá con sequedad.

Ella se cubre la boca con la mano para evitar reír.

Beringer nos fulmina con la mirada.

—Creo que sé por qué es difícil que los Royal se lleven bien con sus compañeros.

—Un momento. —Ella se endereza, indignada—. Ningún Royal ha pegado con cinta adhesiva a nadie en la pared.

—Bueno, al menos no este año —murmuro.

Papá me da una ligera colleja y Ella me mira mal.

—¿Qué? ¿Crees que esos idiotas se comportan así porque lo digo yo? —pregunto en voz baja.

—Señor Royal, présteme atención —dice Beringer antes de que Ella responda.

Yo estiro las piernas y paso un brazo por el respaldo de la silla de Ella.

—Lo siento — contesto sin mostrar arrepentimiento alguno—. Le explicaba a Ella que en el Astor no se toleran ciertas cosas, como pegar a una chica medio desnuda de primer año en la entrada de la escuela. Tiene la idea absurda de que la escuela pública es mejor.

—Callum, necesitas controlar mejor a tu hijo —ordena Beringer.

Papá se niega.

—No estaría aquí si el colegio hiciera que los estudiantes cumplan las normas.

—Estoy de acuerdo. Ha interrumpido un trato inmobiliario de siete ceros porque no es capaz de manejar a estos adolescentes —añade la madre de Rose—. ¿Para qué le pagamos?

Ella y yo intercambiamos una mirada divertida al tiempo que Beringer se sonroja.

—No son adolescentes. Son animales salvajes. Si no, mire en cuántas peleas se ha metido Reed...

—No pienso disculparme por apoyar a mi familia —respondo en un tono de voz monótono—. Haré lo que sea por asegurarme de que yo y los míos estamos seguros.

Incluso Mark, el padre de Jordan, se impacienta.

—Acusar a unos u a otros no sirve de nada. Está claro que los chicos estaban en desacuerdo por algo y lo han arreglado a su manera.

—¿En desacuerdo? —repite Ella furiosa—. ¡No estábamos en desacuerdo! Esto se...

—Se llama crecer, Ella —interrumpe Jordan—. Que es lo que te sugiero que hagas. Y por favor, no intentes decirme que, si una chica mirara de reojo a tu chico, no le darías una paliza.

—No la pegaría a ningún lado —replica Ella.

—¿Le estamparías la cara contra una taquilla? ¿Eso está mejor? —suelta Jordan.

—No intentes compararnos. *No* somos iguales.

—Ahí tienes razón. Tú eres basura...

—¡Jordan! —estalla Mark—. Ya basta. —El padre de Jordan mira precavido a papá, cuyo rostro indiferente ahora muestra un ceño fruncido. Mark aprieta las manos sobre los hombros de su hija, como si intentase mantenerla sentada, o quizá para recordarle quién manda—. Todos lamentamos que haya sucedido algo así en el Astor Park. Va en contra de todos los códigos de conducta de una institución como esta. Los Carrington estamos dispuestos a asumir toda la responsabilidad.

Beringer se aclara la garganta y dice chorradas sobre cómo debería castigarnos, pero, al ver que nadie dice nada, respira y anuncia:

—Entonces, ya hemos terminado.

—Por fin —exclama la madre de Rose, que se marcha sin siquiera mirar a su hija.

Después de un corto silencio, Ella se acerca a Rose y le coloca una mano con suavidad sobre el hombro.

—Venga, Rose, te acompaño a tu taquilla.

Rose sonríe ligeramente, pero la sigue.

—Ella te ha cambiado —dice Mark Carrington con cierta frialdad.

Papá y yo intercambiamos una mirada, orgullosos.

—Eso espero —contesto, aunque es probable que Carrington se dirigiese a papá. Me levanto y me encojo de hombros delante del padre de Jordan—. Es lo mejor que le ha pasado a los Royal en mucho tiempo.

Capítulo 29

Ella

—Este sitio es demasiado elegante —susurro a Reed la noche del jueves. Insistió en salir esta noche, pero cuando dijo «cena» no me esperaba este extravagante restaurante. Mi vestido negro es demasiado básico comparado con los vestidos de noche que veo por todos lados—. ¡Voy muy informal!

Reed me agarra la mano con más fuerza y casi me arrastra a la zona de recepción de comensales.

—Estás muy guapa —se limita a decir y, después, informa a la encargada vestida de negro que tenemos una reserva: «Royal, mesa para dos».

La mujer nos guía a través de mesas separadas por grandes helechos. Hay una fuente en mitad de la sala que tira chorros de agua y lo que parece una cascada tras el bar. Es el restaurante más elegante en el que jamás he estado.

Reed separa mi silla y toma asiento frente a mí en la acogedora mesa. Un camarero se acerca con dos menús con portamenús de cuero y una lista de vinos que Reed rechaza. «Beberemos agua», dice al tío, y lo agradezco, porque odio el vino. Sabe fatal.

Cuando abro el menú, me extraña que los precios no aparezcan. Mierda. Eso no es buena señal. Significa que todo cuesta más que la matrícula universitaria de la mayoría de la gente.

—Deberíamos haber ido al restaurante de marisco del muelle —gruño.

—¿En tu primera cita? Ni hablar.

Deseo al instante no haber confesado que nunca he tenido una cita. Debería haber sabido que Reed se pasaría. Este chico no hace las cosas a medias.

—¿Por qué es tan importante para ti que tenga una primera cita de verdad? —pregunto entre suspiros.

—Porque tienes unos recuerdos míos de mierda y quiero reemplazarlos con algunos buenos —responde de forma simple, y yo me derrito como la cera que baja por las blancas velas que hay en el centro de nuestra mesa.

El camarero regresa con el agua y nos saltamos los entrantes para pedir el primer plato. Entonces, nos observamos durante unos instantes. Estar en una cita con Reed Royal es algo surrealista. Cuando le conté a Val los planes que tenía esta noche se burló y dijo algo como que había hecho las cosas al revés. Supongo que la primera cita va antes del tonteo, pero, eh, mi vida nunca ha sido como la de los demás, así que, ¿por qué cambiarla ahora?

—¿Has sabido algo más de Rose? —pregunta él.

Yo niego con la cabeza. Rose no ha vuelto al colegio desde que Jordan la torturó y la humilló delante de todos los alumnos.

—No, todos me han dejado en paz, excepto Val. Creo que me tienen miedo.

—Si preguntases, alguien te daría los detalles.

—Por una parte, me gustaría llamarla, pero quizá solo quiera olvidarse de que Astor existe.

—Creo que deberías llamarla —me anima Reed.

—Tengo la sensación de que siempre estamos librando una gran batalla —comento con tristeza—. Es decir, sí, la gente ha dejado de comportarse como si fueran psicópatas, pero el resto es un caos.

Frunce el ceño.

—Nosotros no somos un caos.

—Tú y yo no, pero…

—¿Pero qué?

Tomo aire.

—Brooke y Dinah volverán la semana que viene.

Su expresión se vuelve seria.

—¿De verdad quieres arruinar tu primera cita hablando de esas dos?

—Tenemos que hablar de ellas antes o después —señalo—. ¿Qué vamos a hacer? Dinah chantajea a Gideon. Brooke se va a casar con tu padre y va a tener el bebé. —Me muerdo el labio, consternada—. No creo que vayan a irse nunca, Reed.

—Las obligaremos —dice con brusquedad.

—¿Cómo?

—No... no tengo ni idea.

Me muerdo el labio con más fuerza.

—No sé cómo solucionar lo de Dinah, pero puede que tenga una idea sobre cómo hacer que Brooke desaparezca.

Reed me observa con cierto recelo.

—¿Qué tipo de idea?

—¿Recuerdas el día que nos oíste hablar en la cocina? Le pregunté que a qué jugaba, lo que quería realmente, y su respuesta fue dinero. —Me inclino y me apoyo con los codos en la mesa—. Es todo lo que siempre ha querido. Así que démosle dinero.

—Créeme, ya lo he intentado. Intenté ofrecerle pasta. —Emite un sonido de insatisfacción por lo bajo—. Lo quiere todo, Ella. Toda la fortuna de los Royal.

—¿Y que hay de la fortuna de los O'Halloran?

Él toma aire, sorprendido. Después entrecierra los ojos.

—Ni lo pienses, nena.

—¿Por qué no? —replico—. Ya te lo he dicho. No quiero el dinero de Steve. No quiero la cuarta parte de Atlantic Aviation.

—¿Y quieres que la tenga Brooke? —exclama con incredulidad—. Estamos hablando de cientos de millones.

Tiene razón, es una cantidad de dinero increíble. Pero la herencia de Steve nunca me ha parecido real. Todavía no han terminado de procesar el papeleo y aún hay un montón de obstáculos legales que superar, así que, hasta que alguien me dé un cheque con todos esos ceros, no me consideraré rica. No *quiero* ser rica. Todo lo que siempre he deseado es vivir una vida normal que no involucrase quitarme la ropa delante de desconocidos.

—Si dándole el dinero nos la quitamos de encima, no me importa.

—Bueno, pues a mí sí. Steve te dejó ese dinero *a ti,* no a Brooke. —Su semblante serio me indica que no discuta con él—. No le vas a dar ni un centavo, Ella. Lo digo en serio. Arreglaré las cosas, ¿vale?

—¿Cómo? —lo desafío de nuevo.

Entonces, la frustración vuelve a apoderarse de él.

—Ya lo pensaré. Hasta entonces, no quiero que hagas nada sin consultármelo primero, ¿de acuerdo?

—Vale.

Él estira la mano sobre la mesa y entrelaza los dedos con los míos.

—No vamos a hablar más de esto —dice con firmeza—. Acabemos de cenar y finjamos, aunque sea por una noche, que Brooke Davidson no existe. ¿Qué te parece?

Aprieto su mano.

—Suena genial.

Y eso es lo que hacemos... durante unos diez minutos. Pero mi miedo de que siempre nos veamos involucrados en algún tipo de pelea acaba siendo un presagio; justo cuando el camarero nos trae la tarta de *mousse* de chocolate que hemos decidido compartir, una persona conocida pasa junto a nuestra mesa.

Reed tiene la cabeza agachada porque está pinchando la tarta con el tenedor, pero alza la mirada en cuanto susurro «Daniel está aquí».

Ambos nos giramos hacia la mesa a la que llevan a Daniel y a su acompañante. No reconozco a la chica, pero parece joven. ¿Una de primero, quizá?

—¿Ahora es un asaltacunas? —murmura Reed.

—¿Conoces a la chica?

—Cassidy Winston. Es la hermana menor de uno de mis compañeros de equipo. —Frunce los labios—. Tiene quince años.

La preocupación me come por dentro. Solo tiene quince años... y está en una cita con un asqueroso al que le gusta drogar a las chicas.

Echo otro vistazo. Daniel y Cassidy se han sentado, y ella lo mira como si él hubiese colgado la luna y las estrellas en el cielo. Tiene las mejillas sonrosadas, lo que le hace parecer más joven de lo que ya es.

—¿Por qué sale con una de primero?

Acerco el plato del postre en dirección a Reed. Se me ha quitado el apetito. Y, por lo visto, a él también, porque no come más.

—Porque nadie de nuestro curso quiere tocarlo ni con un palo —responde Reed con seriedad—. Todas las chicas mayores del Astor saben lo que te hizo. Después de la fiesta de Worthington, Savannah se aseguró de que todos supiesen que le hizo lo mismo a su prima.

—¿Crees que Cassidy lo sabe?

Reed no tarda en negar con la cabeza.

—No saldría con él si lo supiese. Y no creo que le haya dicho a su familia con quién ha salido esta noche, porque, créeme, Chuck le habría partido la cara a Delacorte si supiera que este cabrón va detrás de su hermana.

Vuelvo a poner la vista en la bonita chica de primer curso. Ríe por algo que Daniel acaba de decir. A continuación, coge su copa y bebe un pequeño sorbo, y una chispa de miedo estalla en mi interior.

—¿Y si él ha echado algo en su bebida? —susurro a Reed, y se me acelera el pulso.

—No creo que sea lo bastante estúpido como para drogar a una chica en un sitio como este —asegura Reed.

—No, no es estúpido... pero está desesperado. —El corazón empieza a latirme más deprisa—. Las chicas de tercero y cuarto no se acercan a él, y ahora pide salir a *las de primero*. Está claro que está desesperado. —Me quito la servilleta del regazo con brusquedad y la dejo en la mesa—. Necesita saber con quién está cenando. Voy a hablar con ella.

—No...

—Reed...

—Déjame a mí.

Parpadeo, sorprendida.

—¿Vas a ir ahí de verdad?

Reed echa su silla hacia atrás.

—Claro. No voy a permitir que haga daño a nadie más, nena. —Se levanta—. Espera aquí, yo me encargo.

Me levanto deprisa.

—Ja. Voy contigo. Sé cómo *te encargas* de las cosas y no pienso dejar que des un espectáculo en un restaurante tan elegante.

—¿Quién dice que voy a dar un espectáculo?

—¿Tengo que recordarte qué paso el lunes?

—¿Tengo que recordarte quién empezó todo al agarrar a Jordan del pelo y arrastrarla por el colegio?

Me ha ganado. Nos sonreímos mutuamente, pero el buen humor se disipa cuando nos damos la vuelta a la vez y cruzamos la sala.

El semblante de Daniel se ensombrece cuando nos ve. Cassidy está de espaldas, pero los ojos furiosos de su acompañante consiguen que emita un murmullo alarmado.

—Buenas noches —dice Reed lentamente.

—¿Qué quieres, Royal? —murmura Daniel.

—Hablar con tu acompañante.

—¿Conmigo?

Cassidy emite un pequeño chillido y su castaño pelo ondea cuando se da la vuelta hacia Reed.

—Cassidy, ¿verdad? —pregunta Reed con amabilidad—. Soy Reed. Tu hermano y yo jugamos juntos en el equipo de fútbol.

La chica de primero parece estar a punto de desmayarse cuando se da cuenta de que Reed sabe su nombre. Daniel contempla su expresión de sorpresa y contrae los labios.

—Sí —contesta ella en un susurro—. Sé quién eres. Voy a todos los partidos de Chuck.

Reed asiente.

—Bien. Me alegra que animes al colegio así.

—Siento ser grosero —interrumpe Daniel con frialdad—, pero estamos en una cita.

—Siento ser grosero —lo imita Reed, con sus ojos azules puestos en Cassidy—, pero Daniel es un violador, Cass.

La chica suelta un gemido.

—¿Qué? —titubea.

—¡Royal! —gruñe Daniel.

Reed lo ignora.

—Está muy bien con su traje de miles de dólares, pero este tipo es un cerdo de cuidado.

Las mejillas de la chica adquieren un tono rosado. Mira a Daniel, luego a mí y, por último, a Reed.

—No entiendo nada.

Yo aclaro todo en voz baja.

—En una fiesta, echó éxtasis en mi bebida. Me hubiese violado si mi novio —digo mientras señalo a Reed— no hubiese aparecido a tiempo para detenerlo.

Cassidy traga saliva varias veces.

—Dios mío.

—Podemos llevarte a casa —propone Reed con cautela—. ¿Quieres venirte con nosotros?

Ella vuelve a mirar a Daniel, que está rojo como un tomate. Tiene los puños cerrados sobre el mantel de lino y estoy bastante segura de que está a punto de lanzarse sobre Reed.

—Eres demasiado buena para él —digo a la chica—. Por favor, deja que te llevemos a casa.

Cassidy permanece callada durante un momento. Observa a Daniel sin moverse de su asiento.

Hay más gente a nuestro alrededor que también nos mira. Todos tienen los ojos fijos en nosotros y nos contemplan con curiosidad a pesar de que ninguno ha alzado la voz.

Al final, Cassidy echa su silla hacia atrás y se levanta.

—Me encantaría que me llevaseis —susurra mientras se alisa la falda de su vestido estampado con flores.

—Cassidy —susurra Daniel, claramente avergonzado—. ¿Qué coño haces?

Ella no lo mira. En lugar de eso, se coloca a mi lado en silencio y los tres nos vamos de la sala. Nos detenemos para que Reed le dé tres billetes nuevos de cien dólares a la acomodadora y yo cometo el error de mirar a Daniel.

Está tenso en su mesa, como una estatua, con los labios rígidos. Ya no parece avergonzado, sino lívido. No nos miramos a los ojos porque él no los tiene puestos en mí. Observa a Reed con una furia nada disimulada que me hace estremecer.

Trago saliva, aparto la mirada y sigo a Reed y a Cassidy hacia la puerta.

Capítulo 30

—Estoy aburrido. Entretenedme.

Reed y yo nos separamos sin aire cuando Easton entra en mi habitación sin llamar. Genial. Me *alegra* tanto haber pedido a Callum que inhabilitase el escáner de mi puerta. Reed me convenció de que era una tontería ahora que volvíamos a estar juntos y me recordó que no podía colarse en mi habitación por la noche si no podía abrir la puerta. Pero supongo que ambos olvidamos que Easton no sabe llamar.

—Fuera —murmura Reed desde la cama.

—¿Por qué? ¿Qué estáis...? —Easton se detiene cuando se da cuenta de nuestras pintas desaliñadas y de que nuestros pies están entrelazados. Sonríe.

—Ups. ¿Os estabais liando?

Lo fulmino con la mirada. Nos *estábamos* liando. Estaba siendo increíble y ahora estoy enfadada con él por habernos interrumpido.

—Lo siento. —Entonces, hace una pausa durante unos instantes y añade—: ¿Hacemos un trío?

Reed le tira un cojín, pero Easton lo intercepta fácilmente.

—Jo. Relájate, hermano. Estaba de coña.

—Estamos ocupados. Vete.

—¿Y qué hago? Es sábado por la noche y no hay ninguna fiesta. Estoy *aburrido* —dice Easton en un tono lastimero.

Reed pone los ojos en blanco.

—Es casi medianoche. ¿Por qué no te vas a la cama?

—No. Eso no tiene gracia. —Easton saca su móvil del bolsillo—. Bah. Voy a mandar un mensaje a Cunningham. Seguro que hay una pelea o dos esta noche.

Reed desenreda sus piernas de las mías y se sienta.

—No vas a ir a ese sitio solo. Sistema de compañeros, ¿recuerdas?

—Vale, entonces sé mi compañero. Te gusta pelear. Peleemos.

No se me escapa el brillo de emoción de los ojos de Reed, aunque desaparece en cuanto se da cuenta de que lo observo con detenimiento. Me levanto y suspiro.

—Si quieres ir, ve —digo.

—¿Ves, Reed? —señala Easton—. Tu hermana pequeña/novia, que está muy buena, te acaba de dar permiso para dar unos cuantos golpes. Venga.

Reed no se mueve. En lugar de eso, escudriña mi cara.

—¿De verdad que no te importa que pelee?

Vacilo. Sus actividades extracurriculares no me entusiasman precisamente, pero la vez que seguí a Reed y a Easton al muelle no vi nada que pudiera considerarse peligroso o que me diese miedo. Solo son un puñado de adolescentes y universitarios dándose palizas por diversión y por apuestas. Además, ya he visto a Reed en acción. Es letal cuando necesita serlo.

—Haz lo que quieras —respondo. Luego, sonrío con ironía—. No, espera. Deja KO a alguien. Quiero que vuelvas a casa tan guapo como te vas.

Easton finge tener arcadas.

Reed solo ríe.

—¿Quieres venir? Lo más probable es que no estemos mucho tiempo allí. Esa mierda suele terminar antes de las dos.

Me lo pienso. Mañana es domingo, así que, técnicamente, podemos dormir tanto como queramos.

—Vale, os acompañaré.

—Bien. Puedes guardar lo que ganemos en el sujetador —dice Easton mientras levanta las cejas en mi dirección.

Entonces, recibe otro cojín en la cara, cortesía de Reed.

—Lo que Ella lleve bajo la ropa, incluido su sujetador, no te incumbe —contesta Reed a su hermano.

Easton parpadea con fingida inocencia.

—Tío, ¿necesitas que te recuerde quién la besó primero?

Reed gruñe y yo lo agarro del brazo antes de que se abalance sobre Easton.

—Ahórratelo para el muelle —le echo la bronca.

—Vale. —Señala a Easton con el dedo—. Pero si vuelves a hacer un comentario guarro, te arrastraré al cuadrilátero.

—No prometo nada —exclama Easton mientras nos dirigimos hacia la puerta.

No tardamos mucho en llegar al muelle. Cuando lo hacemos, ya hay un montón de coches aparcados cerca de la verja que bloquea el astillero. Easton y Reed saltan por encima con facilidad y yo necesito dos intentos antes de lograrlo. Los brazos de Reed me recogen cuando aterrizo con escasa gracia. Me pellizca el trasero antes de bajarme al suelo.

—¿Le has mandado un mensaje a Cunningham? —pregunta a Easton.

—Sí, cuando íbamos en el coche. Dodson está aquí.

Los ojos de Reed se iluminan.

—Genial. Tiene un buen gancho de izquierda.

—Es una belleza —responde Easton de acuerdo—. Y nunca avisa. Viene de la nada. Lo aguantaste como un campeón la última vez que luchaste contra él.

—Dolió la hostia —admite Reed con una sonrisa.

Pongo los ojos en blanco. Ambos casi parecen dar saltitos de la emoción por ese tal Dodson y sus habilidades de combate masculinas.

Pasamos por delante de filas y filas de contenedores mientras nos dirigimos al patio desierto. Escucho leves gritos a lo lejos. El ruido se eleva cuanto más nos acercamos a la acción. Los chicos que vienen a estas peleas ni siquiera intentan esconder su presencia. No tengo ni idea de cómo pueden salirse con la suya con una actividad ilegal que se realiza en la propiedad privada de alguien.

Se lo pregunto a Reed, y él se encoge de hombros.

—Sobornamos al encargado del astillero.

Claro. Desde que me mudé a la casa de los Royal he aprendido que todo vale si ofreces el precio adecuado.

Cuando llegamos hasta una multitud de chicos ruidosos sin camiseta, Easton y Reed no tardan en quitarse la suya. Como siempre, se me entrecorta la respiración cuando veo el torso desnudo de Reed. Tiene músculos en lugares en los que ni siquiera sabía que había músculos.

—¡East! —grita alguien, y un tipo sudoroso con la cabeza rapada se acerca a nosotros—. ¿Vas a apostar?

—Joder, claro.

Easton le pasa un fajo de billetes de cien nuevecitos.

Es lo suficientemente grande como para que me gire hacia Reed y le susurre a la oreja:

—¿Cuánto cuestan estas cosas?

—Pelear son cinco de los grandes, pero también puedes apostar.

Vaya. No me puedo creer que alguien pague tanto dinero solo para pegar una paliza a alguien. Pero quizá es cosa de tíos, porque todas las caras masculinas que veo están iluminadas por un entusiasmo salvaje.

Aunque eso no detiene a Reed.

—Quédate con uno de nosotros todo el tiempo, ¿vale? —murmura.

No bromea. Durante la siguiente hora, tengo a un Royal pegado a mí todo el tiempo. Easton pelea un par de veces, gana una vez y pierde otra. Reed gana su único combate, no sin que, antes, su enorme oponente, el único e inimitable Dodson, le parta el labio con un gancho que me hace jadear. Pero mi chico sonríe al volver a mi lado, sin importarle la sangre que le recorre la barbilla.

—Eres un animal —digo en tono acusatorio.

—Y a ti te encanta —responde, y a continuación me besa, con lengua.

Es un beso tan profundo y adictivo que ni siquiera me importa la sangre que tiene en la boca.

—¿Listos? —Easton agita un fajo de billetes el doble de ancho que el que han entregado—. No estoy seguro de querer tentar más a la suerte.

Reed frunce el ceño, sorprendido.

—¿Lo dejas al estar en cabeza? ¿Estás… —Toma aire de broma—… controlando tus impulsos?

Easton se encoge de hombros.

—Ay, mira, Ella, nuestro hermanito pequeño está creciendo.

Río cuando Easton le muestra el dedo corazón.

—Vamos. Volvamos a casa. Empiezo a estar cansada.

Se vuelven a poner las camisetas, chocan las manos de varios de sus amigos y los tres volvemos por el camino que hemos venido. Mientras caminamos, Reed acerca sus labios a mi oreja y me dice:

—No estás cansada de verdad, ¿no? Porque tenía planes para ti al llegar a casa.

Ladeo la cabeza y sonrío.

—¿Qué tipo de planes?

—Pervertidos.

—Lo he oído —exclama Easton detrás de nosotros.

Se me vuelve a escapar la risa.

—¿No te ha dicho nadie que es de mala educación escuchar…?

Antes de poder terminar, un encapuchado sale de entre dos contenedores.

Reed gira la cabeza y exclama:

—¿Qué co…?

Él también es incapaz de terminar su frase.

Todo sucede tan rápido que apenas tengo tiempo de digerir lo que ocurre. El tipo de la capucha susurra palabras que no oigo bien. Vislumbro un destello plateado y un borrón, como si algo se moviera. Un segundo después, Reed está a mi lado y, al siguiente, está en el suelo y tan solo veo sangre.

Mi cuerpo entero se congela. Mis pulmones necesitan aire. Oigo gritar a alguien y pienso que quizá he sido yo. Al instante me apartan a un lado cuando se oyen unas pisadas contra el asfalto.

Easton. Se está peleando con el tipo encapuchado. Y Reed… Reed está en el suelo, sujetándose el costado derecho con ambas manos.

—¡Dios mío! —grito mientras corro hacia él.

Tiene las manos rojas y pegajosas. Cuando me doy cuenta de que la sangre se escapa de entre sus dedos, siento náuseas y quiero vomitar. Le aparto las manos y aplico presión en su costado. Mi voz parece débil y ronca cuando grito para pedir ayuda. Escucho más pisadas. Más gritos. Más alboroto. Pero todo mi mundo gira en torno a Reed ahora mismo.

Su rostro está casi completamente lívido y pestañea con rapidez.

—Reed —consigo decir—. No cierres los ojos, cariño. —No sé por qué ordeno eso, pero una parte aterrorizada de mí me dice que si los cierra, quizá no los vuelva a abrir. Entonces, giro la cabeza hacia atrás y grito—: ¡Que alguien llame a una ambulancia, maldita sea!

Alguien se detiene junto a nosotros. Es Easton. Se tira de rodillas al suelo y presiona rápidamente mis manos.

—Reed —exclama con cuidado—. ¿Estás bien, hermano?

—¿Qué coño crees? —murmura Reed. Su voz apenas es un susurro y eso aumenta mi pánico—. Acaban de apuñalarme.

—La ambulancia está de camino —anuncia una voz masculina.

Me doy la vuelta y veo al tío de cabeza rapada cerca de nosotros. La mirada de Dodson refleja preocupación.

Yo me centro de nuevo en Reed y me siento enferma. Lo han apuñalado. ¿Quién demonios haría eso?

—El hijo de puta se ha escapado —dice Easton—. Saltó la verja antes de que pudiese detenerlo.

—No importa —contesta Reed con dificultad—. ¿Has oído lo que ha dicho, verdad?

Easton asiente.

—¿Qué ha dicho? —pregunto mientras intento no vomitar al ver un charco de sangre en el asfalto.

Easton aparta la mirada de su hermano y la posa en mí.

—Ha dicho «un saludo de parte de Daniel Delacorte».

Capítulo 31

—¿Cómo está Reed Royal? —pregunto por enésima vez.

La enfermera pasa por mi lado como si ni siquiera me hubiese oído. Quiero gritarle «sé que me has oído, zorra», pero no creo que eso me diera la respuesta que necesito.

Easton se sienta delante de mí. Parece un volcán a punto de explotar desde que pilló al tipo que apuñaló a Reed en el estómago. Quiere matar a Daniel, y lo único que lo mantiene pegado a la silla es el temor que tiene a que le pase algo a Reed.

Eso y el hecho de que la policía apareció más rápido de lo que esperábamos. Supliqué a Easton que no me dejara porque estaba aterrada. ¿Y si lo apuñalaban a él también?

No puedo creer que ese loco pagase a alguien para hacer daño a Reed.

—La única razón por la que no estoy convirtiendo a Daniel en donante de órganos es que Reed me mataría en cuanto saliese del hospital si supiese que te he dejado sola.

Me muerdo el pulgar.

—No sé, Easton. Daniel está loco. Podrías ganarle en una pelea, pero después ¿qué? Está metido en líos en los que nosotros ni pensaríamos involucrarnos. ¿Contratar a alguien para apuñalar a Reed? ¿Y si le hubiesen dañado algún órgano vital? Es un milagro que siga vivo.

—Entonces haremos algo peor. —Lo dice en serio.

—¿Y que Reed y tú vayáis a la cárcel por agresión?

Easton bufa.

—Nadie va a ir a la cárcel. Esto quedará entre nosotros.

—¿No vas a decir a la policía lo que has oído?

—El tipo de la navaja ha desaparecido. —Easton niega con la cabeza—. Además, Reed querría ocuparse de ello por sí mismo. No quiere meter a la policía de por medio.

Abro la boca para rebatir, pero no tengo una buena respuesta. No denuncié a Daniel cuando me hizo daño y ahora mira lo que ha pasado. Tiene como presa a otras chicas y contrata a escoria para hacer daño a la gente que quiero. Callum aparece por la puerta e interrumpe mis pensamientos.

—¿Qué sabéis? —pregunta.

—Nada. ¡No nos dicen nada! —sollozo.

—No nos han dicho una mierda, tío —coincide Easton.

Callum asiente con brusquedad.

—Quedaos aquí —ordena de forma innecesaria.

Nunca me ha hecho tan feliz ver a Callum. Aunque su casa sea un caos, es evidente que la gente lo escucha. Se marcha de la sala de espera para enterarse de lo que le pasa a Reed por boca de algún cargo superior.

Vuelve en menos de cinco minutos.

—Están operando a Reed. Parece que todo va bien. Le han metido para ver si tiene algún órgano vital dañado, pero es más superficial de lo que parecía al principio. La herida es limpia. Se ha dañado algo de tejido y músculo, pero se curará con el tiempo. —Se pasa una mano por el pelo—. Una herida de navaja limpia. ¿Habéis escuchado lo que he dicho? —Mira a Easton con dureza—. No puedo creer que hayáis llevado a Ella al muelle si era tan peligroso.

Easton palidece.

—Antes no lo era. Solo había un puñado de gamberros como yo que querían juntarse y pegarse unos a otros. Conocíamos a todos. No se permitían armas. Esto ha pasado cuando nos marchábamos.

—¿Es cierto eso, Ella? —inquiere Callum.

Asiento enérgicamente.

—Sí. Nunca me he sentido en peligro, y algunos de los tíos eran de Astor o de otros colegios o institutos. No he visto pistolas ni nada parecido.

—¿Te refieres a que ha sido un ataque fortuito?

Por la incredulidad reflejada en su cara queda claro que Callum no cree que haya sido una casualidad.

Easton se frota la boca.

—No, no he dicho eso.

—¿Ella?

—Ha sido Daniel —digo en voz baja—. Ha sido culpa mía.

—¿A qué te refieres? ¿Eras tú quien tenía la navaja?

Aprieto los labios entre los dientes para no sollozar. No quiero romper a llorar ahora mismo, aunque siento que estoy al borde de un ataque de nervios.

—No denuncié a Daniel. Debería haberlo hecho, pero no quise lidiar con ese lío. Mi pasado no es bonito y testificar… las mierdas que me dicen en el colegio… ya tenía bastante.

Pensaba que era más fuerte, pero, por lo visto, no es así. Bajo la cabeza, avergonzada.

—Oh, cielo. —Callum se acerca y me rodea con un brazo—. Esto no es culpa tuya. Aunque hubieses denunciado a Daniel, él habría quedado libre. Nadie va a la cárcel porque una persona lo denuncie. Tiene que haber todo un proceso judicial.

No estoy convencida, así que no me permito aceptar su consuelo.

Easton aclara la garganta.

—No es culpa tuya, Ella. Debería haberle dado una lección.

Callum sacude la cabeza.

—Me parece bien un puñetazo en la cara si sirve, pero pegar una paliza al chico no resolverá el problema. Contratar a alguien para que apuñale a mi hijo va más allá de lo que haría un matón. Unos centímetros más a la izquierda y… —Su voz se apaga, pero mi mente rellena el espacio.

Unos centímetros más a la izquierda y estaríamos preparando un funeral. Puede que Callum tenga razón al decir que habrían apuñalado a Reed aunque yo hubiese denunciado a Daniel, pero quedarme callada ya no me parece bien.

No puedo arrastrar a Daniel hasta la entrada del instituto y humillarlo para que pare. Eso ya lo he intentado. Y Reed ya le ha dado una paliza. Daniel no va a parar así porque sí.

Alguien tiene que detenerlo.

—¿Y si denuncio lo que ocurrió? —pregunto.

—¿Lo que ha pasado esta noche? —inquiere Callum.

Easton frunce el ceño, pero yo lo ignoro.

—No, lo que ocurrió hace unas semanas. Cuando me drogó. Sé que es demasiado tarde para hacer pruebas y tal, pero había más gente en la sala. Un tío llamado Hugh. Dos chicas del instituto North. Ellos fueron testigos de que Daniel me drogó.

Callum se aleja y me mira a la cara. Está visiblemente preocupado.

—No voy a mentirte, cariño. Este tipo de cosas son horribles para las víctimas. Además, ha pasado tiempo desde aquello. No hay forma de que puedan hacerte un análisis de sangre para comprobarlo. Si esos chicos no testifican o no quieren hacerlo, será su palabra contra la tuya.

Lo sé, y por eso nunca lo conté a la policía. Denunciar es un gran follón que nunca parece dar resultado, sobre todo para la víctima. Pero ¿qué otra alternativa hay? ¿Mantener la boca cerrada para que Daniel encuentre a más víctimas?

—Puede que sea cierto. Pero no soy la única a la que ha hecho daño. Puede que si doy un paso al frente, otra gente también lo haga.

—De acuerdo. Te apoyaremos, desde luego. —Lo dice como si no se planteara hacer algo distinto. Como hubiera hecho mi madre si siguiera viva—. Tenemos recursos. Contrataremos a un equipo de relaciones públicas y a los mejores abogados. Buscarán en el pasado de Daniel hasta que aparezcan los esqueletos de los ancestros de los Delacorte.

Está a punto de decir algo más, pero la puerta de la sala de espera se abre y aparece un doctor. No tiene sangre en su ropa quirúrgica y no parece triste.

Suspiro, aliviada. No sé por qué. Supongo que si tuviese la ropa manchada de sangre significaría que la operación ha sido terrible y que Reed no ha salido con vida.

—¿Señor Royal? Soy el doctor Singh. Su hijo está bien. El cuchillo no ha dañado órganos vitales. Ha sido una herida superficial. Atrapó el cuchillo con las manos y tiene heridas en las palmas, pero se le curarán en los próximos diez o quince días. Debería evitar todo tipo de actividades físicas.

Easton resopla a mi lado y Callum lo fulmina con la mirada. Mis mejillas adquieren un tono rojo oscuro.

—Pero si los Riders continúan ganando —añade el doctor—, podrá jugar en el estatal.

—¿Dice en serio lo del fútbol? —exclamo.

Esta vez, todos me miran y fruncen el ceño. El doctor Singh se quita las gafas y las frota contra su camisa.

—Claro que sí. No querría que uno de nuestros mejores defensas se quedase sin jugar el campeonato.

El doctor Singh me mira como si estuviese loca. Yo gesticulo y me alejo mientras Callum y el doctor hablan sobre las oportunidades de los Riders sin que Reed juegue el primer partido de las eliminatorias.

—Easton, no dejarás que tu hermano juegue, ¿verdad? —susurro.

—El doctor ha dicho que no pasa nada. Además, ¿crees que puedo controlar lo que hace mi hermano?

—Estáis todos locos. ¡Reed debería quedarse en cama!

Él pone los ojos en blanco.

—Ya has oído lo que ha dicho el doctor. Herida superficial. Estará bien y haciendo vida normal en un par de semanas.

—Me rindo. Esto es totalmente ridículo.

Callum se acerca a nosotros.

—¿Listos para volver a casa?

—¿No puedo quedarme con Reed?

—No, está en una habitación privada, pero no hay una cama para ti. Ni para ti —dice a Easton—. Ambos os venís conmigo, donde pueda manteneros vigilados. Reed está durmiendo y no necesita preocuparse por vosotros.

—Pero...

—No. —Callum no cede—. Y tú, Easton, no vas a ir a casa de Delacorte a hacer nada.

—Vale —responde malhumorado.

—Quiero ir a la comisaría de policía a denunciar a Daniel —Necesito hacerlo esta noche antes de perder valor. Ir con Callum es la segunda mejor opción si no puedo ir con Reed.

—Iremos allí primero —accede Callum mientras nos dirigimos al coche—. Todo va a ir bien, Durand.

Durand asiente con cierta brusquedad y se dirige al asiento del conductor.

Cuando el coche empieza a moverse, Callum marca un número en su móvil y después lo coloca sobre la rodilla, boca arriba y con el altavoz activado.

Cuando suena el tercer tono, oímos una voz somnolienta.

—¿Callum Royal? ¡Es la una de la mañana!

—Juez Delacorte. ¿Cómo está? —pregunta educadamente.

—¿Ha pasado algo malo? Es bastante tarde —La voz del padre de Daniel es profunda, como si todavía estuviese en la cama.

—Lo sé. Quería llamarle por cortesía. Voy de camino a la comisaría con mi pupila y mi hijo. Su chico, Daniel, es... ¿cómo decirlo?... un puto y asqueroso criminal, y vamos a hacer que pase un tiempo entre rejas.

Un silencio cargado de sorpresa es la respuesta que obtenemos. Easton ahoga una risa con la mano.

—No sé de qué me habla —responde por fin Delacorte.

—Es posible —reconoce Callum—. A veces los padres no estamos pendientes de lo que hacen nuestros hijos. Yo mismo soy culpable de eso. La buena noticia es que tengo un excelente equipo de investigadores privados. Como sabe, dado el trabajo gubernamental que realizamos, necesitamos ser muy cuidadosos sobre a quién contratamos. Mi equipo es excepcionalmente bueno en obtener secretos que lograrían que una persona fuese sincera. Estoy seguro de que no hay ningún cadáver en el armario de Daniel... —Se detiene para añadir dramatismo. Funciona, porque se me eriza el vello de la nuca, y no soy yo a quien amenaza—... ni en el suyo, así que no tiene nada de lo que preocuparse. Pase una buena noche, señoría.

—Espere, espere, no cuelgue —Se oyen unos crujidos—. Deme un minuto—. Se cierra una puerta y su voz se escucha con más fuerza y más alerta—. ¿Qué propone?

Callum permanece callado.

A Delacorte no le gusta eso. Suplica, aterrorizado.

—Debe querer algo, de lo contrario, no habría llamado. Dígame lo que quiere.

Callum sigue sin responder.

Al cabo de unos instantes, Delacorte jadea y añade:

—Haré que Daniel se vaya lejos. Lo han invitado a asistir al colegio de caballeros de Knightsbridge, en Londres. Lo he animado a ir, pero él se resiste a alejarse de sus amigos.

Oh, genial. O sea que ¿volará y apuñalará a chicos en Londres? Abro la boca, pero Callum alza la mano y niega con la cabeza. Yo me acomodo en mi asiento y trato de tener paciencia.

—Inténtelo de nuevo —dice.

—¿Qué quiere?

—Quiero que Daniel reconozca que ha hecho algo mal y corrija su comportamiento en el futuro. No creo que el hecho de que lo encierren provoque ese cambio. En unas cinco horas, dos oficiales de la marina se presentarán en su puerta. Firmará la orden que les permite llevarse a su hijo de diecisiete años. Daniel asistirá a una escuela militar diseñada para corregir el comportamiento de jóvenes problemáticos como él. Si aprueba, volverá con usted. Si no, será comida para el motor de uno de los aviones a reacción de la planta. —Callum se echa a reír al colgar, pero no sé si está bromeando o no.

Sé que tengo los ojos abiertos como platos. Entonces, no puedo evitar preguntar:

—¿Vas a matar a Daniel?

—Joder, papá, eso ha sido la hostia.

—Gracias, hijo. —Callum sonríe con suficiencia— Todavía los tengo bien puestos aunque no lo creáis. Y, Ella, no, no voy a matar a Daniel. El Ejército puede salvar a niños. También convertir a chicos malos en algo peor. Si mis amigos piensan que no lo pueden salvar, hay otras opciones. Opciones que no discutiré con vosotros.

Vale.

Al llegar a casa Easton sube corriendo las escaleras para contar todo a los gemelos y Callum se mete en su despacho. Llama a Gideon para contarle lo sucedido. Yo me quedo en la entrada y recuerdo la primera vez que pisé la casa de los Royal. Era tarde, tanto como hoy.

Los chicos estaban en fila junto a la barandilla de las escaleras. Parecían tristes y hostiles. Yo tenía miedo de ellos. ¿Y ahora...? Ahora temo *por* ellos.

Callum está cambiando. Lo que ha hecho esta noche y sus acciones de las semanas pasadas demuestran que está más involucrado con su familia que cuando llegué. Sin embargo, todo se irá al garete si se casa con Brooke. Sus hijos no volverán a confiar en él mientras esté con esa terrible mujer. ¿Por qué no lo ve?

Si Callum fuese inteligente mandaría a Brooke con Daniel a esa academia militar especial. Pero, por alguna razón, está ciego en lo que se refiere a Brooke.

Me muerdo los carrillos. ¿Y si Callum supiera la verdad? Si supiera lo de Reed y Brooke... ¿se casaría con ella?

«Solo hay una forma de saberlo...», pienso.

Si Reed estuviese aquí, no le haría nada de gracia que fuese al despacho de Callum, pero estoy tomando una decisión ejecutiva. Sé que se pondrá furioso cuando descubra lo que he hecho, pero alguien necesita abrir los ojos a su padre, y, desgraciadamente, creo que ese alguien soy yo.

Llamo a la puerta.

—Callum, soy Ella.

—Adelante—responde con un gruñido.

Entro en el estudio. Es masculino. Unos paneles de madera de cerezo cubren todas las paredes; los asientos están tapizados con cuero de color borgoña y las ventanas están cubiertas por cortinas de un tono verde bosque.

Por supuesto, Callum tiene una copa en la mano. Lo dejo pasar. Si hay una noche en la que tiene permitido beber, es esta.

—Gracias por ocuparte de lo de Daniel —digo.

—Cuando te traje aquí, te prometí que haría cualquier cosa por ti. Eso incluye mantenerte a salvo de gente como Delacorte. Debería haberme deshecho de él hace tiempo.

—Te lo agradezco de verdad. —Paseo por delante de las hileras de libros. En el centro de las estanterías, hay otra gran foto de Maria—. Maria era preciosa. —Vacilo antes de añadir—: Los chicos la echan mucho de menos.

Él remueve el líquido de su copa varias veces antes de contestar:

—No hemos sido los mismos desde que nos dejó.

Tomo aire. Sé que estoy a punto de sobrepasar muchos límites.

—Callum... quería decirte algo sobre Brooke... —Suelto aire con rapidez—. Estamos en el siglo veintiuno, no tienes que casarte con una chica porque esté embarazada.

Él deja escapar una risa aguda.

—Sí que debo. Verás...

—¿Qué, Callum? ¿Qué? —Me siento tan frustrada. Quiero dar un paso adelante y quitarle esa estúpida copa de la mano—. ¿Qué escondes?

Levanta la mirada y me mira por encima del borde de la copa.

—Mierda, Callum. ¿Me lo vas a contar?

Casi pasa un minuto hasta que deja escapar un suspiro profundo.

—Siéntate, Ella.

Mis piernas parecen temblar, así que no discuto. Me acomodo en la silla que hay frente a la suya y espero a que me cuente por qué está obligado a casarse con Brooke.

—Brooke apareció en el momento idóneo de mi vida —admite—. Yo estaba hundido, de luto, y usé su cuerpo para olvidar. Y entonces... me resultó más simple seguir utilizándola. —Cada palabra está teñida de arrepentimiento—. A ella no le importó que me acostase con otras mujeres. De hecho, me animó a hacerlo. Cuando salíamos, ella señalaba a mujeres con las que creía que disfrutaría. Me gustaba que no requiriese involucrarme emocionalmente. Pero a partir de cierto punto, quiso más de lo que yo podía darle. Nunca encontraré a otra Maria. Brooke solo me hace sentir lujuria.

Lo miro con incredulidad.

—Entonces deja que se vaya. Aunque se marche, podrás ser el padre de ese bebé.

Joder, si Brooke vendería al bebé por el precio adecuado.

Callum sigue hablando como si yo no estuviese ahí.

—Cuando Brooke sea mi mujer, a lo mejor podré controlarla. Puedo atarla con lazos contractuales. No quiere vivir en Bayview. Quiere una casa más grande. Una vida en París, Milán o Los Ángeles, un lugar donde codearse con actores, modelos o atletas. Si la puedo alejar de mis chicos, valdrá la pena.

—¡No la vas a alejar de tus chicos! ¡La vas a empujar a ellos!

¿Por qué no entra este hombre en razón?

—Nos mudaremos a la costa oeste. O al extranjero. Los chicos estarán bien aquí por su cuenta hasta que terminen el colegio. Haré lo que sea por alejarla de ellos. Sobre todo de Reed.

Yo frunzo el ceño.

—¿A qué te refieres?

Lo que dice a continuación me deja helada:

—Lo más seguro es que el bebé sea suyo, Ella.

Agradezco estar sentada. Si no, me hubiese desplomado.

Vine para confesar lo que sabía sobre Reed y Brooke, pero Callum, el hombre que pensé que no se daba cuenta de nada, ya sabe que su hijo se había acostado con su novia...

Mi cara debe de revelar algo, porque los ojos azules de Callum se entrecierran.

—Ya los sabías... —dice pensativo.

Yo asiento, temblorosa. Me cuesta un poco hablar.

—¿*Tú* ya lo sabías?

Una risa desganada se escapa de sus labios.

—Cuando Brooke me dio la noticia de que estaba embarazada, le dije lo mismo que tú me acabas de decir a mí. Que podía tener el bebé y que yo la ayudaría. Entonces me dijo que se había acostado con Reed y que el bebé podía ser suyo.

Las náuseas se apoderan de mi garganta.

—¿Cu... cuando dijo que pasó? ¿Ella y Reed...?

Reed me prometió que no la había tocado desde que nos besamos, pero nunca especificó cuándo dejó de acostarse con ella. Y yo no he sido lo bastante valiente o estúpida para obligarlo a darme detalles.

Callum vacía su copa y se levanta para rellenarla.

—Supongo que antes de que vinieses. Conozco a Reed. No te hubiese tocado si estuviese aún con Brooke.

Mi mano viaja hasta mi garganta.

—¿Sabes lo nuestro?

—No estoy del todo ciego, Ella. Y vosotros dos no sois tan cuidadosos como creéis. Pensé... que os vendría bien a los dos. Creí que a Reed le sentaría bien estar con alguien de su edad y que sería bueno que tuvieses a alguien especial en tu vida. Lo descubrí cuando te marchaste —admite.

—¿Por qué no descubriste lo que Brooke quería? ¿Por qué no protegiste a tu hijo de ella?

Mi tono acusatorio hace que sus ojos se llenen de ira.

—¡Lo estoy protegiendo ahora! ¿Crees que quiero que mi hijo esté atado a ella el resto de su vida? Es mejor que yo cuide de ese bebé como si fuera mío y que Reed viva la vida que merece.

—El bebé no puede ser suyo, Callum. La última vez que estuvo con ella fue hace seis meses, y ella *no* está embarazada de seis meses.

A menos que Reed me mintiera sobre lo que pasó en su habitación el mes pasado...

Pero no. *No.* Me niego a creerlo. Le di otra oportunidad porque confío en él. Si dice que no la tocó aquella noche, entonces no la tocó.

Callum me mira como si fuera una niñata estúpida.

—Tiene que ser suyo, Ella.

—¿Cómo sabes que no es tuyo? —lo desafío.

Él sonríe con tristeza.

—Me hice la vasectomía hace quince años.

Trago saliva con dificultad.

—Oh.

—Maria quería una niña —confiesa Callum—. Seguimos intentándolo, pero después de que tuviese a los gemelos, el doctor le aconsejó que no tuviera más hijos. Dijo que si se quedaba embarazada de nuevo, podía ser muy peligroso. Ella se negó a aceptarlo, así que... me hice la vasectomía y nunca se lo dije. —Él sacude la cabeza, desolado—. No puedo ser el padre del bebé de Brooke, pero puedo hacerme cargo de él. Si arrastro a Reed hacia esto, se creará un lazo entre Brooke y él para siempre, un lazo de culpa, tristeza y responsabilidad. No dejaré que eso pase. Puede que mi hijo me odie lo suficiente como para que se quisiese acostar con mi novia, pero yo lo quiero tanto como para liberarlo de una vida de miseria.

—¿De cuánto está? —pregunto.

—De tres meses y medio.

Cierro los puños, frustrada; quiero hacer ver a Callum de alguna forma que la suposición que ha hecho es equivocada.

—Creo a Reed cuando dice que no la ha tocado en seis meses.

Callum se limita a mirarme.

—Lo creo —insisto—. Y desearía que tú también lo hicieras. Que tú no engañaras a Maria ni Reed me haya engañado a mí no significa que Brooke sea igual.

—Brooke quiere ser una Royal. No se arriesgaría. La pillé una vez intentando sabotear su tratamiento anticonceptivo.

Me froto la cara con las manos porque está claro que ha tomado una decisión.

—Puedes creer lo que quieras, pero estás equivocado. —Me levanto de la silla con los hombros caídos. Me siento derrotada. Me detengo en el umbral de la puerta y lo intento por última vez—. Reed quiere que te hagas una prueba de paternidad. Obligaría a Brooke a hacerlo si pudiera.

Callum parece sorprendido.

—¿Se haría una prueba y arriesgaría a que los resultados demostraran que él es el padre oficialmente?

—No, se haría la prueba para que la verdad saliese a la luz. —Lo miro a los ojos—. Brooke te está mintiendo. No es el hijo de Reed, y si confías en tu hijo aunque solo sea mínimamente obligarás a Brooke a hacerse la prueba y harás que todo este problema acabe.

Empiezo a irme, pero Callum alza la mano.

—Espera.

Frunzo el ceño, pero veo que agarra el teléfono y marca un número. Quienquiera que sea, contesta enseguida.

—Dottie —dice Callum en alto al aparato—. Cuando vayas a la oficina por la mañana, pide una cita para la señorita Davidson en el ginecólogo de Bayview a las nueve en punto. Y manda un coche para recogerla.

Una sonrisa se extiende por mi cara. Quizá le haya hecho reaccionar.

Callum cuelga y me mira preocupado. Después suspira y dice:

—Espero que tengas razón, Ella.

Capítulo 32

Reed

Ella se ha negado a marcharse de mi lado desde que salí del hospital. Lo cual es totalmente innecesario, porque los analgésicos hacen su trabajo en la medida de lo posible. Si no me muevo, lo que más me incomoda son los puntos, que me pican. Los médicos me dijeron que tratara de no rascarme porque me arriesgaba a abrirlos, así que intento distraerme al ver a Sawyer y Sebastian tirar a Lauren a la piscina como si fuese una pelota de playa.

No hace tan buena tarde como para nadar, pero nuestra piscina es climatizada y Lauren también tiene a los gemelos para que la hagan entrar en calor. Ella y yo estamos echados en una tumbona mientras Easton manda mensajes sentado en una silla a nuestro lado.

—Wade quiere saber si vas a tener una cicatriz molona —dice East, distraído.

Ella gruñe con fuerza.

—Dile a Wade que deje de pensar en mierdas estúpidas y que dé gracias porque su mejor amigo esté vivo.

Yo sonrío con suficiencia.

—Te cito, hermanita —East escribe algo, espera y empieza a reír—. Wade quiere saber si le gritas así a Reed cuando te lo estás tirando.

—¿Hay un emoji del dedo corazón? —pregunta Ella con dulzura—. Si lo hay, mándale uno.

Acaricio su suave pelo con los dedos y disfruto de la sensación de tener su cuerpo pegado al mío. Nunca sabrá lo asustado que estaba anoche, no por mí, sino por ella. Cuando el tipo encapuchado salió de entre las sombras, mi primer y único pensamiento fue el de proteger a mi chica. Ni siquiera fui consciente de que me clavó la navaja en el abdomen. Solo recuerdo empujar a Ella a un lado y colocarme delante de ella.

Dios. ¿Qué habría pasado si Daniel hubiese enviado a alguien tras ella en lugar de a por mí? ¿Y si le hubieran hecho daño?

—¿Reed? —murmura preocupada.

—¿Mmm?

—Te has puesto tenso de repente. ¿Estás bien? —Se levanta al instante—. ¿Necesitas otro analgésico?

—Estoy bien. Pensaba en Delacorte y en lo psicópata que es.

—Cierto —señala East con seriedad—. Espero que le peguen una buena paliza en la cárcel militar esa.

Ella suspira.

—No es una cárcel. Es una academia para jóvenes problemáticos.

—¿Jóvenes problemáticos? —East resopla—. Ese cabrón es más que problemático. Ha hecho que *apuñalen* a mi hermano.

—¿Crees realmente que el tipo encapuchado intentaba matar a Reed? ¿Y si regresa y lo vuelve a intentar? —Parece muy triste, así que entrecierro los ojos y miro a Easton.

—Nadie intentaba matarme —aseguro—. Si fuera así, me habría rajado el cuello.

De repente, Ella se estremece.

—¡Dios, Reed! ¿Cómo se te ocurre decir eso?

—Lo siento. Ha sido una estupidez. —La vuelvo a acercar a mí—. No sigamos con esto. Daniel se ha ido. Y le dio el nombre del tipo encapuchado a la policía, así que lo encontrarán muy pronto, ¿vale?

—Vale —repite, pero no parece convencida.

Un chillido fuerte procedente de la piscina nos hace girar la cabeza en dirección a la parte más profunda, donde Seb intenta deshacer los nudos del bikini de Lauren.

—¡Sebastian Royal! ¡No te atrevas! —Sin embargo, la chica ríe mientras intenta alejarse de mi hermano menor.

Sawyer nada tras ella y la coge en brazos, y la pelota Lauren vuelve a ser lanzada.

East se inclina en su silla y baja la voz.

—¿Cómo crees que lo hacen?

Ella entrecierra los ojos.

—¿A qué te refieres?

—Lauren y los gemelos. ¿Crees que están con ella los dos a la vez o uno después del otro?

—La verdad es que no quiero saberlo —responde Ella con sinceridad.

Yo tampoco. Nunca he cuestionado la relación de Seb, Sawyer y Lauren. A ojos de la gente, Lauren es la novia de Sawyer, pero no tengo ni idea de qué pasa a puerta cerrada.

Escuchamos unas pisadas detrás de nosotros y me vuelvo a tensar al ver que mi padre aparece junto a las tumbonas.

—Reed. ¿Cómo estás?

—Bien —respondo sin mirarlo a la cara.

Se produce un silencio incómodo. No he sido capaz de mirar a mi padre a los ojos desde que Ella me contó que había hablado con él. Estaba avergonzada y nerviosa cuando vino al hospital esta mañana y me lo confesó mientras yo permanecía sentado y me debatía entre la culpabilidad y la sorpresa.

Mi padre sabe lo de Brooke. Y lo mío. Según Ella, lo ha sabido desde hace semanas, pero no me ha dicho ni una palabra. Supongo que así actúan los Royal. Evitamos los problemas complicados. No hablamos de nuestros sentimientos. Y una parte de mí lo agradece. No sé cómo reaccionaré si papá me habla de ello. Todavía no lo ha hecho, pero Ella me contó que había pedido cita para hacer una prueba de paternidad, así que, antes o después, tendrá que decir algo, ¿no?

Va a ser una conversación incómoda. Me alegro de posponerla lo máximo posible.

Papá se aclara la garganta.

—¿Vais a terminar pronto? —Echa un vistazo a la piscina y, luego, fija la vista en las tumbonas de nuevo—. Había pensado que podíamos ir todos a cenar. El *jet* tiene combustible y está listo para cuando lo estéis vosotros.

—¿El *jet*? —En la parte profunda de la piscina, Lauren abre los ojos como platos—. ¿Adónde vamos?

Callum sonríe.

—D. C. Pensé que sería una buena sorpresa para todos. —Se gira hacia Ella—. ¿Has estado alguna vez en Washington?

Ella niega con la cabeza. Y desde la piscina escucho como Lauren susurra a los gemelos: «¿Quién vuela a otro estado *para cenar*?».

—Los Royal —responde Sawyer en un murmullo.

—No creo que sea buena idea —admito. Mi tono de voz es reticente porque odio mostrar mis debilidades, pero el efecto de los analgésicos está desapareciendo. Solo el hecho de pensar en levantarme y volar me resulta insoportable—. Id vosotros. No me importa quedarme aquí.

—Yo también me quedo —añade Ella de inmediato.

Le toco la rodilla y observo cómo la mirada de mi padre se posa en mi mano.

—No, ve con ellos —insisto bruscamente—. Has estado pegada a mí desde las siete de la mañana. Necesitas un cambio de aires.

Ella no parece contenta.

—No voy a dejarte solo.

—Eh, estará bien —dice East.

Mi hermano se levanta de su silla, lo cual no me sorprende. Me he dado cuenta de que ha estado como loco todo el día. Easton no está hecho para estar sentado sin hacer nada.

—Ve —exclamo a Ella—. Te encantará Washington, créeme.

—Venga, hermanita, vamos a ver el monumento a Washington desde el aire —intenta convencerla Easton—. Parece un pene gigante.

—¡Easton! —le reprende Callum.

Al final conseguimos convencerla y todos se dispersan para prepararse para la cena. Yo intercambio la tumbona por el sofá de la sala de juegos, donde Ella me encuentra veinte minutos después.

—¿Estás seguro de que estarás bien solo? —Se muerde el labio, consternada.

Alzo el mando.

—Sí, nena. Veré un partido y, luego, me echaré la siesta o algo.

Ella se acerca a mí y me da un suave beso en los labios.

—¿Me prometes que me llamarás si necesitas algo? Obligaré a Callum a que nos traiga.

—Lo prometo —respondo, solo para contentarla.

Después me da otro beso y se marcha. Oigo pasos y voces en la entrada, y, entonces, el ruido desaparece y la casa se queda silenciosa, como una tumba.

Me estiro en el sofá y me concentro en la pantalla. Veo como Carolina anota una y otra vez y machaca a la inepta defensa de Nueva Orleans. Por mucho que me guste ver ganar a mi equipo, hacerlo me recuerda que me perderé dos eliminatorias con los Riders como mínimo, y eso me molesta.

Suspiro, apago la tele y decido echarme una siesta, pero mi teléfono suena antes de que cierre los ojos.

Es Brooke.

Mierda.

Sé que me mandará un aluvión de mensajes si no contesto, así que descuelgo la llamada y murmuro:

—¿Qué quieres?

—Acabo de volver de París. ¿Podemos hablar?

Parece extrañamente apagada, lo que hace que me ponga en guardia de inmediato.

—Pensé que volvías la semana que viene.

—He vuelto antes, qué se le va a hacer...

Sí, está nerviosa por algo. Me levanto con cuidado.

—No me interesa escuchar nada de lo que tengas que decirme. Ve a molestar a otra persona.

—¡Espera! No cuelgues. —Su respiración agitada suena desde el otro lado de la línea—. Estoy lista para hacer un trato.

Mis hombros se tensan.

—¿Qué demonios significa eso?

—Ven y hablaremos —suplica Brooke—. Tú y yo, Reed. No traigas a Ella ni a ninguno de tus hermanos.

Yo suelto una carcajada.

—Si esta es tu forma de intentar seducirme...

—¡No quiero seducirte, pequeño imbécil! —Vuelve a tomar aire como si intentase tranquilizarse—. Quiero hacer un trato. Así que, a menos que hayas cambiado de idea sobre conseguir que me vaya, te sugiero que te presentes aquí.

Mi desconfianza crece. Es obvio que trama algo. No me interesa participar en sus jueguecitos.

Pero... si existe la más remota posibilidad de que lo diga en serio, ¿puedo ignorarla?

Dudo durante varios segundos antes de contestar:

—Estaré ahí en veinte minutos.

Capítulo 33

Ella

La cena en Washington es divertida, pero cuando el avión aterriza me siento contenta y aliviada. He echado de menos a Reed y no me gusta saber que ha estado solo y dolorido toda la noche.

—¿Quieres ver una peli conmigo y con Reed? —pregunto a Easton en cuanto nos subimos al coche.

Parece estar a punto de aceptar cuando su teléfono comienza a vibrar. Echa un vistazo a la pantalla y niega con la cabeza.

—Wade me ha invitado a su casa. Tiene una amiga que necesita público.

Callum anda más deprisa para evitar escuchar los planes de su hijo. En cambio, yo no tengo otra opción.

—Ten cuidado —digo a Easton.

Me pongo de puntillas y le doy un beso en la mejilla, y él me despeina a modo de respuesta.

—Siempre. Siempre utilizo protección —grita en dirección a su padre—. Justo como me enseñaron.

No puedo asegurarlo por la escasa luz, pero creo que Callum le enseña el dedo corazón sin darse la vuelta.

—Ten cuidado tú también —bromea Easton—. Nunca se sabe si Reed intentará cazarte con un bebé. —Yo hago una mueca y él se encoge—. Lo siento, soy un bocazas.

—No pasa nada. Además, va a hacerse la prueba de paternidad, así que sabremos quién es el padre de esa semilla demoníaca en unos pocos días, ¿no? O en una semana.

Easton vacila.

—¿Estás segura de que no es de Reed?

—Él jura que no.

—¿Entonces es de mi padre?

Ahora me toca dudar a mí. Desearía no guardar estos secretos. No sé por qué Callum no les cuenta a sus hijos lo de la vasectomía.

—No, no creo que sea suyo tampoco.

Easton respira con rapidez.

—Bien. Solo tenemos sitio para un Royal más en casa, y esa eres tú.

Luego, me da un tierno beso en la frente y se marcha a su camioneta.

Cuando llegamos a la casa, los gemelos se han ido a quién sabe dónde. La luz del despacho de Callum está encendida, así como la del pasillo del piso de arriba que lleva a mi habitación y a la de Reed. Subo las escaleras en silencio. Es extraño, pero tengo la misma sensación que cuando encontré a Reed y Brooke juntos. Al llegar arriba, echo un vistazo a lo largo del pasillo y mi corazón empieza a latir con más fuerza.

Me recuerdo a mí misma que las cosas no son como pensaba la última vez y que no hay razón para que haya alguien en su habitación que no sea él. Sin embargo, mi corazón late con fuerza y tengo las palmas sudorosas cuando llego a su puerta.

—¿Reed?

—En el baño —responde con una voz amortiguada.

Suspiro aliviada y giro la manilla. La habitación está vacía, pero una tenue luz que procede de la puerta entreabierta del baño ilumina la estancia. Meto la cabeza en el baño y jadeo al verlo.

Se ha quitado el vendaje y hay gasas ensangrentadas en el lavabo.

—¡Dios! ¿Qué ha pasado?

—Se me han abierto un par de puntos. Estoy cambiándome el vendaje. —Tira las gasas manchadas de sangre a la basura y se coloca una venda nueva y blanca en el costado—. ¿Me ayudas a ponerme el esparadrapo?

Me acerco a él en menos de lo que canta un gallo; con el ceño fruncido, agarro el rollo de esparadrapo del tocador.

—¿Cómo te lo has hecho? ¿Te has movido mucho?

—La verdad es que no.

Lo fulmino con la mirada. No lo ha negado, simplemente ha evadido mi pregunta.

—Mientes.

—Me he movido un poco —admite—. No es para tanto.

Tiene los ojos oscurecidos y algo caídos. ¿Ha bajado a golpear el saco? ¿Todavía se culpa por lo de Brooke? Mientras rompo trozos de esparadrapo, observo sus nudillos. No parecen amoratados.

—Sabía que tenía que haberme quedado —gruño—. Me necesitabas. ¿Qué has estado haciendo mientras yo estaba fuera? ¿Levantar pesas?

En lugar de contestarme, se inclina y me besa con dulzura e intensidad al mismo tiempo en la frente. Entonces, se aparta de mí y contesta:

—Te prometo que no ha sido nada. Intentaba alcanzar algo, he sentido que se me abrían los puntos y aquí estoy.

Frunzo los labios.

—Hay algo que no me estás contando. Pensé que no habría más secretos entre nosotros.

—No peleemos, nena. —Me agarra de la muñeca, me saca del baño y me dirige a la cama—. De verdad que no es nada. Me he tomado otro analgésico y ahora me siento bien.

Esboza una sonrisa torcida que no llega a sus ojos. Pero al menos me mira. Busco respuestas en su mirada y veo que hay cierta tensión en su boca, aunque la atribuyo al dolor. Sea lo que sea que haya pasado esta noche, puede esperar hasta mañana. Necesita descansar.

—No me gusta verte dolorido —admito mientras nos acomodamos en su cama.

—Lo sé, pero te prometo que no duele tanto.

—Se suponía que ibas a descansar. —Doy un ligero toque al esparadrapo sobre su piel, casi sin preocuparme cuando se encoge—. ¿Ves? Te duele.

—No te jode... Nena, me han apuñalado, ¿es que no te acuerdas? —Me toma de las manos y me acerca a él.

Su pecho sube y baja a un ritmo normal. Me podrían arrebatar todo: los coches, los aviones, las cenas en restaurantes elegantes... pero no podría soportar perder a Reed. La ansiedad se apodera de mi estómago cuando la verdadera razón por la que estoy triste sale a la superficie.

—Es mi culpa que te hayan apuñalado.

Las comisuras de sus labios caen hacia abajo.

—No, no lo es. No vuelvas a decir eso.

—Es cierto. Daniel no habría ido a por ti si no fuera por mí.

Distraída, acaricio la piel dura de sus pectorales y bajo por el valle que hay entre sus costillas mientras agradezco que el daño no haya sido peor.

—No digas tonterías. Soy yo quien le pegó una paliza y después le dijo a la chica con la que había ido a cenar que era un violador. Yo soy quien se lo ha buscado.

—Supongo. —No lo creo, pero sé que no voy a ganar esta discusión—. Me alegro de que se haya marchado.

—Papá se ha encargado de él. No te preocupes. —Reed me acaricia la espalda—. ¿Cómo ha ido la cena?

—Bien. Muy elegante. El menú estaba lleno de cosas que no podía pronunciar.

Foie gras. Escargots. Nori.

Él sonríe.

—¿Qué has pedido?

—Langosta. Deliciosa.

Al igual que los *escargots,* que no son más que caracoles. No quise el *foie gras* (hígado de oca) y las *nori* (algas) porque ambas cosas parecían asquerosas cuando me explicaron lo que eran.

—Me alegro de que te lo pasaras bien. —Sus manos van más despacio y sus caricias se convierten en algo más… placentero.

Intento moverme hacia atrás, avergonzada por la facilidad con la que consigue excitarme. No puedo aprovecharme de él en este estado. No mientras esté herido.

—Te he echado de menos —confieso.

Me da otro rápido beso en la boca.

—Yo también a ti.

—La próxima vez, vendrás con nosotros. Es evidente que no me puedo fiar de ti.

Toma aire profundamente y me acerca a su cuerpo.

—Hecho. La próxima vez que papá nos lleve a algún lado, iremos juntos.

—Sabes que es una locura, ¿verdad?

—¿Qué parte?

—Lo de que nos lleve en *jet.* —Le beso el hombro—. Lo de ir juntos me parece bien.

—¿Ah, sí? ¿Cuánto?

La única luz proviene de la puerta entreabierta del baño y crea unas sombras interesantes en el cuerpo de Reed. Le acaricio la garganta con la nariz e inhalo el aroma a jabón y a champú.

—Mucho.

—Nena... —Se aclara la garganta—. Tienes que dejar de hacer eso.

—¿Hacer qué?

Me mira y yo le devuelvo la mirada, desconcertada.

—Tocarme el pecho. Olerme —dice con voz ronca—. Me haces pensar en cosas malas.

No puedo evitar esbozar una ligera sonrisa.

—¿Cosas malas?

—Guarradas —se corrige.

Mi sonrisa se ensancha. No sé si lo dice para distraerme o porque es cierto, pero funciona. Me inclino sobre él y mi pelo forma una cortina que cubre nuestras caras. Le rozo los labios con los míos y Reed pasa la lengua por mi labio inferior, pidiéndome permiso para entrar. Yo abro los labios y él se aprovecha para profundizar el beso.

—No deberíamos hacer esto —murmuro contra su boca—. Estás herido.

Él se separa con una sonrisa en la cara.

—Entonces, haz que me sienta mejor.

—¿Es un reto?

Ríe cuando vuelvo a posar mis labios sobre los suyos. Esta vez, mi lengua lo tortura a él. Devoro su boca hasta que se olvida de respirar. Y mi mano vuelve a moverse y desciende por su pecho, en dirección a su cintura. La meto dentro de sus bóxers y encuentro la prueba dura, caliente y gruesa de lo bien que se siente.

Cuando se arquea sobre la cama con un gemido miro hacia arriba de inmediato.

—¿Estás bien?

Él gruñe.

—No te atrevas a parar.

—¿Qué te duele? —pregunto con preocupación fingida. Me encanta ver a Reed así, a mi merced.

—Todo. En serio, me duele todo. Sobre todo aquí. —Se da una palmada en la entrepierna—. Necesito que la beses para que se recupere.

—¿Quieres que te bese *ahí?* —pregunto con fingida indignación.

—Sí. Quiero que me beses como si no hubiera mañana y con lengua *ahí...* a menos que no quieras. —La duda se apodera de sus últimas palabras.

Se baja los pantalones cortos con impaciencia hasta que se queda desnudo. Se agarra con una mano el miembro y me observa expectante y esperanzado.

—Pobrecito... —murmuro mientras recorro el dorso de su mano con un dedo.

Bajo la cabeza y, al instante, Reed me aparta el pelo de la cara. En el momento en que cierro la boca con él en mi interior susurra de placer:

—Joder, sí... —Su tono refleja agonía, y el dolor que siente ahora mismo es producto de lo que hago. Es una sensación deliciosa y poderosa. Sus manos temblorosas se pierden en mi pelo de nuevo.

—Nena... Ella... —jadea, y después es incapaz de hablar.

Solo emite sonidos. Gemidos roncos, suspiros profundos y súplicas rotas. Me tira del pelo con fuerza, me separo de él y lo miro a la cara, que ahora refleja pasión... y puede que incluso amor.

Vuelvo a bajar la cabeza y voy todo lo lejos que puedo. Es grande y pesado, pero sentir su miembro con mi lengua y contra mis labios me excita más de lo que pensaba. Bajo mi cuerpo, siento su desesperación y su deseo. Me embriaga un sentimiento de poder. Si me detuviese, es probable que consiguiera que Reed me prometiese cualquier cosa.

Pero no quiero nada. Solo a él. Y saber cuánto me desea me pone mucho. Le llevo al límite con mis manos, mi lengua y mis dientes.

—Para... voy a correrme —gime y me tira del pelo débilmente.

Cierro los labios en torno a él. Quiero que pierda el control. Redoblo mi esfuerzo, chupo y lamo hasta que su cuerpo se tensa y explota.

Cuando se relaja, me acomoda junto a él.

—¿Reed? —susurro.

—¿Sí? —pregunta con voz áspera.

—Te... eh... te quiero.

—Yo... también te quiero. —Entierra la cara en mi cuello—. No te haces una idea de cuánto. Yo... Sabes que haría cualquier cosa por ti, ¿verdad? Cualquier cosa con tal de mantenerte a salvo.

De repente, siento una cálida sensación en el vientre.

—¿Sí?

—Cualquier cosa —repite con voz ronca, y me besa hasta que ambos nos quedamos sin aire.

Capítulo 34

La pantalla de mi teléfono dice que son las dos de la mañana, pero no suena ninguna alarma, al menos no en mi cuarto. Oigo un sonido chirriante que procede de algún lugar de la casa. Echo un vistazo a Reed para comprobar si está despierto, pero está tumbado sobre dos terceras partes del colchón, dormido como un tronco.

Me tapo la cara con el cojín y vuelvo a cerrar los ojos, pero el ruido no cesa. No solo eso, sino que ahora también oigo unas pisadas en el pasillo antes de que alguien aporree una puerta con fuerza.

Reed se levanta con el pelo oscuro despeinado y una expresión somnolienta en la cara.

—¿Qué co...?

Se puede oír una voz enfadada en el vestíbulo.

—Un maldito minuto. —Parece Callum, pero me cuesta entender lo que dice—. Te dije que iría a por él.

Oh, mierda. Reed y yo nos levantamos de la cama de un salto. Una cosa es que Callum sepa lo nuestro, pero no le gustaría descubrirnos durmiendo en la misma cama. Tengo los vaqueros a la altura de las rodillas y Reed se pone la camiseta cuando el ruido al otro lado de mi puerta se detiene.

Ambos nos congelamos al oír el grito furioso de Callum.

—¡Esa es la habitación de mi pupila de diecisiete años y nadie va a entrar sin avisar!

¿Nadie va a entrar?

—¿Quién hay ahí fuera? —susurro a Reed.

Me mira confuso.

—Ella —grita Callum en el pasillo—. Tenemos visita. Necesito que te vistas y bajes lo antes posible.

Me aclaro la garganta.

—Sí, vale. Bajo ahora mismo.

Me estremezco al darme cuenta de que mi voz proviene de la habitación de Reed.

Callum vacila y después dice:

—Despierta a Reed. Que venga contigo.

«Qué incómodo», pienso. Me subo los vaqueros con rapidez y agarro un suéter del armario. Reed se toma su tiempo.

—Nena, todo irá bien. Todavía eres virgen. Se lo diré a papá.

Me acerco a él y le tapo la boca con la mano.

—Dios, no. No vamos a hablar de eso con Callum. Nunca.

Reed pone los ojos en blanco y me quita la mano de su cara.

—No te preocupes. Solo nos gritará.

—¡Por qué nos levanta en mitad de la noche para eso? —pregunto.

—Así es más dramático. Nos dirá algo importante sobre que debemos tener cuidado y mierdas así. —Se encoge de dolor cuando lo arrastro hacia la puerta.

Le suelto la mano al instante.

—¿Te duele el costado?

Mueve el brazo despacio y echa un vistazo a la herida.

—Solo estoy un poco dolorido. Estaré bien en unos días, no te preocupes.

Ahora me toca a mí mirarle enfadada.

—Ni siquiera pensaba en eso. Has hecho algo mientras estábamos cenando, ¿verdad?

Él se encoge de hombros.

—Nada importante. Ya te lo he dicho, se me han abierto un par de puntos. No pasa nada.

Callum nos saluda cuando llegamos a la zona que divide su ala de la casa de la nuestra, justo al lado de las escaleras que conducen a la planta baja. Viste unos pantalones y una camisa blanca a medio abotonar.

—Papá —dice Reed cauteloso—. ¿Qué pasa?

Los ojos furiosos de su padre viajan del uno al otro.

—¿Dónde has estado esta noche? —Callum suspira aire de forma agitada—. No, no me lo digas. Cuanto menos sepa, mejor.

Reed da un paso al frente.

—¿Qué cojones pasa?

Callum se pasa las manos por el pelo.

—La policía está aquí. Quieren hablar contigo para saber dónde has estado esta noche. No digas nada hasta que venga Grier.

Reconozco el nombre de Grier. Lo vi grabado en dorado en la puerta del despacho de abogados donde se leyó el testamento de Steve.

—¿Ha pasado algo con Daniel? ¿Han atrapado al tipo encapuchado?

Silencio. Un silencio atronador me permite imaginar el peor de los escenarios. Pero nada de ello se parece al pánico que percibo en la voz de Callum cuando contesta:

—Brooke ha muerto...

¿Qué?

—...y Reed es sospechoso de su asesinato. —Su voz se apaga. Callum tiene los ojos fijos en la cara de su hijo, que está completamente lívido.

Dios mío.

Fijo la mirada en el costado de Reed instintivamente, justo en la zona en que su vendaje se tiñe de sangre mientras hablamos. Vuelvo a mirar a Callum, abro la boca, la cierro y, luego, repito la acción.

«¿Cómo te lo has hecho?»

«Me he movido un poco... No es para tanto».

En cuanto recuerdo esas palabras quiero pegarme a mí misma por el simple hecho de pensarlo. No. De ninguna manera. No importa lo mucho que la odiase, Reed nunca... él nunca...

¿Lo haría?

«Sabes que haría cualquier cosa por ti, ¿verdad? Cualquier cosa con tal de mantenerte a salvo».

—Señor Royal —dice una voz al final de las escaleras. Un hombre de aspecto cansado con un traje arrugado coloca una mano en la barandilla y un pie en el primer peldaño—. Tenemos una orden firmada. Su hijo tendrá que acompañarnos.

—¿Quién ha firmado esa mierda? —inquiere Callum mientras baja las escaleras.

El hombre alza una hoja de papel.

—El juez Delacorte.

En cuanto Callum le quita el papel de las manos, el hombre sube las escaleras escoltado por dos oficiales de policía a los que no había visto antes. Uno de ellos agarra a Reed, en silencio, le da la vuelta y lo empuja contra la barandilla.

—Eso no es necesario. —Callum sube de nuevo las escaleras—. Irá con ustedes voluntariamente.

—Lo lamento, señor Royal, pero es el procedimiento están-dar —explica el hombre con cierta petulancia.

—No digas ni una sola palabra —ordena Callum a su hijo—. Nada de nada.

Reed me mira fijamente a los ojos y siento que sus ojos me queman.

«Te quiero».

«Yo también te quiero».

«Haré cualquier cosa».

«Tenemos que encontrar una forma de deshacernos de ella».

«Quiero que Brooke desaparezca de nuestras vidas».

«Te quiero».

—Te quiero —susurro mientras el oficial se lo lleva.

Su cara adquiere una expresión feroz, pero no dice nada, y no sé si es porque teme abrir la boca o porque cumple las órde-nes de su padre.

Todo mi cuerpo empieza a temblar y Callum me rodea con un brazo.

—Sube y ponte unos zapatos. Te llevaré a la comisaría.

—Los chicos —digo débilmente—. Deberíamos despertarlos.

—Me doy cuenta de que está a punto de decir que no, pero creo que se equivoca—. Necesitamos mostrar a Reed que la familia le apoya. Estoy segura de que les gustaría venir con nosotros.

Finalmente, Callum asiente.

—Ve a por ellos.

Me doy la vuelta y atravieso el vestíbulo corriendo. Entonces, aporreo la puerta de las habitaciones de Easton y los gemelos.

—¡Despertad, chicos! —grito—. ¡Despertad!

El timbre vuelve a sonar. Corro hacia la puerta. Por alguna razón, creo que es Reed. Que ha vuelto y me dirá que es una broma de mal gusto. Una sorpresa estúpida. Una broma del Día de los Inocentes que llega tarde.

Callum alcanza la puerta primero y la abre con rapidez. Da un paso hacia delante y se paraliza justo un segundo des-pués. Se detiene tan abruptamente que choco contra su tensa espalda.

—Dios mío… —jadea.

No tengo ni idea de por qué se ha detenido. No veo nada; su ancha espalda me lo impide.

Mientras Callum permanece de pie como una estatua, yo echo un vistazo a su alrededor y parpadeo, sobresaltada.

Hay un hombre de pie en medio del camino de roca caliza. Pelo rubio grasiento cae sobre sus hombros. Tiene una barba poblada que cubre casi toda su cara. Viste unos pantalones caqui y un polo que parece que cuelguen de su cuerpo delgado, como si llevara dos tallas de más.

Me resulta extrañamente familiar, pero estoy bastante segura de que no le he visto en mi vida.

Nos miramos a los ojos. Son de un azul claro y unas pestañas de color rubio oscuro los rodean.

Se me acelera el corazón, porque ahora dudo de mí misma. *Creo* que lo conozco. Creo que es...

—¿Steve? —exclama Callum.

Agradecimientos

Como siempre, nunca podríamos haber escrito, terminado o sobrevivido a este proyecto sin la ayuda de algunas personas increíbles a las que queremos dar las gracias:

A las primeras lectoras, Margo, Jessica Clare, Meljean Brook, Natasha Leskiw y Michelle Kannan, quienes nos ayudaron a ver las cosas desde otro punto de vista, nos animaron a seguir adelante y leyeron el libro dos veces.

A nuestra publicista Nina, que trabaja durante horas y horas para ayudarnos y que hace que parezca fácil.

A Meljean Brook, por el increíble diseño de cubierta.

A Nic y Tash, por el trabajo entre bastidores. A algunos amigos escritores como Jo, Kylie, Meghan, Rachel, Sam, Vi, entre otros, por el apoyo y el entusiasmo que han mostrado por los Royal.

A todos los blogueros y personas que han escrito una reseña de nuestra obra, que apoyan esta saga y le dan difusión.

Y, por último, queremos dar las gracias a todos los lectores que se enamoraron de *La princesa de papel* y gritaron al mundo entero cuánto les gustó el libro. Vuestros dibujos, vídeos y montajes inspirados en los Royal son increíbles. Algunos lectores han creado listas de reproducción y se han tomado el tiempo de escribir y publicar reseñas. Los miembros del palacio de los Royal en Facebook nos entretienen día a día. ¡Sois vosotros quienes dais vida a esta saga y no tenemos palabras para expresar nuestra enorme gratitud!

Sigue a Wonderbooks
en www.wonderbooks.es
en nuestras redes sociales
y suscríbete a nuestra *newsletter*.

Acerca tu teléfono móvil a los códigos
QR y empieza a disfrutar de información
anticipada sobre nuestras novedades y
contenidos y ofertas exclusivas.